LE CARRÉ DE LA VENGEANCE

Né à Bruges en 1953, Pieter Aspe est un écrivain belge de langue néerlandaise. Il devient célèbre grâce à la série du commissaire Van In qui compte déjà près de trente tomes en langue flamande, dont les dix premiers ont fait l'objet d'une adaptation télévisée.

Paru dans Le Livre de Poche :

CHAOS SUR BRUGES

LES MASQUES DE LA NUIT

PIETER ASPE

Le Carré de la vengeance

ROMAN TRADUIT DU NÉERLANDAIS (BELGIQUE)
PAR EMMANUÈLE SANDRON

ALBIN MICHEL

Titre original :

HET VIERKANT VAN DE WRAAK

ISBN : 978-2-253-12703-1 – 1re publication LGF

À ma femme

O Fortuna
velut Luna
statu variabilis,
semper crescis
aut decrescis ;
vita detestabilis
nunc obdurat
et tunc curat
ludo mentis aciem,
egestatem,
potestatem
dissolvit ut glaciem.

Carmina Burana

1

« Je ne sais plus quoi faire, brigadier. À leurs yeux, je suis un bon à rien. Ils me détestent, c'est clair.

– Ah ! Que veux-tu, André ! dit Versavel d'une voix éteinte. Il n'y a pas de rose sans épines. »

André Petitjean était trop jeune et peut-être un rien trop naïf pour saisir le sens de cette expression. Versavel s'en fichait. Il était fatigué et il n'avait qu'une envie : dormir.

« Pourtant, elle m'aime à la folie », reprit le jeune agent, obstiné.

Le brigadier Versavel se caressa la moustache, un geste qu'il répétait un nombre incalculable de fois par jour.

« Son abruti de père m'ignore complètement.

– Bah ! Du moment que ça se passe bien avec la mère ! dit Versavel.

– Si seulement c'était le cas ! soupira Petitjean. Elle ne nous lâche pas d'une semelle. »

Versavel n'avait qu'une raison de ne pas interrompre cette conversation : elle l'aidait à tuer le temps.

« À ta place, je m'en ferais pas trop. Les parents se

sentent toujours un peu menacés quand un hurluberlu veut faire la bringue avec leur fille.

– Merci, brigadier », dit Petitjean, vexé.

Versavel se félicitait de ne pas avoir d'enfant. Les jeunes étaient d'un susceptible, de nos jours !

Il y eut quelques minutes de silence dans la fourgonnette. La bouche crispée, Petitjean conduisait la Ford Transit à travers les rues désertes du centre de Bruges.

« Admettez que nous ne sommes plus des enfants. »

Versavel l'admit d'un léger hochement de tête.

« Vous savez ce qu'ils me reprochent, en fait ? De travailler dans la police ! Bordel, ils savent bien que j'ai un bon diplôme ! Avec un peu de chance, je serai sous-officier dans cinq ans. Si je prends la carte du bon parti, je serai commissaire avant d'en avoir trente-cinq. Lui, soit dit en passant, il est toujours rédacteur, après vingt-huit années de service. Vous imaginez ! »

Et moi, je ne suis que brigadier, eut envie de dire Versavel. *Et pourtant, j'aurais bien aimé devenir commissaire...*

« En plus, *Monsieur* exige que j'achète une maison avant d'épouser sa fille !

– Et elle obéit sagement à son papa », laissa tomber Versavel.

Il consulta discrètement sa montre. Nom d'une pipe, encore trois mille neuf cents secondes avant la fin du service ! La nuit du samedi au dimanche était toujours du genre chargé, mais, hormis le fait qu'il avait un imbécile de Roméo sur le râble, tout était resté incroyablement calme.

« Vous savez comment je les appelle ? »

Versavel secoua la tête et se lissa la moustache.

« Un ramassis de catholiques arriérés de bordel à la con, poursuivit Petitjean, furieux. C'est la faute à la lencyclique ! Ils n'auraient jamais dû choisir ce fichu Polonais !

– La quoi ? dit Versavel en se redressant sur son siège.

– Vous savez bien, la lencyclique ! répéta Petitjean, étonné que Versavel ne le suive pas. Cette lettre qui dit qu'il faut obéir à l'Église. Il y croit dur comme fer, à ces foutaises ! Bien obligé, quand on travaille à la Mutualité chrétienne !

– Ah, c'est donc ça...

– Quoi ?

– Je peux comprendre, dit Versavel en bâillant. L'Église catholique a fait pas mal de dégâts.

– Mais cet après-midi, je la demande en mariage ! Vous en pensez quoi ? »

Cherche-toi une autre bonne femme, voilà ce que Versavel avait envie de lui répondre. Mais il dit : « Ça les impressionnera peut-être. Les petits-bourgeois ne sont pas insensibles au bluff. Pense à la façade, André. Le reste suivra tout seul. »

Il aurait mieux fait d'avaler sa langue.

« Qu'est-ce que vous voulez dire ? » demanda Petitjean nerveusement.

La tension retenue tout au long des dernières heures explosait.

« Ne vous foutez pas de ma gueule, brigadier. »

Les yeux de Petitjean lançaient des flammes. Il ne savait manifestement plus où il en était. Heureusement, ils faisaient gentiment le tour de la grand-place, car, dans son trouble, Petitjean faillit perdre le contrôle du véhicule.

« On se calme, on se calme, dit Versavel d'un ton apaisant, alors qu'ils venaient de frôler le trottoir. Je ne suis pas un expert. Je connais déjà rien aux femmes, alors les beaux-parents !

– Mais qui vous parle de les impressionner ? ! Pourquoi dites-vous une chose pareille ? Je suis dans la merde, moi ! Vous comprenez, ça ? ! » dit Petitjean sur un ton de reproche.

Six heures quatre ! Ça n'avançait pas ! Il fallait que Versavel invente quelque chose pour tuer le temps.

« Et si tu lui achetais une bague de fiançailles très, très chère ? » lâcha-t-il.

C'était stupide, mais Petitjean reprit courage comme un naufragé qui aperçoit un bateau à l'horizon.

« Vous pensez qu'une belle bague pourrait m'aider ? » demanda-t-il, désespérément enthousiaste.

Versavel n'avait pas le choix : il fallait jouer le jeu jusqu'au bout.

« Mais bien sûr, dit-il, paternel. Il faut soigner tes beaux-parents. Achète la bague que ta belle-mère a toujours rêvé d'avoir et offre-la sur un plateau à sa fille ! »

Petitjean avait déjà oublié que Versavel venait de dire qu'il ne connaissait rien aux femmes ni aux belles-mères.

« Vous croyez ?

– Je ne me permettrais pas de te mener en bateau, André. »

Satisfait de cette réponse, Petitjean se concentra sur la conduite du fourgon. Ils avaient pris la rue de la

Monnaie et se dirigeaient droit sur le Zand. Les patrouilles de nuit suivaient toutes le même itinéraire, selon un horaire immuable. Les deux policiers avaient une petite dizaine de minutes d'avance. Un ivrogne vomissait sous la voûte du passage de la Monnaie, mais il eut de la chance : ils lui fichèrent la paix. Petitjean était maintenant d'excellente humeur, au grand soulagement de Versavel.

« Vous êtes fantastique, brigadier. Toujours de bon conseil ! »

Versavel étendit les jambes, imaginant le moment délicieux où il plongerait nu sous la couette.

« Cet après-midi, je lui achèterai la bague la plus chère possible, marmonna Petitjean en souriant.

– Demain, tu veux dire. Aujourd'hui, c'est dimanche.

– OK, demain. »

Il avait déjà oublié son projet de demande en mariage. Ils arrivaient sur le Zand, vaste place déserte où se dressait autrefois la gare néogothique. Un taxi matinal les dépassa prudemment. Un train vrombit au loin. Les yeux globuleux de Petitjean, qui n'étaient pas sans rappeler ceux de Marty Feldman, brillaient à la lumière du soleil sous la brume. Sous ses cheveux roux qui semblaient s'embraser, son visage osseux luisait comme du marbre poli.

« La question est de savoir, reprit Petitjean très sérieusement, où je pourrai acheter une belle bague de fiançailles très, très chère demain matin. J'en veux une qui en jette. Je n'ai pas le droit à l'erreur, brigadier. »

Versavel ferma les yeux pour se protéger d'un rayon de soleil perçant. *Bon sang, que les jeunes d'aujourd'hui sont naïfs*, pensa-t-il, *naïfs et susceptibles...*

« Où je pourrais l'acheter ? » répétait Petitjean, dans une sorte de transe.

Versavel le laissait rêver tout haut. Il regardait les tours aux trois quarts restaurées de la cathédrale Saint-Sauveur. Il aimait Bruges, son ambiance, ses monuments parfaitement entretenus. Surtout à cette heure, au point du jour. La ville était magnifique.

« Il faut que vous m'aidiez, brigadier, insista Petitjean. Vous connaissez Bruges comme votre poche. Où pourrais-je trouver une bague très, très chic ? »

Il dut répéter sa question. Versavel comprit que cela ne servirait à rien d'expliquer au jeune Petitjean qu'il ne fallait pas prêter foi à son conseil, qu'il s'était contenté d'improviser une réponse idiote à une question idiote... Dans le courant de la semaine, il demanderait au commissaire de ne plus l'envoyer en patrouille avec cet imbécile.

« On va bientôt passer devant la bijouterie Degroof, dit-il, désinvolte. C'est là que les Brugeois friqués vont s'acheter leurs bijoux.

– C'est vrai ? »

Petitjean ne se tenait plus. Des gouttes de sueur perlaient sur son front.

« C'est encore loin, brigadier ? »

Il trépignait comme un gamin qui attend sa glace.

Ils traversèrent la place Simon-Stevin. Sous la marquise d'une banque, un couple se séparait en s'embrassant passionnément. La fille n'avait pas dix-sept ans. *Dans quel monde vivons-nous ? !* soupira Versavel.

« Brigadier ? ! interrogea Petitjean, impatient.

– Nous y sommes presque, détends-toi ! »

Petitjean décéléra pour ne pas rater la bijouterie. La

rue la plus commerçante de Bruges était aussi morte qu'un faubourg. Sans la lumière des spots halogènes, les marchandises avaient l'air étrangement abandonnées dans les vitrines.

« C'est là, dit Versavel. À côté du magasin de chaussures. »

Il indiqua l'enseigne dorée où s'affichait le monogramme du bijoutier en élégantes lettres gothiques. La nuit, la plupart des bijoutiers rangent leurs collections dans leur coffre-fort, à moins qu'ils n'emportent leurs précieux bijoux avec eux. Mais ce n'était pas le moment d'ennuyer Petitjean avec ce genre de détail.

« Ça ne peut pas faire de mal, brigadier. Je vais jeter un coup d'œil, dit Petitjean, tout feu tout flammes.

– Bien sûr ! Prends ton temps... »

Après avoir garé maladroitement le Transit devant la bijouterie, Petitjean sortit en hâte du véhicule. Versavel en profita pour fermer les yeux. Quand on travaille la nuit, le moindre roupillon de quelques minutes est le bienvenu. Il parvint même à rêver, l'espace de vingt petites secondes.

Petitjean le réveilla en ouvrant la portière d'un coup sec. Il secoua Versavel vigoureusement par l'épaule.

« Brigadier, brigadier ! » cria-t-il.

Versavel grommela. Dans son rêve, il s'apprêtait à aborder un Espagnol aux formes bien moulées qui lui faisait discrètement de l'œil.

« Il n'y a absolument rien à l'intérieur, brigadier ! La bijouterie est vide ! » dit Petitjean en bégayant.

Versavel se maîtrisa. Il s'en fallut de peu, mais il se maîtrisa. *Bien sûr, que la bijouterie est vide !* Il consulta sa montre et se frotta la moustache en bâillant. Six heures douze.

« Et il y a des débris de verre ! » ajouta nerveusement Petitjean, lorsqu'il remarqua que le brigadier ne bronchait pas.

Versavel inspira profondément.

« Bon sang ! gémit-il. Pourquoi j'ai pas fermé ma grande gueule, moi ? ! »

Petitjean regarda Versavel.

« Qu'est-ce qu'on fait, brigadier ? »

Après avoir saisi la lampe de poche sous son siège, Versavel sortit du fourgon. Il frissonna. Il faisait frais au petit matin, même l'été. Petitjean courut comme un forcené. Mettant ses mains en visière contre le verre de sécurité de la vitrine, il regarda dans la bijouterie. Versavel balaya l'intérieur du magasin avec le faisceau de sa lampe torche. Il ne lui fallut pas cinq secondes avant de tirer la conclusion qui s'imposait. La vitrine était vide, en effet. Les présentoirs aussi, et on voyait des morceaux de verre empilés dans un coin. Mais ce qui l'inquiétait le plus, c'était une paire de gants blancs en coton, sous l'une des tables.

« Pas de bol », dit-il, sarcastique.

Petitjean le regarda d'un air ahuri. Une poussée d'adrénaline le fit subitement frémir.

« Vous ne pensez pas que...

– Si, justement, je le crains, répondit Versavel sèchement. Toi et tes problèmes à la con ! »

Petitjean en resta abasourdi. Sa sympathie pour Versavel fondit comme un glaçon dans un Coca tiède. Les collègues l'avaient pourtant prévenu : ne jamais se fier à un brigadier – tôt ou tard, il vous tombe dessus !

Versavel s'était donc fichu de sa gueule toute la nuit. Sa situation, il s'en battait l'œil.

« Reste ici », commanda Versavel d'un ton bourru.

Il ne dormirait pas avant plusieurs heures.

« Entendu, brigadier. »

Furieux, Petitjean se mit de faction devant la vitrine, l'œil fixe. Versavel, résigné, marcha jusqu'au fourgon pour appeler l'officier de garde. Il s'écoula bien trente secondes avant qu'il n'obtienne une réponse. Bart De Keyzer avait dormi quatre heures d'affilée sur un lit de camp. Il répondit d'une voix de corneille enrhumée :

« ONA 3421, j'écoute.

– Ici Versavel. »

Il battait nerveusement *La Marche de Radetzky* sur le tableau de bord.

« Bonjour, brigadier, quoi de neuf ? »

De Keyzer essayait de paraître le plus réveillé possible.

« Sans doute un vol chez Degroof, dit Versavel froidement Dans la rue des Pierres », ajouta-t-il. Car De Keyzer lui aurait de toute façon posé la question. C'était le genre à demander l'adresse de l'hôtel de ville.

« Avec effraction ? demanda De Keyzer après une pause.

– Négatif. »

Versavel détestait De Keyzer. C'était le plus jeune officier de la brigade et tout le monde savait qu'il avait atterri là par piston. Son père était vice-amiral dans la marine belge. C'était le meilleur poste que le vieux avait déniché pour son fiston chéri.

« Vous êtes certain qu'il s'agit d'un vol ?

– Négatif, mais le magasin est sens dessus dessous. Il y a des débris de verre et des gants », répondit Versavel, laconique.

D'après son expérience, on n'en avait jamais fini avec De Keyzer. Ce type arrogant avait l'esprit aussi épais qu'un préservatif d'avant-guerre.

« Vous voulez du renfort, brigadier ?

– Au nom du ciel, oui, dit doucement Versavel. Si j'étais vous, j'appellerais aussi le substitut de garde et le propriétaire de la bijouterie... Degroof ! » ajouta-t-il d'un ton railleur.

De Keyzer ne réagit pas. Il connaissait Versavel : il savait qu'il n'hésiterait pas à se plaindre de l'incompétence d'un officier inexpérimenté dans son p.-v.

« Bien sûr, je m'en occupe immédiatement, répondit-il avec une légère pointe d'indignation. Et je fais le nécessaire pour qu'on prenne la relève le plus rapidement possible.

– Oui, c'est ça. »

Versavel grimaça.

Hannelore Martens mit un temps infini avant d'entendre la sonnerie du téléphone. La veille, elle avait regardé la télévision jusque très tard dans la nuit. Sa nomination au poste de substitut du procureur du roi ne remontait qu'à deux semaines, et c'était sa première garde.

« Quand il se passe quelque chose, c'est toujours dans la nuit du samedi au dimanche », lui avait dit un collègue plus âgé. Après avoir rapidement enfilé son peignoir, Hannelore Martens alluma et descendit. Son téléphone se trouvait près de la fenêtre, dans la salle à manger. Elle espérait qu'il n'était rien arrivé à son père.

« Allô, Hannelore Martens à l'appareil. »

Ni elle ni De Keyzer ne soupçonnaient qu'on ne réveille pas un substitut pour un cambriolage ordinaire. Versavel était pourtant connu, à la brigade, pour cultiver l'art de la plaisanterie.

« Officier de garde De Keyzer, madame le substitut, dit-il dans son meilleur néerlandais. Veuillez m'excuser de vous déranger, mais l'affaire est sérieuse. »

Hannelore Martens écouta le compte rendu détaillé de Bart De Keyzer le cœur battant. Cet homme avait la manie horripilante de prendre tout son temps. Lorsqu'il eut enfin terminé, la jeune femme ne savait pas précisément ce qu'elle était censée faire. Évidemment, le nom de Degroof lui disait quelque chose. Devait-elle informer le procureur ?

« Y a-t-il des victimes ? demanda-t-elle par acquit de conscience.

– Négatif, madame le substitut. Et aucune trace des coupables. »

Ses collègues masculins lui avaient assuré que c'était par la pratique et rien que par la pratique qu'elle apprendrait les arcanes du métier. Mais qu'attendait-on d'elle ? Fallait-il seulement qu'elle fasse quelque chose ? Il suffisait peut-être d'attendre le procès-verbal... Mais si c'était la procédure normale, pourquoi la police l'avait-elle appelée ?

« Ne donne jamais l'impression à des subordonnés que tu doutes. Sois ferme en toute circonstance », lui avaient dit ces mêmes collègues. Elle entendait De

Keyzer respirer à l'autre bout du fil. Elle ne pouvait pas deviner que, comme tant de gens stupides et arrogants, il vouait un respect quasi aveugle à ses supérieurs.

« Bon ! J'y vais ! dit-elle, subitement très assurée. Maintenant, je suis réveillée, de toute façon.

– Entendu, madame le substitut. Voulez-vous que je prévienne le bijoutier ?

– Oui, merci. Dites-lui que je serai sur place d'ici un quart d'heure.

– D'accord, madame le substitut. J'avertis mes collègues que vous prenez personnellement l'affaire en main. »

De Keyzer avait raccroché avant qu'Hannelore Martens n'ait eu le temps de le remercier. Elle tremblait d'excitation. Après avoir laissé tomber sa robe de chambre, elle prit la direction de la salle de bains. Située derrière la cuisine, celle-ci se composait en tout et pour tout d'une étroite cabine de douche et d'un vieux lavabo.

Son voisin d'en face, un postier à la retraite, dégustait paisiblement son premier café. Il était toujours levé aux aurores. S'il eut le loisir d'admirer dans toute sa gloire la silhouette splendide d'Hannelore Martens pendant quelques secondes, ce fut un pur hasard. D'habitude, il ne regardait jamais de l'autre côté de la rue.

Ghislain Degroof mit un temps encore plus infini avant de décrocher son téléphone. De Keyzer laissa sonner pendant près de cinq minutes. Si le substitut ne s'était pas mis en route, il aurait sans doute abandonné plus tôt.

« Degroof », dit une voix sèche.

Le bijoutier avait les jambes lourdes comme du plomb et la voix enrouée des grands fumeurs.

« C'est la police, monsieur Degroof. Officier de garde De Keyzer à l'appareil. J'ai malheureusement une mauvaise nouvelle à vous annoncer. »

De Keyzer observa une pause pour donner à son interlocuteur le temps de mesurer toute l'importance de la communication.

« La patrouille de nuit vient de m'avertir que votre bijouterie de la rue des Pierres a probablement été cambriolée », dit-il d'un ton officiel.

Degroof avala de travers et, pris d'une terrible quinte de toux, éloigna le combiné de sa bouche.

« Monsieur Degroof, vous êtes toujours là ? demanda De Keyzer après quelques secondes.

– Bien sûr que je suis là ! répondit Degroof en étouffant sa toux. Qu'est-ce que ça veut dire : probablement ?

– Le brigadier de service m'a communiqué le fait que la vitrine et les présentoirs sont vides. Il se demande si c'est normal. D'autant plus qu'il y a des débris de verre par terre et des gants.

– Bien sûr que non, ce n'est pas normal ! » rugit Degroof.

De Keyzer éloigna le combiné de son oreille.

« On n'a cependant constaté aucune trace d'effraction », poursuivit-il prudemment.

De Keyzer connaissait la famille Degroof, ou plutôt : son père la connaissait. Ils étaient riches et très puissants. C'est pour cette raison qu'il n'avait rien trouvé d'étrange à ce que Versavel lui demande d'informer le substitut. On n'est jamais trop prudent avec ces gens-là.

« Le substitut arrive sur les lieux », ajouta-t-il en bombant le torse.

Degroof sentit la tête lui tourner. Il s'assit et tenta d'évaluer le préjudice. Heureusement, il était assuré jusqu'au dernier centime. S'il avait le vertige, c'est qu'il n'était pas encore totalement dégrisé de la veille.

« Bon, dit-il. J'arrive.

– Parfait, monsieur Degroof. Je fais le nécessaire en attendant. »

2

Ghislain Degroof et Hannelore Martens arrivèrent presque simultanément. La jeune femme garait sa Twingo bleu marine derrière le combi de la police au moment où le bijoutier se pointa dans sa Maserati noire.

Versavel prit note. Sept heures cinq. Hannelore Martens portait un T-shirt blanc et une longue jupe marron foncé fendue très haut sur le côté qui révéla deux beaux mollets lorsque la jeune femme sortit de sa voiture.

« Bonjour, brigadier, dit-elle gaiement à Versavel.

– Madame le substitut ? » demanda-t-il.

Il n'en croyait pas ses yeux. Il savait qu'on nommait les magistrats de plus en plus jeunes, mais cette femme ne devait pas avoir plus de vingt-cinq ans.

« Hannelore Martens, enchantée. »

Versavel porta deux doigts à sa casquette. *Elle connaît les grades, c'est déjà ça. Ce n'est pas mauvais signe.* Elle lui serrait la main lorsque le vrombissement de la Maserati leur fit tourner la tête. Degroof se garait comme un cow-boy. Il avait l'air complètement givré.

« Degroof, *I presume* ? dit-elle sur un ton de moquerie qui n'échappa pas à Versavel.

– Qui d'autre ? répondit-il avec un clin d'œil.

– Commençons donc par faire connaissance avec la victime », proposa-t-elle joyeusement.

Versavel lui emboîta le pas. Il ne comprenait pas comment une femme pareille avait atterri au palais de justice. Comme top model, elle se serait fait de l'or en barre.

Le fils Degroof était un grand échalas affublé d'un strabisme divergent et de lunettes dernier cri. Les épaules osseuses saillant à travers sa veste, il marchait le dos courbé et paraissait dix ans de plus que son âge.

« Substitut Martens », dit Hannelore d'une voix très assurée.

Degroof ne parut pas moins étonné que Versavel.

« Je suis venue aussi vite que j'ai pu, reprit-elle.

– C'est très aimable à vous, madame le substitut, répondit Degroof en parfait gentleman. Je me présente : Degroof, Ghislain Degroof, *propriétaire* de la bijouterie Degroof Diamonds and Jewelry. »

Versavel étouffa un rire. Ils imaginaient bien que ce n'était pas Blanche-Neige.

« Mais que s'est-il passé ici, au nom du ciel ? demanda Degroof, indigné.

– Le mieux serait de demander au brigadier, répondit Hannelore Martens. C'est lui qui a constaté les faits. N'est-ce pas, brigadier ? »

Versavel fit le point en quelques phrases rapides, en taisant sagement le véritable motif de leur intérêt pour la bijouterie.

« Les patrouilles de nuit effectuent des contrôles de routine », expliqua-t-il, le visage impassible.

Heureusement, Petitjean se trouvait hors de portée.

« Nous n'avons découvert aucune trace d'effraction. Tout semble fermé à clé, dit-il prudemment. Je propose que M. Degroof nous ouvre la porte. Nous en découvririons peut-être davantage.

– Parfait, dit le substitut. Ne perdons pas de temps. Allons jeter un coup d'œil à l'intérieur. »

Elle avait manifestement l'intention de prendre la direction des opérations. Versavel observa Degroof attentivement pendant qu'il cherchait ses clés. Il portait un costume rayé chiffonné, des mocassins souples, sans chaussettes, et une horrible cravate. Il avait les traits flasques, une barbe négligée et des yeux de crapaud soulignés par trois rangées de cernes. Et surtout, il puait l'alcool.

Le bijoutier ouvrait maintenant le volet métallique. Hannelore Martens lança un regard de connivence à Versavel. La première impression que lui faisait le bijoutier n'était pas très éloignée de celle du brigadier. La tête de cet homme ne lui revenait pas.

« Reste ici, ordonna Versavel à Petitjean, qui faisait mine d'entrer. Et ne laisse passer personne sans mon autorisation. »

Petitjean obtempéra en esquissant un léger geste de la tête. Le volet s'était levé en souplesse. Après avoir ouvert la porte d'entrée, Degroof alluma et marcha rapidement vers une armoire encastrée qui était presque invisible entre deux vitrines.

« D'abord débrancher l'alarme », grommela-t-il.

Hannelore Martens s'arrêta instinctivement, mais Versavel lui indiqua qu'elle pouvait avancer.

« Il y a un mécanisme de retardement. Degroof a cent secondes pour désactiver le système. »

Le bijoutier tapa quatre chiffres sur le clavier : 1905.

« Bien ! dit-il, comme s'il venait d'accomplir une opération très délicate. Maintenant, nous ne risquons plus rien. »

Imbécile ! pensa Versavel. *Drôle de commentaire quand on vient de se faire cambrioler !* Ils ne risquaient plus rien, en effet, puisqu'il n'y avait plus rien à voler.

« *Mon Dieu !* s'exclama le bijoutier en regardant autour de lui. *Ils ont tout pris !*

– Vous voulez dire que vous ne mettez rien à l'abri et que vous n'emportez rien chez vous quand vous fermez la bijouterie ? s'étonna Versavel.

– Avec une installation comme ça, c'est inutile, monsieur le brigadier. Elle m'a coûté un million et demi[1]. »

L'air indigné, Degroof traversa la bijouterie, franchit une porte intérieure et disparut dans un étroit couloir. Martens et Versavel le suivirent, mais ils n'avaient pas encore atteint la porte que le bijoutier poussa une nouvelle exclamation : « *Mon Dieu !* »

Versavel pénétra le premier dans le couloir. À sa droite, il y avait deux portes. Elles étaient fermées. À sa gauche, une seule porte, et elle était entrouverte. Versavel nota mentalement qu'une odeur forte et insistante flottait dans l'air, une odeur qu'il ne connaissait pas. Hannelore Martens se mit à tousser.

Ils entrèrent dans un petit atelier. La tête dans les mains, Degroof avait les yeux rivés sur le coffre-fort.

---

1. Les sommes d'argent sont en francs belges. Il faut quarante francs pour un euro. Ici, il s'agit donc de 37 500 euros.

La porte se balançait sur une charnière, rappelant une sculpture contemporaine.

« Beau travail ! » dit Versavel en sifflant.

Il sortit son calepin et prit quelques notes. Il allait poser une question au bijoutier lorsque le téléphone sonna dans le magasin. Degroof demeurait immobile, une main sur les yeux, dans une pose dramatique. On eût dit la femme de Lot changée en statue de sel. Versavel alla décrocher.

« Brigadier Versavel. Qui est à l'appareil ? »

Il y eut un silence au bout du fil.

L'agent de Securitas comprit que ça allait être sa fête. Quand une alarme est désactivée, un signal téléphonique est envoyé à la centrale, à près de cent kilomètres de là. Or, cette nuit-là, il n'avait pas pu s'empêcher de dormir quelques heures. Cela ne lui arrivait jamais, mais il avait promis à son fils une journée au parc d'attractions Walibi. Son ex-femme ne tenait jamais compte de ses horaires. Pour elle, le droit de visite le dimanche, c'était le droit de visite le dimanche, un point c'est tout.

« Freddy Dugardin, de la centrale de surveillance. C'est la police ? demanda-t-il, tout en sachant qu'il y avait très peu d'espoir que la réponse soit négative.

– En effet », répondit Versavel.

Il sentait bien que le gars n'était pas à son aise. Si l'alarme avait été désactivée ou éteinte pendant la nuit et s'il n'avait pas entendu le signal, il était bon pour le chômedu.

« Il ne s'est rien passé de grave, j'espère ? demanda encore Dugardin.

– La bijouterie a été cambriolée, si vous voulez savoir. »

En prononçant ces paroles, Versavel se rappela que l'alarme était bel et bien branchée lorsqu'ils étaient entrés dans la bijouterie. C'est Degroof qui l'avait désactivée. C'est pour cela que l'agent téléphonait. On était dimanche, et normalement, le système devait rester branché jusqu'au lundi matin.

« Est-ce que quelqu'un a désactivé l'alarme cette nuit ? » demanda-t-il.

Il avait déjà ressorti son calepin et mettait son bic en joue.

« Un instant », répondit Dugardin.

L'agent de sécurité pianota fiévreusement sur le clavier de son ordinateur. Degroof Diamonds and Jewelry avait le code WV-BR-1423. En quelques secondes, la machine lui fournit les informations demandées. Dugardin se passa la main sur le visage. Il respirait à nouveau.

« Brigadier, dit-il, manifestement soulagé, rien n'a été signalé chez nous entre minuit et ce matin.

– Et avant minuit ?

– Un instant. »

Deux minutes s'écoulèrent avant que Dugardin ne revienne avec la réponse :

« Vendredi soir, M. Degroof a désactivé l'alarme. Il a téléphoné à mon collègue pour l'en informer.

– Ah, vendredi soir, vous dites. Restez en ligne, M. Degroof est ici à côté de moi », dit Versavel. Puis, se tournant vers Degroof : « Vous avez désactivé l'alarme vendredi soir ? »

Le substitut les avait rejoints et les écoutait attentivement.

« Bien sûr que non, répondit Degroof.

– M. Degroof prétend qu'il n'a pas désactivé l'alarme vendredi soir », dit Versavel en reprenant le combiné.

Il avait laissé planer un doute à dessein. Il était dans la police depuis suffisamment longtemps pour savoir que mieux valait ne jamais croire personne sur parole.

« Impossible, répondit Dugardin, qui reprenait de l'assurance. Il a téléphoné à 22 h 23. Je vous passe la bande, un moment. »

Versavel patienta en tapotant une valse de Strauss sur la table.

« Voilà ! » dit Dugardin, triomphant.

Il y eut quelques sifflements, puis la voix de Degroof retentit. Comme tous les notables de Bruges, il parlait un néerlandais châtié, ponctué de mots français.

« Allô, la centrale ? Ici Ghislain Degroof. Veuillez m'excuser pour le dérangement, mais comme j'attends encore un client important ce soir, j'ai *coupé* l'alarme.

– C'est noté, monsieur Degroof. Pouvez-vous me dire combien de temps cela va durer ?

– Oh, une heure, une heure et demie. C'est possible ?

– Le système sera rebranché pour minuit ?

– *Bien sûr, mon ami.*

– C'est en ordre. Bonne soirée, monsieur Degroof. »

Degroof trépignait d'impatience et manifestait nerveusement son envie d'écouter.

« Pouvez-vous repasser la bande ? demanda Versavel. M. Degroof voudrait l'entendre lui aussi.

– Avec plaisir », répondit Dugardin.

Degroof saisit le combiné. Versavel s'éloigna en se caressant vigoureusement la moustache.

À la centrale, Dugardin relança la bande, s'enfonça dans son siège et alluma une cigarette. Degroof devint livide.

« Ce n'est pas ma voix », dit-il, décomposé.

Hannelore Martens regarda Versavel avec curiosité. Elle s'amusait follement. Personne ne lui avait jamais dit que le travail sur le terrain pouvait être aussi passionnant. Degroof était toujours au téléphone, muet comme une carpe. Versavel lui prit prudemment le combiné des mains. Le bijoutier secoua la tête et se laissa tomber sur une chaise.

« C'est bon ? demanda Dugardin, soulagé.

– Pas vraiment, mon petit gars, dit Versavel, autoritaire. À votre place, je rédigerais rapidement un rapport circonstancié. Vous entendrez encore parler de nous.

– Bien sûr, brigadier, dit Dugardin, content de s'en sortir à si bon compte.

– Je pense qu'il se passe des choses étranges », affirma Hannelore Martens, dès que Versavel eut raccroché en soupirant.

Il haussa les épaules.

« Oh, madame, c'est comme ça tous les jours.

– Vraiment ? répondit-elle, les sourcils levés.

– Mais cet homme ment ! dit Degroof subitement. Je n'ai appelé personne vendredi ! Nous étions invités au mariage d'un cousin d'Anne-Marie à Anvers. Nous avons passé la nuit là-bas. C'est pour ça que la bijouterie est restée fermée tout le week-end. J'ai une centaine de témoins qui pourront le confirmer.

– Du calme, monsieur Degroof, dit Versavel. Personne ne vous accuse. Vous êtes la victime, ne l'oubliez pas. Nous savons au moins que quelqu'un a téléphoné à la centrale en se faisant passer pour vous. Quelqu'un qui était au courant de vos faits et gestes. Quelqu'un qui savait manifestement que vous alliez à une fête familiale. Et surtout, quelqu'un qui savait neutraliser l'alarme. »

Le substitut approuva : le brigadier connaissait son affaire. Ses collègues prenaient toujours un air condescendant lorsqu'ils parlaient des agents de Bruges, mais elle se faisait subitement une tout autre idée de la police.

Degroof fixait le vide, hébété, en s'épongeant le front avec un mouchoir.

« Restez assis, monsieur Degroof. Avant de prendre votre déposition, je voudrais encore jeter un coup d'œil dans l'atelier.

– Cela vous dérange si je vous accompagne ? demanda Hannelore Martens, qui n'avait aucune envie de rester seule avec le bijoutier.

– Il n'en est pas question. Je ne peux pas me permettre la moindre erreur en la présence d'un substitut », dit Versavel en souriant.

C'était osé, mais elle avait heureusement le sens de l'humour.

« Je ne pense pas qu'il y ait beaucoup de risques, brigadier. »

Cette réaction fit plaisir à Versavel.

Ils étaient à peine entrés dans l'atelier que Degroof déposa son mouchoir, saisit le combiné et composa nerveusement le numéro de son père. Il y eut trois sonneries. Ludovic Degroof, qui était loin d'être un lève-tard, se réveillait tous les matins à six heures trente tapantes.

« Allô, papa ? Ici Ghislain. »

Ludovic Degroof écouta le récit confus que lui fit son fils avant de lui donner très précisément ses instructions :

« J'appelle le commissaire tout de suite. Reste là. Je m'occupe de tout. »

Le vieux prend les choses en main, comme d'habitude, pensa Ghislain Degroof.

« Ça pue, ici, vous ne trouvez pas ? dit Hannelore.

– Oui, j'ai remarqué », grommela Versavel.

Il examina le coffre-fort. Il n'y avait pas à dire, c'était du travail de pro, et Versavel s'y connaissait. Durant son service militaire, il avait effectué un petit stage au service de déminage.

« Est-ce qu'il reste quelque chose ? demanda le substitut.

– Ça m'étonnerait. »

Par acquit de conscience, le brigadier regarda quand même à l'intérieur.

« Absolument rien. Les professionnels ne laissent jamais rien derrière eux. »

Hannelore recommença à tousser. L'odeur corrosive ne partait pas, malgré la porte ouverte.

« On dirait de l'acide, dit-elle. Quand j'étais petite,

mon père a laissé tomber son fer à souder dans de l'acide chlorhydrique. C'était exactement la même odeur. »

Versavel hocha la tête. Il ne pouvait quand même pas lui déclarer qu'il trouvait qu'elle était une chouette nana. Et dire qu'il avait toujours pensé qu'il n'y avait pas plus de chances de rencontrer un substitut sympa que de voir un Blanc gagner une course de fond !

L'atelier n'était pas grand, il faisait tout au plus douze mètres carrés. Un établi était dressé contre le mur qui faisait face à la porte. Il était surmonté d'un bras à charnière terminé par une loupe grossissante avec éclairage intégré. Il y avait aussi un étau, divers instruments de précision et une polisseuse. C'est là, sans doute, que le bijoutier effectuait les réparations mineures.

Versavel remarqua subitement l'aquarium. Il était posé sur le sol, entre l'établi et le mur latéral, et n'avait pas l'air à sa place. Le policier se demanda pourquoi personne ne l'avait repéré plus tôt. Le récipient en verre mesurait environ trente centimètres sur cinquante et semblait aussi large que profond. Il était rempli d'un liquide trouble. Une sorte de mousse sale, argentée, flottait à la surface.

« Mais c'est ça qui pue ! » dit Versavel en s'agenouillant et en reniflant l'aquarium de tout près.

Hannelore s'assit à côté de lui. Leurs genoux se touchèrent.

« Pouah ! Oui, ça pue ! s'exclama-t-elle en fronçant le nez.

– Je pense que nous ferions mieux d'appeler Degroof », dit Versavel.

La jeune femme lui tendit la main pour qu'il l'aide à se relever. C'était un assez bel homme, charmant, et calme. Elle aimait ça. Pendant ses études déjà, elle était toujours tombée amoureuse de types plus âgés qu'elle.

« Monsieur Degroof, dit Versavel en haussant la voix, pourriez-vous venir dans l'atelier ?

– *Mon Dieu*, brailla le bijoutier lorsque Versavel lui montra l'aquarium. De l'eau régale, *mon Dieu !* »

Ces simagrées commençaient à taper sur les nerfs de Versavel. Il préféra ne pas demander ce que pouvait bien être l'eau régale.

Degroof ouvrit un tiroir sous l'établi et en tira une paire de gants en caoutchouc. Après avoir enfilé le gant gauche, il trempa prudemment sa main ainsi protégée dans l'eau sombre. Il avait le regard halluciné, comme s'il craignait de trouver quelque chose d'horrible dans le fond du récipient. Une veine tortueuse saillait sur son front et l'enlaidissait. Son strabisme était plus violent que jamais. Sa main était maintenant si profondément enfoncée que le liquide glauque risquait de pénétrer dans le gant. Il fouilla le fond trente secondes avant de relever brusquement la main. Entre son pouce et son index, il tenait une très fine lame de métal jaune.

« *Nom de Dieu !* jura-t-il.

– Oui ? demanda Versavel en faisant l'imbécile. Vous avez trouvé quelque chose, monsieur ? »

Degroof le fusilla du regard et replongea la main dans l'aquarium. Le liquide menaçait à chaque instant de pénétrer dans son gant, mais il s'en fichait complètement. Versavel et Hannelore l'observaient d'un œil d'entomologiste. Après quelques minutes, le bijoutier avait pêché une petite quantité d'or méconnaissable, informe.

« Cela signifie-t-il que l'auteur n'a rien pris ? demanda Hannelore, qui commençait à comprendre.

– Mais personne ne se serait donné tout ce mal si c'était seulement pour détruire le butin, déclara posément Versavel.

– Ah non ? ! Et c'est quoi, ça, alors ? ! » hurla Degroof en ouvrant la main sur trois pierres précieuses dépolies. « *Barbares !* » beugla-t-il, avant de recommencer à fouiller l'aquarium comme un possédé, sans plus s'occuper de Versavel ni d'Hannelore Martens.

En la regardant, Versavel comprit enfin que la jeune femme trouvait la situation pour le moins amusante.

À cet instant, quelqu'un entra dans le magasin en criant : « Hello ! » Hannelore resta à observer d'un œil amusé Degroof qui extirpait de l'aquarium des fossiles de bracelets, de bagues, de colliers et de boucles d'oreilles, tandis que Versavel retournait dans la bijouterie.

« Ah ! Mon p'tit Versavel ! Comment ça va, m'gamin ? »

La voix de l'agent Decoster retentit comme un clairon.

« Désolé d'arriver si tard, mais tu connais De Keyzer ! Il lui faut toujours une demi-heure pour se réveiller, sans compter qu'après, il met une heure à faire le topo. »

Jozef Vermeersch, son collègue, éclata de rire.

« Paraît que l'affaire est corsée. C'est pas un p'tit poisson, le Degroof ! » continua Decoster.

Versavel posa un doigt sur ses lèvres et esquissa un signe en direction de l'atelier. Mais Decoster ne capta pas le message. Lui et Vermeersch étaient les membres les plus irrévérencieux du corps de police. *À croire que De Keyzer a fait exprès de m'envoyer ces deux zigotos-là*, se dit Versavel.

« C'est le problème avec les fils à papa, poursuivit Vermeersch. Alors on est d'abord passés chez Decoster pour prendre des gants. C'est qu'y faut faire attention, avec la haute, pas vrai, Versavel ? ! »

Decoster produisit un de ces hennissements nerveux dont il avait le secret. Versavel le saisit par les épaules et, approchant les lèvres à dix centimètres de son oreille gauche, articula : « Sub-sti-tut », en indiquant la direction de l'arrière-boutique.

D'accord, elle est toute jeune, mais un substitut reste un substitut.

Decoster fit un clin d'œil appuyé pour signifier que le message était reçu cinq sur cinq et lui donna un coup de coude entre les côtes.

« Et alors ? Qu'est-ce qu'on en a à foutre ? ! »

Versavel lui fit signe de se taire.

« Petitjean dort debout », reprit Decoster en changeant de sujet.

Vermeersch ne comprenait toujours rien, mais il la bouclait, c'était l'essentiel.

« Heureusement que son futur beau-père n'est pas dans les parages. Sinon...

– Je te demande une faveur, Decoster. Ne commence pas avec Petitjean. Il m'a soûlé toute la nuit avec ses salades.

– Chacun son tour, brigadier. Le mois passé, il m'a tenu la jambe deux fois de suite ! »

Versavel eut la sagesse de ne pas dire que, sans les déboires amoureux de Petitjean, il serait depuis longtemps sous la couette.

« Je crois qu'il ferait mieux de rentrer chez lui, avança Versavel. Il ne tient plus debout. Reconduis-le au commissariat, dit-il à Vermeersch. Decoster m'aidera pour le procès-verbal.

– Et le substitut ? Il peut pas t'aider ? dit Decoster en s'esclaffant. C'est pourtant le genre de mecs qui tombent dans tous les panneaux.

– C'est une substitut, précisa Versavel. Et c'est pas la première venue, si tu veux savoir.

– Merci, brigadier. »

Trois paires d'yeux se dirigèrent à la vitesse de l'éclair dans la direction d'où était venue la voix d'Hannelore Martens, qui venait d'entrer sans bruit dans la pièce. Un silence de plomb régna pendant plusieurs secondes.

« M. Degroof pense que l'auteur de ce casse a dissous toute sa collection de bijoux dans un bain d'eau régale, dit-elle gravement. Je pense qu'il vaudrait mieux que l'un d'entre vous l'aide à dresser l'inventaire des dommages. Et que le brigadier appelle quelqu'un de l'Institut national de criminalistique. »

Ils avaient tous les trois l'air de collégiens pris en défaut. Même Versavel, qui n'avait pas sa langue dans la poche, en restait coi. Hannelore attendait ce moment depuis longtemps. Elle pouvait enfin exercer son autorité et cueillir les fruits de ses laborieuses années d'études.

« Bien entendu, madame le substitut », répondit Versavel.

C'était trop beau pour durer, pensa-t-il. Mais qui sait comment il aurait réagi s'il avait été à sa place ? Les différences de classe existeraient toujours...

À cet instant, Degroof entra dans la bijouterie.

« Je voudrais *passer un coup de fil*. Vous permettez ? »

Accablé et exténué, l'homme alla s'asseoir à son bureau. Il avait retiré sa veste. L'extrémité de sa manche gauche était imbibée d'eau régale. Les yeux injectés de sang, ses cheveux fins plaqués sur son crâne dégarni, il transpirait abondamment, mais cela n'avait rien à voir avec le fait que plusieurs millions venaient de fondre comme un cachet d'aspirine dans un verre d'eau. Non, Ghislain Degroof avait peur de ce qu'allait lui dire son *papa*.

« Allons prendre l'air, messieurs », dit Hannelore diplomatiquement.

L'exercice de l'autorité lui plaisait chaque minute davantage.

Degroof la remercia d'un léger signe de tête.

Sur le trottoir, Hannelore alluma une cigarette. Elle passa son paquet à la ronde. Seul Decoster se servit, car Versavel et Vermeersch ne fumaient pas.

« Étrange affaire, dit Hannelore, lorsqu'elle eut inhalé la première bouffée. Je trouve que les magistrats devraient aller plus souvent sur le terrain. »

Les trois hommes sourirent poliment.

« En tout état de cause, nous n'avons pas affaire à

un amateur, fit remarquer Versavel, alors que Decoster et Vermeersch restaient muets comme des harengs. C'est surtout le mobile qui m'intrigue. Toute cette affaire paraît complètement absurde. Vous ne trouvez pas, madame le substitut ? »

De l'autre côté de la rue, un groupe de Japonais hilares les observaient avec curiosité. Leur guide se lança dans une anecdote, comme ils font toujours quand ils ne savent pas de quoi il retourne. Aussitôt, les touristes immortalisèrent la façade de la bijouterie Degroof Diamonds and Jewelry pour la postérité. Les appareils photo et les caméscopes zoomèrent à qui mieux mieux.

3

Lorsque le téléphone se mit à sonner, Pieter Van In n'était sous la douche que depuis cinq minutes. Jurant intérieurement, il prit tout son temps. Il se rinça soigneusement sous les aisselles avant de s'essuyer symboliquement les pieds sur le tapis en caoutchouc. Encore tout fumant, il se posta devant le miroir et secoua la tête d'un air compatissant. L'image trouble que lui renvoyait le miroir embué pouvait difficilement passer pour celle d'un bel homme. En poussant un soupir de résignation, il enfila son vieux peignoir usé.

Qui pouvait téléphoner un dimanche matin à neuf heures et quart ? Le soleil pointait prudemment à travers les rideaux décolorés. Van In fumait cigarette sur cigarette depuis huit ans, ce qui avait fini par leur donner une sérieuse patine, si on peut désigner ainsi l'effet des agressions répétées de la nicotine. Le plafond ivoire et le papier peint délavé n'avaient pas mieux résisté – il fut un temps où ils avaient été blancs.

La sonnerie continuait obstinément. En traînant les pieds, Van In descendit l'escalier en hêtre qui menait au salon. C'est là que se trouvait le seul téléphone de la maison. Van In détestait l'idée d'en placer un dans sa chambre. Avant de décrocher, il prit encore le temps d'allumer une cigarette.

« Van In, dit-il sèchement.

– Allô, Van In, ici De Kee. Bonjour ! »

Le patron ne manquait pas d'ironie. Lui téléphoner spécialement pour lui souhaiter une bonne journée un dimanche matin !

« Excusez-moi de vous déranger si tôt. »

Ce n'était plus de l'ironie, c'était du sarcasme. Van In aspira profondément une nouvelle bouffée de cigarette. Ça puait les emmerdes à plein nez.

« Je viens de recevoir un appel de Ludovic Degroof. Vous connaissez ?

– Je vois qui c'est », répondit Van In d'une voix résignée. Il faillit ajouter : « Hitler aussi, tout le monde connaît. »

« Bon. Écoutez bien ce que je vais vous dire, Van In. »

Van In comprit que Degroof avait tiré De Kee du lit. Cette histoire ne lui disait rien de bon.

« Une de nos patrouilles de nuit a constaté il y a quelques heures un cambriolage à la bijouterie du fils Degroof, rue des Pierres. Vous allez me demander pourquoi je vous embête pour si peu, et un dimanche matin par-dessus le marché. »

En fait, Van In se demandait pourquoi on l'avait dérangé lui, De Kee, pour une histoire aussi bénigne.

« Mais c'est une affaire délicate, poursuivit De Kee. D'après les premières conclusions, rien n'a été volé. Le truand a plongé tous les bijoux dans un bain d'eau régale. Ghislain Degroof, le bijoutier, dit que l'acide a détruit toute sa collection. »

De Kee se tut un instant. Van In partit dans une affreuse quinte de toux, lui qui d'habitude savourait la première cigarette de la journée.

« Allô ! Van In ?

– Attendez, commissaire », parvint-il à articuler.

Il était grand temps qu'il arrête de fumer. De Kee laissa percevoir une réelle irritation.

« Si Deleu n'avait pas été en vacances, je l'aurais appelé, bien sûr. Mais vous comprenez que, vu les circonstances, nous avons intérêt à mettre un inspecteur aguerri sur le coup, surtout avec quelqu'un comme Degroof. »

Deleu était le beau-fils de De Kee. C'est Van In qui l'avait fait entrer dans la police.

« Bien sûr, commissaire », répondit-il docilement.

Deleu se voyait toujours confier les affaires les plus retentissantes. Lorsqu'il bâclait l'enquête, et ça lui arrivait systématiquement, Van In accourait pour recoller les morceaux. Cette fois, De Kee n'avait pas le choix.

« Vous pouvez le remplacer ?

– S'il le faut. »

De Kee laissa échapper un soupir de soulagement.

« Parfait, Van In. Je vous attends au commissariat le plus rapidement possible. Nous nous mettrons immédiatement au travail. »

Van In ne répondit rien. Il était persuadé que De Kee téléphonait depuis son appartement. Il fallait que Degroof pèse vraiment lourd pour que le patron se bouge les fesses un dimanche matin.

« Je suis là dans une demi-heure, commissaire.

– Excellent, Van In. Je savais que je pouvais compter sur vous. »

Un bruit sec indiqua que la communication avait été coupée.

Van In aspira une nouvelle bouffée de cigarette. Il venait encore de se faire avoir. D'un autre côté, il ne fallait pas négliger l'aspect financier. Les heures du dimanche étaient payées double et il avait deux mensualités de retard sur le remboursement de son prêt hypothécaire.

Pendant une longue minute, il fixa son reflet dans le grand miroir moderne posé sur le manteau de la cheminée. Cela faisait longtemps qu'il avait cessé de lutter contre cette coquetterie de mâle. La ceinture qu'il avait nouée négligemment au sortir de la douche s'était détachée. La vue de son ventre rond où disparaissait son nombril n'avait rien de particulièrement réconfortant. Comme dans la salle de bains, il avait une mine affreuse. Et c'est pour obtenir ce résultat qu'il s'était entraîné sans relâche depuis huit mois ? ! Les magazines féminins avaient raison : passé le cap de la quarantaine, les hommes redeviennent franchement puérils.

Il écrasa sa cigarette dans le pot d'un ficus qui tentait désespérément de survivre, puis laissa tomber son peignoir et se regarda de profil dans le miroir. Une fois de plus, il s'observa d'un œil critique. S'il inspirait profondément et qu'il serrait les fesses, son ventre paraissait plat et dur. Van In garda la pose vingt secondes. Une fois ce rituel terminé, il remonta d'un pas sonore dans sa chambre avant de repasser dans la salle de bains pour s'habiller.

« Ah ! La Duvel[1] ! » jura-t-il en enfilant son pantalon.

Il décida de ne pas se raser, pour donner à De Kee l'impression qu'il s'était dépêché.

De chez lui, impasse du Poisson-Gras, au commissariat, situé rue des Siliques, il n'y avait qu'une dizaine de minutes à pied. Van In avait revendu sa BMW cabossée trois ans auparavant – impossible de trouver un espace de stationnement à Bruges quand on n'a pas de garage.

« Bonjour, commissaire Van In. »

Benny Lagrou, l'agent de la réception, sourit de toutes ses dents.

« Salut, Benny. De Kee est là depuis longtemps ? » demanda Van In.

Lagrou était un agent de la vieille école. Poivrot et radoteur... De Kee l'avait retiré de la circulation cinq ans auparavant, et il était normalement affecté au service des objets trouvés, mieux connu parmi les collègues sous le nom de *Sibérie*.

« Il vous a appelé au sujet du cambriolage de la rue des Pierres ? demanda-t-il, tentant d'esquiver la question.

– Il est là depuis longtemps ? » répéta Van In.

Lagrou regarda autour de lui avant de faire signe à Van In d'approcher.

« Il est entré en trombe il y a une demi-heure,

1. Marque de bière blonde belge.

chuchota-t-il sur un ton de conspirateur. Et je pense qu'il n'est pas très bien luné.

– Est-ce que ça lui arrive de l'être ? » demanda Van In.

Lagrou retroussa à nouveau les lèvres.

Van In poussa la porte intérieure et monta l'escalier jusqu'au troisième étage. Il ne rencontra personne. Tout le monde prenait désormais l'ascenseur.

Le commissaire en chef De Kee était un ancien coiffeur qui avait fini par décrocher une licence en criminologie. Lorsque Van In frappa à sa porte trois coups décidés, il répondit presque immédiatement.

« Entrez ! »

Le commissaire en chef était assis derrière son bureau. Assez petit, comme la plupart des dictateurs, il avait enfilé son uniforme pour l'occasion. Un tel événement était rare. Il portait le plus souvent de coûteux complets confectionnés sur mesure. Vera, sa compagne, soignait scrupuleusement son apparence.

« Asseyez-vous, Van In », dit De Kee d'une voix monocorde.

Il observa son adjoint à travers les verres antireflet de ses lunettes à monture en or dix-huit carats. L'absence de son beau-fils ne lui plaisait pas. Il n'aimait pas exposer Van In.

« Cigarette ?

– Volontiers », répondit Van In.

De Kee lui présenta un paquet de Players acheté hors taxes. Van In alluma calmement sa sèche. De Kee se passa plusieurs fois la main dans ses cheveux clairsemés.

Un enfant comprendrait qu'il est sous pression,

pensa Van In. De Kee vit que son adjoint l'observait et retira brusquement sa main.

« Je voudrais que vous preniez la direction de cette enquête, Van In. Il est de la plus haute importance que vous soyez extrêmement discret. J'entends par là que vous devrez embêter la famille Degroof le moins possible et que les auditions éventuelles n'auront pas lieu au poste. Suis-je clair ?

– Bien sûr, commissaire. »

Van In savait que De Kee devait beaucoup à Ludovic Degroof. Comme les trois quarts des flics de Bruges, soit dit entre parenthèses.

« Il n'est d'ailleurs pas absolument nécessaire d'attraper le ou les auteurs du cambriolage... »

De Kee avait manifestement éprouvé des difficultés à prononcer cette dernière phrase. Van In faillit sursauter.

« Et pourquoi cela, si je peux me permettre ? »

De Kee retira ses précieuses lunettes et, du pouce et de l'index, se frotta le coin des yeux. Van In posait précisément les questions que Deleu gardait pour lui. Mais le commissaire n'avait pas le choix, il le savait. Il fallait quand même que quelqu'un mène cette enquête !

« Mon cher Pieter, dit-il, onctueux, Ludovic Degroof a horreur de ce genre de publicité. Si tu trouves les coupables, tant mieux. Si tu ne les trouves pas, pas de problème. Degroof nous demande d'établir un bon procès-verbal, de constater officiellement les dommages et de ne pas trop nous occuper du reste. »

Le fait que De Kee se mette subitement à le tutoyer

rendit Van In particulièrement méfiant. Le commissaire en chef l'avait toujours vouvoyé.

« Autrement dit, il a besoin de nous pour obtenir un dédommagement de la compagnie d'assurances », répondit-il abruptement.

De Kee balaya cette remarque d'un revers de la main.

« Depuis combien de temps travailles-tu à la police, Pieter ? Dix-huit ans, dix-neuf ans ?

– Dix-neuf, répondit Van In, amusé.

– Presque vingt ans, Pieter ! »

Le vieux renard connaissait ses dossiers par cœur, et il ne manquait jamais l'occasion de le faire savoir.

« Un fameux bail ! »

Van In opina du chef. Il connaissait la rengaine. En général, on lui servait ce discours quand une enquête touchait de trop près les milieux politiques.

« Le temps de comprendre comment tourne le monde... Tu sais qu'il vaut parfois mieux garder le silence plutôt que de ruer dans les brancards... »

De Kee recommençait à se passer la main dans les cheveux. La veille, Vera lui avait fait une coloration hors de prix. C'était le genre de choses pour lesquelles il sortait volontiers son chéquier, comme pour la Clio et l'appartement à Zeebrugge en bord de mer.

« Je comprends parfaitement, commissaire. »

Van In se faisait l'effet d'un gamin. Mais la maîtresse qui lui faisait les gros yeux était un petit homme imbécile et arrogant.

« Je l'espère, Pieter. »

Le commissaire rechaussa ses lunettes et regarda Van In droit dans les yeux. C'était une habitude qu'il avait prise. Il pensait que cela lui donnait davantage d'autorité.

« C'est d'accord ? »

Van In se passa la langue sur les lèvres.

« Ai-je le choix ? »

De Kee secoua la tête.

« Non, tu n'as pas le choix, Pieter. »

Van In pensa avec nostalgie à sa jeunesse, à ces inoubliables années soixante où il n'aurait jamais accepté le moindre compromis. Désormais, il était coincé par une pension alimentaire et un énorme prêt hypothécaire.

De Kee se leva et laissa errer son regard sur la place de la Bourse. Il avait fait ce qu'on lui avait demandé. S'il salopait l'enquête, Van In devenait le bouc émissaire parfait. Tout bien considéré, ce n'était pas une si mauvaise chose que Deleu soit en vacances. De Kee avait un sixième sens pour ce qui était de se sortir des affaires délicates.

« Si nous allions jeter un coup d'œil ? » proposa-t-il.

Il consulta la grande horloge accrochée au-dessus de la porte. Il était dix heures moins cinq.

« Ton collègue sera content de voir venir la relève. »

Van In écrasa la cigarette qu'il n'avait encore fumée qu'à moitié et se dirigea vers la porte. De Kee saisit le combiné du téléphone intérieur et enfonça la touche de la cantine.

« Voilà, Gerard. Nous partons. »

De Kee émit le son rêche et nasal d'un mixeur tournant au ralenti.

Gerard Vandenbrande était le chauffeur personnel de De Kee. Le commissaire en chef avait lui-même créé cette fonction le jour de sa nomination par le collège des bourgmestre et échevins.

Gerard salua De Kee et Van In selon la procédure réglementaire et ouvrit la portière de la Ford Scorpio noire. Cette voiture avait à peine deux ans – rien de plus normal, puisque De Kee avait le droit de changer de véhicule de fonction tous les quatre ans. Par contre, le numéro de sa plaque minéralogique n'était pas banal : DKB-101. Autrement dit : *De Kee Bruges*, suivi du numéro d'urgence de la police, le 101. La vanité de cet homme était sans limites.

« Tout va bien avec le petit ? » demanda Van In en s'installant.

Kaat, l'épouse de Gerard, avait accouché six mois plus tôt d'un enfant mongolien. De Kee le savait aussi, mais il ne lui était pas venu à l'esprit de sortir sa propre voiture du garage. Cela aurait épargné à Gerard de remuer ciel et terre pour faire garder le bébé par ses beaux-parents, car Kaat, qui était infirmière, travaillait un week-end sur deux à l'hôpital.

Gerard haussa très discrètement les épaules et prit place au volant, le regard triste. De Kee fit un petit geste de la tête et le chauffeur démarra doucement.

Sur le Zand, la fontaine en bronze crachait ses jets puissants vers le ciel turquoise. L'eau percutait le bassin avec une régularité rassurante. La vaste étendue de la place était encore déserte, piège pour les agoraphobes qui ne se doutaient pas que la foule s'y presserait bientôt.

Gerard roulait lentement. Au sud de la place, la rue

du Bas-Sablon donnait dans la rue des Pierres, LA rue commerçante de Bruges. Degroof avait installé sa bijouterie dans un immeuble discret où, c'était de notoriété publique, il vendait des bijoux de prestige à des prix faramineux. On disait qu'il les façonnait lui-même, mais Van In savait de source sûre que le bijoutier employait de jeunes créateurs qui mettaient leur savoir-faire et leur inspiration à sa disposition pour trois fois rien.

Gyrophare en action, un combi Volkswagen était garé devant la bijouterie : Decoster et Vermeersch ne crachaient jamais sur un brin de spectacle.

« Qui a commencé l'enquête ? demanda Van In en sortant de la Scorpio.

– Guido Versavel, répondit De Kee. Il était de service cette nuit. Mais tu connais Versavel. Il ne peut jamais s'arrêter, ajouta-t-il, un rien moqueur.

– Versavel est un excellent policier », répondit Van In avec fermeté.

De Kee l'interrogea du regard, mais ne réagit pas. Il venait d'apercevoir Degroof à l'entrée de la bijouterie.

« *Bonjour, mon cher commissaire !* »

De Kee avança vers Ghislain Degroof, un sourire distingué sur ses lèvres fines. Les deux hommes se saluèrent avec force accolades sur le trottoir, en échangeant des propos en français que Van In ne saisit pas. Degroof était beaucoup plus à son aise qu'une heure auparavant, dans son bureau. Quant à Van In, il se sentait rétrogradé au rang de factotum. Versavel apparut heureusement dans l'encadrement de la porte. Il salua Van In de la tête et esquissa un geste fatigué dans sa direction. Il était très content que ce soit lui qui reprenne l'enquête, car il n'y avait rien de bon à tirer de Vermeersch et de Decoster.

« Eh bien, dis donc ! T'as l'air fatigué !

– Tu le serais autant que moi si tu avais passé la nuit à faire du baby-sitting ! »

Van In haussa les sourcils.

« Petitjean, dit Versavel en guise d'explication.

– Ce pauvre type n'est toujours pas marié ?! demanda Van In en souriant, car le corps de police tout entier était au courant des déboires amoureux du jeune agent.

– Vermeersch et Decoster prennent des photos dans l'atelier, reprit Versavel. Le substitut surveille l'opération.

– Le substitut ! gémit Van In. Et pourquoi pas le ministre de l'Intérieur ?! Pas de publicité, *Benson im Himmel* !

– Qu'est-ce que tu dégoises ?

– Fais pas attention. Explique-moi plutôt ce qui s'est passé ici. »

En quelques mots, Versavel mit Van In au courant. Il confessa aussi le petit tour qu'il avait joué à De Keyzer, l'officier de garde.

« Je comprends qu'il soit tombé dans le panneau, mais qui aurait cru que le substitut aurait marché aussi ?!

– Parce qu'il est aussi bête que la plupart des autres magistrats, dit Van In dédaigneusement.

– Je ne sais pas si elle est bête, dit Versavel en souriant dans sa barbe. En tout cas, elle est assez jolie...

– Nous verrons bien, coupa Van In. Mais dis-moi,

brigadier, d'où te vient cet intérêt subit pour la gent féminine ? »

Van In et Versavel se connaissaient depuis longtemps. À la longue, Versavel ne se formalisait plus des allusions de Van In.

« J'ai téléphoné à Léo. Il arrive d'un moment à l'autre », dit le brigadier en faisant mine de rien.

Léo Vanmaele était laborantin à l'Institut national de criminalistique et de criminologie, l'INCC. C'était aussi le grand ami de Van In.

« Bien, dit celui-ci.

– Viens, entrons », proposa Versavel, qui commençait à se sentir exténué.

Les pieds de Van In s'enfoncèrent d'un demi-centimètre dans le tapis gris souris qui recouvrait le sol de la bijouterie et où s'étalait en lettres blanches le monogramme de Degroof Diamonds and Jewelry.

« Le kitsch du kitsch, grommela-t-il.

– Tu ne trouves pas ça beau ? » s'étonna Versavel.

Van In secoua énergiquement la tête. Il se mit à observer attentivement la pièce. Elle ne devait pas faire plus de trois mètres et demi sur six, évalua-t-il. Les murs en vieille brique sablée à la main étaient creusés de huit niches de style gothique fermées par une porte vitrée derrière laquelle les bijoux étaient normalement exposés. Ce dimanche matin, à l'exception des écrins de velours bleu, elles étaient vides.

Plusieurs lustres en cristal étaient accrochés au plafond. Il y avait également deux tables. C'est là que Degroof recevait ses clients. Van In n'arrivait pas à identifier leur style. Ce devait être un mélange de plusieurs Louis, avec beaucoup de feuilles d'or et de cuir de Cordoue. Chacune était entourée de trois chaises du même style indéfinissable à l'assise en velours.

Van In alluma une cigarette.

« Je devrais peut-être commencer par te présenter au substitut, dit Versavel prudemment.

– C'est vraiment nécessaire ? grommela Van In. Tu sais que je n'aime pas travailler avec les bonnes femmes. Elles commencent par te piéger, puis elles jouent au boss avec toi et, avant que tu aies compris quoi que ce soit, elles se tirent avec ton fric. »

Versavel savait ce que Van In avait traversé, mais il reprit :

« Je crois que cette fois, tu devrais suivre mon conseil. Au premier regard, tu es perdu ! »

Mais il n'eut pas besoin d'en dire davantage. Intriguée par les voix, Hannelore Martens approchait. Versavel observa Van In : celui-ci écarquilla les yeux, comme il l'avait prévu.

« Madame Martens, puis-je vous présenter le commissaire adjoint Van In ? C'est lui qui reprend l'enquête. »

Le substitut ne s'offusqua pas du regard du commissaire.

« Enchantée de faire votre connaissance, commissaire Van In. Je suis très curieuse de connaître votre avis, car pour moi cette affaire est un mystère insondable.

– Je viens d'arriver, dit Van In, ennuyé. Le brigadier Versavel était en train de me briefer quand vous êtes entrée. »

Il sentait la sueur perler sur son front. Il lui fallait toujours un certain temps avant de pouvoir parler normalement en présence d'une inconnue. Il éprouvait toutes les peines du monde à ne pas bégayer. Cette gêne l'accompagnait depuis la puberté. Il était désormais trop vieux pour essayer de lutter. Il suffisait d'attendre un peu, et tout rentrerait dans l'ordre.

« Et si nous faisions le point ici ? » dit le substitut en indiquant une des deux tables.

Sans attendre la réponse de Van In, elle prit une chaise et s'assit. Elle croisa les jambes avec désinvolture.

Comprenant que Van In n'était pas dans son assiette, Versavel vint à son secours :

« Le commissaire en chef est aussi présent, madame le substitut. Il discute sur le trottoir avec le bijoutier. Voulez-vous que je l'appelle ? »

Elle eut l'air perdu quelques secondes. Une loi non écrite veut en effet que les membres du parquet s'entretiennent uniquement avec l'officier le plus gradé.

« Non, merci, brigadier. Je vais le saluer. À tout à l'heure.

– Ouf ! soupira Van In dès qu'elle eut franchi la porte. Tu aurais pu me prévenir, salaud. Je te remercie !

– J'ai essayé, répondit Versavel en souriant. Mais tu ne voulais rien entendre. À propos, tu te souviens de la fois où tu m'as menotté à ce jeune Allemand pendant une bonne moitié de la nuit, l'année dernière ? Nous étions cuisse contre cuisse, j'avais toutes les peines du monde à me contrôler. Tu l'avais fait exprès, pas vrai ? C'est pas ma faute si elle est canon ! »

Van In inspira profondément. Son ventre se dénouait lentement.

« D'accord, quinze partout. La prochaine fois que nous coffrerons un bellâtre, tu pourras faire la fouille au corps, chéri. »

Ils éclatèrent de rire.

4

À onze heures et quart, Léo Vanmaele entra nonchalamment dans la bijouterie, suivi de la belle Hannelore.

« Le commissaire en chef et M. Degroof prennent un café à la terrasse du *Craenenburg*, dit-elle avant que Léo ait pu dire le moindre mot. M. Vanmaele est de la police judiciaire. Il travaille pour le labo technique, ajouta-t-elle sur un ton didactique.

– Bonjour, monsieur Vanmaele », dit Van In en faisant un clin d'œil à son vieux pote.

La veille, ils avaient éclusé Duvel sur Duvel jusqu'aux petites heures, mais ça ne regardait pas le substitut.

Vanmaele avait garé son Audi 100 jaune canari juste devant la vitrine, deux roues sur le trottoir. Il l'avait fait repeindre à l'issue d'un pari avec Van In. S'ils repéraient une seule autre Audi 100 de la même couleur et immatriculée en Belgique, Van In était bon pour payer toutes leurs consommations de Duvel pendant un an. Autant dire que cela lui reviendrait beaucoup plus cher qu'il n'en avait coûté à Vanmaele pour faire changer la couleur de sa voiture.

« Cela fait longtemps que nous n'avons plus eu le plaisir de travailler ensemble.

– En effet, commissaire, répondit Léo, flegmatique. De quoi s'agit-il cette fois ?

– Un inconnu a dissous toute la collection de Degroof dans un bain d'eau régale. »

Van In recula d'un pas et fit un signe dans la direction d'Hannelore et de Versavel.

« Je n'en sais pas beaucoup plus, je viens d'arriver. »

Hannelore n'aimait pas l'attitude en retrait de Van In. Pourquoi se contenter de si peu ? Il fallait agir ! Ses collègues du tribunal avaient-ils raison, finalement, lorsqu'ils prétendaient que la police de Bruges était juste bonne à s'occuper des voitures garées en infraction ?

« M. Degroof vient de dresser l'inventaire des bijoux qu'il conservait ici », dit-elle d'un air expert, mais totalement hors de propos.

En voyant Van In hocher la tête, manifestement agacé, elle se tut.

« Est-ce que je peux examiner ce récipient d'eau régale ? demanda Vanmaele. Et le coffre-fort, bien sûr. Chalumeau ou explosif ? »

Personne ne lui avait parlé du coffre-fort, mais c'était inutile : Vanmaele était un homme d'expérience.

« Explosif, répondit Versavel. Je pense que le malfrat a utilisé du Semtex et un coussin d'eau pour amortir le bruit de la détonation. Des restes de plastic sont encore accrochés au mur. »

Hannelore n'avait aucune idée de ce que pouvait

être le Semtex, mais elle renonça à demander une explication.

« Et personne n'a rien entendu ? demanda Léo en regardant Van In.

– Probablement pas. L'endroit est désert la nuit. Les pauvres diables qui tiennent un petit commerce dans la rue ont un cabanon en dehors de la ville, dit-il, narquois. Mais nous vérifierons, bien sûr.

– Des passants, alors ?

– Peut-être », dit Van In.

L'opération s'était déroulée avant minuit, et il y avait constamment des passants dans cette rue, mais Van In se tut. De Kee ne lui avait-il pas demandé de rester discret ? La recherche de témoins était le cadet de ses soucis.

« Vous pourriez lancer un appel à témoins sur une radio libre ou contacter la télévision locale », déclara Hannelore, que commençait à énerver le manque d'initiative dont faisait preuve le commissaire adjoint.

Versavel et Vanmaele pensaient exactement la même chose.

« En effet, ce serait possible, répondit Van In sans grand enthousiasme. Mais commençons par bien observer les lieux. M. Vanmaele peut prélever un échantillon d'eau régale et chercher des empreintes sur l'aquarium. »

D'habitude si jovial, Vanmaele faisait la tête : on lui avait changé son Van In.

« D'accord, commissaire, dit-il en insistant sur le dernier mot. Je vais chercher ma valise.

– Demande à Vermeersch qu'il te conduise au poste, Guido, ajouta Van In à l'adresse de Versavel.

J'imagine que tu es crevé, mais j'ai bien peur que les paperasses ne puissent pas attendre. J'ai besoin de ton p.-v. aujourd'hui. »

Versavel hocha la tête. Il trouvait Van In bizarre, mais il le connaissait suffisamment pour savoir qu'il avait une raison valable pour se comporter de la sorte.

Lorsque Versavel eut quitté la bijouterie et que Vanmaele eut disparu dans l'atelier à la recherche de traces exploitables, Van In alla s'asseoir à une des deux tables. Hannelore l'observait avec un étonnement croissant.

Après quelques secondes, Van In trouva le silence encore plus insupportable que le malaise dans lequel le mettait la jeune femme.

« Y a-t-il encore quelque chose pour votre service, madame le substitut ? » demanda-t-il finalement, dans l'espoir qu'elle finisse par s'en aller.

Une goutte de sueur froide coula le long de sa colonne vertébrale.

« Je trouve cette affaire extraordinairement mystérieuse, répondit-elle, totalement à côté de la plaque. Vous permettez que je m'asseye près de vous ? Je n'ai jamais assisté à une enquête de police. Si on a besoin de moi, on saura où me trouver. J'ai laissé le numéro de Degroof sur mon répondeur. Je reste joignable », ajouta-t-elle fièrement.

Benson im Himmel ! pensa Van In. *Benson im Himmel ! Au secours !*

Elle approcha une chaise et s'assit en face de lui.

« Vous avez déjà été confronté à une affaire de ce genre ? »

Van In secoua la tête. Il regarda Hannelore en face, mais baissa aussitôt les yeux.

« Ce n'est pas banal, de dissoudre des bijoux dans un bain d'acide. C'est peut-être le fait d'un déséquilibré. Et il n'y a rien de plus difficile que d'attraper un fou, dit-il avec une mauvaise volonté délibérée.

– Vous n'êtes pas très optimiste...

– Si nous ne trouvons pas d'indices exploitables ou de témoins fiables, je crains en effet qu'il n'y ait aucune raison de faire preuve d'optimisme, madame le substitut.

– Mais nous ne le saurons que lorsque nous aurons lancé un appel à témoins à la radio ou à la télévision, non ? C'est quand même ce que vous comptez faire, j'espère ? »

Van In se trouvait devant un sacré dilemme. Il pouvait difficilement répéter à la jeune femme ce que De Kee lui avait confié. Mieux valait laver son linge sale en famille. Faire des confidences à un représentant de la magistrature, c'était trahir son corps. Et bien que ses relations avec De Kee ne soient pas franchement cordiales, il n'imaginait pas une seconde se confier au substitut. Mais si Hannelore Martens continuait à s'accrocher à cette idée d'appel à témoins, il serait obligé de la suivre. Elle avait beau être nouvelle dans le métier, elle était du genre têtu et obstiné. Il cherchait donc désespérément un subterfuge pour la détourner de ce projet.

« Il me semble préférable d'attendre le résultat des analyses avant de faire quoi que ce soit. »

Subitement, Van In sentit la chaleur des genoux de la jeune femme contre les siens. Elle était très, très près de lui.

« Cela n'a aucun sens ! répondit-elle en riant. Les médias sont à l'affût d'affaires aussi croustillantes ! Par ailleurs, vous savez très bien que leur collaboration permet souvent d'apporter des informations très utiles. Aux Pays-Bas, de nombreuses affaires ont été résolues avec l'aide des médias. Bruges est quand même une ville civilisée !

– Il faudra que j'en réfère d'abord à ma hiérarchie, répondit Van In, fermé.

– Bien, commissaire. Mais je souhaite que vous me teniez au courant, c'est entendu ? »

Elle saisit une enveloppe qui se trouvait sur le bord de la table et y griffonna quelques mots.

« Voilà, je vous donne mon numéro de téléphone et mon adresse. »

Van In prit l'enveloppe. C'était un modèle banal, sans timbre, et Hannelore avait écrit ses coordonnées au verso en lettres capitales énergiques. Le commissaire allait glisser l'enveloppe dans une poche lorsque son regard tomba sur trois mots griffonnés sur le recto : *Pour toi, crapule.*

Van In palpa l'enveloppe. Il avait cru comme tout le monde que c'était Degroof ou un de ses collaborateurs qui l'avait laissée là. Il l'ouvrit et en retira un petit billet carré.

« Que faites-vous ? » demanda Hannelore, surprise.

Les sourcils froncés, Van In fixait le billet. La jeune femme se leva et vint se pencher sur la lettre. Van In détourna rapidement les yeux. Elle portait un soutif vaporeux, une toute petite chose en dentelle. Il secoua la tête. *Benson im Himmel !*

« Que faites-vous ? Pourquoi avez-vous ouvert cette enveloppe ?

– Parce qu'il y est écrit : *Pour toi, crapule.* Je ne pense pas que ce soit le genre de courrier que M. Degroof reçoit d'ordinaire », répondit-il, irrité.

Van In tourna le papier dans tous les sens. Il n'y comprenait rien.

« Vous pensez que l'auteur des faits a laissé ça derrière lui ? » dit le substitut en s'approchant encore.

Son décolleté bâillait sans que cela semble la gêner le moins du monde. Van In détourna sagement les yeux, essayant en vain de se concentrer sur les vingt-cinq lettres figurant sur le bout de papier qu'il tenait entre le pouce et l'index.

« Je me demande si Degroof a un avis sur la question, dit-il pensivement. Les bijoutiers travaillent parfois avec des codes. En tout cas, je n'y comprends que dalle.

– Vous venez de dire que les mots écrits sur l'enveloppe vous donnaient à penser qu'ils avaient un rapport avec l'affaire.

– Je n'ai pas dit ça. J'ai dit que je ne pensais pas que Degroof recevait d'ordinaire des enveloppes sur lesquelles on lisait : *Pour toi, crapule*.

– Vous pensez donc que cette lettre a été posée là par l'auteur du cambriolage, reprit-elle, obstinée.

– Ce serait tout à fait possible.

– Ce serait tout à fait possible, répéta-t-elle. Qui d'autre aurait pu la mettre là ? Vous permettez, commissaire ? »

Hannelore Martens prit la feuille de papier et l'étudia durant quelques secondes.

« Je suppose que M. Degroof ne correspond pas en latin », dit-elle, perfide.

Ah, ils sont beaux, les intellectuels ! vitupéra Van In intérieurement.

« Je ne connais pas non plus beaucoup de malfaiteurs qui ont cette habitude », répliqua-t-il, sarcastique.

Il ne parvenait pas à se défaire de son malaise, et l'assurance naïve dont témoignait la jeune femme ne faisait que l'accentuer.

« En effet, commissaire, vous avez raison. Ce n'est pas le genre de la pègre », convint-elle sportivement.

De mieux en mieux, soupira Van In. *Elle est capable de reconnaître ses erreurs ! Et elle a le sens de l'humour !* Il repensa à leurs genoux qui s'étaient touchés l'espace d'un moment. Avait-elle cherché le contact à dessein ? Avait-elle voulu le taquiner ? Avait-elle senti qu'il n'était pas tout à fait dans son assiette ? Van In ne se faisait aucune illusion, mais il avait très chaud et tout son corps était parcouru de picotements.

Hannelore Martens prit une chaise, s'assit à côté de Van In et posa la feuille de papier devant eux.

« *Rotas*, ce sont les roues », dit-elle en réfléchissant.

C'était le premier mot qui figurait sur le billet :

R	O	T	A	S
O	P	E	R	A
T	E	N	E	T
A	R	E	P	O
S	A	T	O	R

Hasard ou pas, la jeune femme était de nouveau très près de Van In. Elle sentait bon et son visage était parsemé de taches de rousseur. Difficile de croire qu'elle était substitut du procureur du roi ! Van In secoua la tête.

« Si ce n'est pas ça, qu'est-ce que cela veut dire, selon vous ? » répliqua-t-elle promptement.

Occupé à songer aux moments insouciants qu'il avait passés avec Sonia, Van In sursauta.

« Excusez-moi, je pensais à autre chose. »

Il aurait voulu allumer une cigarette, mais il se retint. Une cigarette suffit à éveiller l'antipathie de certains non-fumeurs : il ne voulait pas courir ce risque.

« Cela ressemble à une énigme, à un cryptogramme. Vous n'êtes pas de cet avis, commissaire ? »

Elle était aussi versatile qu'une ado. En quelques minutes, elle était passée de la tante acariâtre à la collégienne espiègle.

« Si c'est le cas, nous avons affaire à un cinglé ou à un redresseur de torts. Ou aux deux à la fois », dit Van In en soupirant.

Il éprouvait subitement de la reconnaissance envers De Kee. Cette enquête serait vite classée.

« Ou à quelqu'un qui a vu trop de mauvais films américains, ajouta Hannelore, tête en l'air.

– *Benson im Himmel*, gémit Van In. Ne me faites pas ça !

– Qu'est-ce que vous dites ? »

Hannelore fixait Van In, les yeux écarquillés. Sa lèvre supérieure tremblait comme si elle réprimait un fou rire. Van In se sentit rougir.

« Du jargon de flic, dit-il, l'air évasif.

– Expliquez-moi ça. »

Van In comprit qu'il n'avait aucun intérêt à lui raconter des bobards et qu'elle était du genre à ne pas se laisser décourager.

« Vous avez raison, madame le substitut. Il est temps que j'apprenne à me défaire de cette sale habitude.

– Des hardes, commissaire, des hardes ! Je disais toujours ça quand j'avais des problèmes, avant.

– Je ne vous crois pas.

– Je vous assure ! Ça m'était resté du temps de mes études, raconta-t-elle avec enthousiasme. Le jour de mon premier oral, j'avais mis un jean. Un jean flambant neuf ! Et vous savez ce que le prof a dit quand je suis entrée dans la salle de classe ?

– Non, répondit Van In, curieux.

– *Je ne veux pas de hardes à mes examens. Vous reviendrez en septembre.* Et j'ai dû sortir. J'ai pleuré toutes les larmes de mon corps !

– Non, je ne vous crois pas ! »

Il se rendait vaguement compte que leur conversation était aussi surréaliste que l'anecdote qu'elle venait de lui raconter. Ils étaient au beau milieu d'une enquête, tout de même ! *Benson im Himmel*, faillit-il dire à nouveau. Heureusement, ils étaient seuls.

« Et d'où vient votre cri de guerre ? » lui demanda-t-elle en lui décochant un coup de coude dans les côtes.

Que Léo ait écouté aux portes ou pas, il entra dans la pièce à point nommé. Les manches retroussées, il paraissait légèrement essoufflé d'être resté longtemps accroupi. Il regarda successivement Van In et le substitut de ses petits yeux en boules de Loto.

Hannelore prit un air grave. Tout cela était neuf pour elle, et elle s'amusait comme une petite folle. Ah, ils étaient loin, les sages conseils de ses collègues ! Faire preuve d'autorité, c'était bien un moment, mais elle ne pouvait pas continuer comme ça, non, ce n'était pas son genre. Pas étonnant qu'ils tiraient tous une tronche jusque par terre, au palais !

« Alors, vous avez trouvé quelque chose ? s'enquit Van In.

– Aucune empreinte, répondit Léo avec résignation. Et les gants n'ont pas grand-chose à livrer non plus. Un modèle courant, disponible partout. À moins qu'un examen au microscope ne révèle un indice.

– Et l'eau régale ? demanda Hannelore en tournant son visage dans sa direction.

– Que voulez-vous dire, madame ?

– Vous ne comprenez pas ? D'après moi, ce récipient contient bien quarante litres d'eau régale. C'est beaucoup, et je n'en ai jamais vu en vente au supermarché !

– Vous pensez que les acheteurs d'une telle quantité sont inscrits dans un registre ? Si seulement ! Non, l'eau régale – ou *aqua regia*, pour employer le jargon des spécialistes – n'a rien de rare ou d'exotique, malgré son nom. On l'obtient très simplement, en mélangeant une part d'acide nitrique et trois parts d'acide chlorhydrique. Deux composants tout à fait inoffensifs qu'on achète chez le droguiste sans éveiller le moindre soupçon. Les bijoutiers s'en servent pour séparer l'or des autres métaux dans les alliages. »

Léo empoigna une chaise et s'assit en face d'Hannelore et de Van In. Ses joues rebondies étaient marquées par la couperose. Jeune homme, il avait été instituteur. Il aimait enseigner, mais les élèves de plusieurs écoles étaient venus à bout de cette première vocation. Après avoir ôté ses lunettes, il attaqua :

« L'or pur de vingt-quatre carats est assez tendre et, par conséquent, insoluble. L'or de dix-huit et de quatorze carats est en réalité un alliage d'or et de cuivre, d'argent, de nickel ou de palladium. Plus il est jaune, par exemple, plus il contient du cuivre. Quant à ce que nous appelons l'or blanc, c'est un alliage d'or et de palladium ou de nickel. À quatorze carats, l'alliage contient septante-cinq pour cent d'or.

– Eh bien, intervint Hannelore, on en apprend tous les jours ! »

Léo la remercia d'un large sourire. Les deux hommes étaient manifestement sous le charme de la belle Hannelore.

« Lorsque les bijoutiers travaillent du vieil or, de la ferraille, comme ils disent, ils doivent en séparer les différents constituants. L'or a notamment pour caractéristique de résister à tous les acides. Le procédé est d'une simplicité enfantine. Il suffit de fabriquer un cocktail de deux acides puissants et d'y plonger la ferraille. Et le bijoutier récupère l'or pur sans aucune difficulté ! »

Léo Vanmaele rechaussa ses lunettes pour indiquer qu'il avait terminé son exposé. Il observa le couple de tourtereaux à travers ses verres épais. Pour lui, la situation était claire comme de l'eau de roche : une idylle était en train de naître entre ces deux-là. Mais il ne parvenait pas à comprendre comment une femme comme Hannelore pouvait tomber sous le charme d'un type comme Van In. Son ami avait quarante et un ans, il fumait comme une usine du dix-neuvième siècle et il consommait autant qu'une Land Rover en régime tout-terrain !

« Autrement dit, Degroof ne peut pas porter plainte, conclut Hannelore. Son or est réutilisable.

– En effet, madame le substitut, dit Léo avec un rien trop d'insistance, comme s'il voulait souligner la différence de statut. Mais le travail du joaillier représente nonante pour cent de la valeur d'un bijou. Le ou les auteurs ont causé un énorme préjudice, car s'ils avaient emporté la marchandise, l'assurance aurait remboursé Degroof jusqu'au dernier centime.

– C'est donc un acte de vengeance, dit Van In, pensif.

– Commis par un fou ayant une formation classique », compléta Hannelore en agitant la lettre.

Léo, qui ne savait pas de quoi elle parlait, ne releva pas.

« Cela a tout de l'acte de vengeance soigneusement préparé, dit-il. Nous n'avons pas affaire à des amateurs. Ils ont fait sauter le coffre au Semtex, et ça, ça ne s'achète pas à la boulangerie du coin ! De plus, pour dissoudre des bijoux dans un bain d'eau régale, il faut plus de vingt-quatre heures. Les auteurs devaient savoir que la bijouterie serait fermée samedi.

– Et n'oubliez pas l'alarme ! Ils connaissaient le code et la procédure de la centrale de surveillance ! » ajouta Van In.

Hannelore fouilla la poche latérale de sa jupe ample pour en extirper un paquet de cigarettes.

« Vous fumez, commissaire ? »

Van In n'en crut pas ses oreilles.

« Volontiers », répondit-il.

Léo refusa d'un geste cordial de la main.

Alors que Van In aspirait goulûment la première bouffée, Hannelore laissa tomber d'une façon inattendue : « Étrange que quelqu'un qui connaît le code de l'alarme ne soit pas aussi en possession de la combinaison du coffre. »

Léo lança un regard d'étonnement ravi à Van In.

« Mes compliments, madame. En pareille occasion, mon maître d'école avait coutume de dire : vous recevez un bon point et vous avancez d'un banc, jeune homme.

– Pourquoi n'y avons-nous pas pensé ? demanda Van In.

– Parce que les femmes sont plus perspicaces que les hommes, commissaire, fanfaronna-t-elle, le visage rayonnant. Et n'oublions pas l'énigme en latin ! »

Elle fit glisser le papier sur la table pour le montrer à Léo.

« Si je ne m'abuse, vous avez étudié le latin, mon cher Vanmaele », dit Van In.

Il ne comprenait pas pourquoi ils continuaient à jouer la comédie, mais Léo semblait y prendre plaisir.

« Vous avez raison, commissaire, marmonna celui-ci en chaussant ses lunettes et en soumettant le morceau de papier à un examen attentif.

– S'il s'agit d'un acte de vengeance, dit Hannelore, il me semble logique de chercher le ou les auteurs dans l'entourage immédiat de la famille Degroof. La vengeance est quelque chose de très personnel, et c'est un motif plus fréquent dans les crimes passionnels que dans les cambriolages, si on peut appeler cambriolage l'affaire qui nous occupe. »

Elle regarda Van In comme si elle attendait quelque chose de lui.

« Dès demain, je ferai établir le profil de l'auteur, dit-il, bien ennuyé de ne pas pouvoir parler franchement. Peut-être que les gars du CBO pourront nous aider. Mais si vous voulez mon avis, je ne pense pas que nous ayons affaire à un fou.

– Mais il y a deux minutes vous disiez...

– C'était il y a deux minutes, madame.

– Bon, chacun est libre de revoir son jugement. Mais pourquoi ce revirement ? L'intuition ?

– En effet, dit Van In en souriant. L'intuition masculine... »

Bien envoyé ! pensa Léo. Tout en les écoutant, il avait tenté de comprendre le texte latin. La signification de *rotas*, *opera* et *tenet* était évidente. Et il n'avait pas manqué de remarquer que *arepo* et *sapor* étaient les formes inverses d'*opera* et de *rotas*. Des palindromes ! Mais le reste lui résistait.

« Ce n'est pas de la petite bière, Van In, dit-il en ôtant ses lunettes pour montrer qu'il abandonnait. C'est loin, tout ça ! Je crains que nous ne devions faire appel à un latiniste. Et qui nous dit qu'une traduction nous servira à quelque chose ? Vous avez remarqué que *rotas* et *opera* sont des palindromes, c'est-à-dire qu'ils se lisent également à l'envers, aussi bien à la verticale qu'à l'horizontale ?

– Vous pensez qu'il s'agit d'une sorte d'énigme ? dit Van In en se penchant en avant pour reprendre le papier.

– Cela doit vouloir dire quelque chose ! Les malfaiteurs n'ont tout de même pas pour habitude de laisser des messages derrière eux ! dit Hannelore en relevant ses cheveux derrière ses oreilles.

– Sauf dans les polars américains, dit Van In. Là, tout est possible.

– Allons, messieurs ! Arrêtez de vous moquer de moi, dit-elle, indignée.

– Nous devons attendre les résultats de l'enquête. Honnêtement, madame, nous ne pouvons pas faire grand-chose d'autre.

– Vous oubliez l'appel à témoins sur la radio libre », répondit-elle, obstinée.

Et voilà, ça recommence ! pensa Van In en soupirant intérieurement. Elle avait raison, évidemment. Il y avait certainement eu des témoins auditifs ou oculaires.

« Rassurez-vous, madame. Je suis convaincu que le commissaire en chef accédera à votre demande. Mais en ce moment, je pense que je serai plus utile au commissariat. Il y a toute la paperasserie à remplir et je ne veux pas laisser le brigadier Versavel s'y coller tout seul.

– Bien, commissaire, mais je suivrai l'affaire pas à pas.

– M. Vanmaele va probablement rester ici encore quelque temps. »

Léo hocha la tête.

« Dans ce cas, j'y vais. Ah ! D'après Versavel, Degroof a confié les clés de la bijouterie à l'agent Decoster. Je vais lui dire de rester jusqu'à ce que vous en ayez fini. Il fermera derrière vous.

– D'accord, répondit Vanmaele. Et je reviendrai demain avec une camionnette et quelques hommes pour prendre le récipient d'eau régale et l'envoyer au labo. Cela nous permettra de savoir avec précision quelle quantité d'or y est passée. Je suppose que cela intéressera Degroof au plus haut point.

– Entendu, conclut Van In en se levant. Nous aurons certainement l'occasion de nous revoir, ajouta-t-il à l'adresse d'Hannelore.

– Je l'espère de tout cœur, commissaire. Ce fut pour moi un plaisir de faire votre connaissance », dit-elle tout sucre tout miel.

Van In pensa qu'il ne comprendrait jamais rien aux femmes. Elle lui serra la main un peu trop longuement.

« Et n'oubliez pas la radio ! dit-elle dans un clin d'œil. Je suis sûre que vous obtiendrez des résultats. Et je veillerai à ce qu'il en soit ainsi, ajouta-t-elle sévèrement. Si je n'entends rien demain matin, je téléphonerai personnellement au responsable de Radio Contact ! »

À l'extérieur, Decoster et Vermeersch avaient toutes les peines du monde à tenir les curieux à l'écart. La rue grouillait de touristes avides de sensations.

Un grand échalas portait un regard amusé sur la scène, tandis qu'un petit homme chauve prenait photo sur photo. C'était un journaliste local qui ne sortait jamais sans son appareil. Un billet de mille francs lui avait suffi pour soutirer tous les détails de l'affaire à un des agents.

Van In sortit de la bijouterie le plus discrètement

possible. Le soleil d'été sinuait comme un serpent de feu entre les façades. La journée s'annonçait torride. Aucun filet de vent ne faisait voler les drapeaux accrochés aux fenêtres en prévision du lendemain, jour de la fête de la Communauté flamande. Malgré ses efforts, Van In n'avançait que lentement, bloqué par le flot de touristes.

Le commissaire marchait le long des maisons, utilisant les murs comme une protection naturelle. Il ne pouvait détacher ses pensées d'Hannelore Martens, tel un papillon prisonnier d'un parterre de fleurs. Il s'en voulait. Il s'était comporté comme un imbécile.

Un demi-imbécile, se corrigea-t-il. Car elle n'avait pas vraiment eu un comportement de magistrat non plus.

Versavel était installé au 204, le dos à la fenêtre, et peinait sur une vieille machine à écrire mécanique.

« Pas encore fatigué ? » demanda Van In en entrant.

Le brigadier leva à peine les yeux. Ses gros doigts malmenaient impitoyablement l'antique Brother.

« Encore cinq minutes », grommela-t-il.

Van In s'affala derrière le bureau de Versavel avant d'allumer une cigarette, comme si les écriteaux « Interdiction de fumer » ne s'adressaient qu'aux visiteurs.

« Tu as décroché un rencart ? demanda Versavel sèchement.

– *Benson im Himmel*, tu t'y mets aussi ? Léo n'a pas arrêté de m'envoyer des clins d'œil. Et pourquoi ? Elle veut seulement se faire remarquer ! Les débutants en font toujours un peu trop.

– Elle ne t'a pas lâché des yeux, répondit Versavel, imperturbable. À ta place, je ferais attention ! »

Le silence s'installa entre les deux hommes, seulement interrompu par le crépitement de la machine à écrire. Van In ne savait pas très bien pourquoi il avait pris la mouche. Si ça n'avait tenu qu'à lui, c'est sûr qu'il aurait volontiers passé la soirée avec Hannelore.

« Voilà ! Une bonne chose de faite ! » dit Versavel, soulagé.

Il sortit de la machine la dernière feuille de son rapport et la déposa précautionneusement sur le petit tas qu'il venait de préparer.

« J'ai bien gagné mon dimanche. À toi l'honneur ! »

Il se leva et s'étira de tout son long.

« On se voit demain ? demanda Van In. Kétounet m'a personnellement confié cette affaire et j'aimerais que ce soit toi qui m'assistes.

– Génial ! » répondit Versavel, en montrant que la proposition l'honorait.

Il avait beau n'être que brigadier, il avait prouvé à plusieurs reprises qu'il n'était pas manchot, et Van In était un des rares officiers à en tenir compte.

« Il y a un ou deux problèmes, Guido, dit Van In sur le ton de la confidence. Le vieux Degroof met la pression sur Kétounet. Il exige une discrétion absolue et une absence totale de publicité. »

Versavel fronça les sourcils.

« Nous serons donc discrets.

– Mais cette jolie demoiselle exige que nous lancions un appel à témoins sur Radio Contact.

– Ha, ha ! Évidemment, ça complique un peu les choses. »

Versavel ne posa aucune question sur le pourquoi du comment. Il acceptait l'absurdité de la situation, comme n'importe quel flic ayant un peu d'expérience.

« J'aimerais donc que ce soit toi qui répondes au téléphone demain matin. Je demanderai que l'appel à témoins ne soit diffusé qu'entre sept et neuf. De Kee ne sera pas encore dans la maison et espérons que Degroof n'écoute pas Radio Contact. Il suffit qu'un seul témoin se manifeste pour que nous soyons couverts. On prend les déclarations, on les verse au dossier et on envoie le tout à Miss Martens. Et comme ça, tout le monde est content.

– Je l'espère pour toi, dit Versavel, sceptique.

– Te tracasse pas, Guido. J'ai survécu à des catastrophes plus graves.

– À demain, donc. Je serai là avant sept heures.

– Merci, Guido. Rentre vite chez toi, maintenant.

– Au boulot, commissaire ! »

Versavel ferma la porte d'un coup sec et s'éloigna en sifflotant.

Avant de glisser la première feuille dans la machine, Van In fuma encore une cigarette. Il détestait la paperasserie, et il en avait pour le reste de son dimanche. Cette malheureuse petite sèche n'était qu'une manœuvre de diversion totalement inutile.

5

De la main gauche, Guido Versavel écrasa le gobelet en plastique qui avait contenu son café et le lança dans la corbeille à papier. But ! Il était sept heures et quart. Le brigadier était frais comme une rose. Il avait dormi neuf heures, pris un bon bain chaud, et cela avait suffi pour effacer la fatigue de la veille.

Il avait apporté une petite radio portative et l'avait réglée sur Radio Contact, une station populaire de la bande FM. Le téléphoniste avait reçu pour mission de lui transmettre tous les appels liés à l'affaire Degroof au local 204.

En attendant, Versavel relut le volumineux procès-verbal sur lequel il avait peiné si longtemps la veille. Rares étaient ses collègues qui savaient qu'il s'essayait à l'écriture durant ses loisirs. Il avait déjà publié deux récits sous pseudonyme et il avait terminé son premier roman depuis un an. C'est parce qu'il aimait écrire qu'il soignait tant le style et la forme de ses p.-v. La plupart seraient classés sans suite, mais il s'en fichait complètement. Il mettait un point d'honneur à écrire dans son meilleur néerlandais.

Le premier appel arriva à huit heures et quart. Un

homme qui se présenta sous le nom d'Armand Ghyoot affirma que la veille, vers dix heures trente, il avait vu deux Marocains traînailler dans la rue des Pierres.

« Un des deux basanés trimbalait un lourd sac de sport », ajouta-t-il en ricanant.

Après l'avoir remercié, Versavel assura que tout avait été soigneusement noté et raccrocha. Ce n'était pas ça qui allait faire avancer les choses. Dix secondes plus tard, le téléphone sonna à nouveau, après quoi les appels se succédèrent rapidement. Dans la demi-heure qui suivit, Versavel recueillit treize témoignages. Trois portaient sur des Marocains, un sur un Noir et deux autres sur des Turcs. Une vieille dame avait confondu la bijouterie Degroof Diamonds avec Les Faucheuses Deloof de Zedelgem. La veille au soir, elle avait vu un camion s'engager sur le parking de cette entreprise et elle avait entendu des bris de verre. Par la suite, il s'avérerait qu'un cambriolage avait bien été commis à cet endroit.

Versavel eut également affaire à deux plaisantins. L'un fut immédiatement découvert, car il avait été assez stupide pour utiliser son propre téléphone. Il y avait encore des gens qui ignoraient que la police était équipée de postes à écran qui lui permettaient de visualiser les numéros appelants.

Versavel retint quatre appels intéressants, dont il fit un bref rapport à l'attention du commissaire adjoint Van In.

Le vendredi, à vingt et une heures trente, M. Dupont sort son chien comme à l'accoutumée. Il habite au numéro 14 de la rue Traversière. Tous les soirs, il suit le même itinéraire. De la Zilverpand, il prend la rue de la Monnaie et la rue Saint-Amand vers la grand-place. Arrivé là, il boit généralement une gueuze au fût à la terrasse du *Craenenburg*. Il en repart sur le coup de onze heures. Il traverse la grand-place et flâne jusqu'au Burg, le cœur historique de Bruges. Là, il lâche son chien, un golden retriever de quatre ans, pendant un quart d'heure et s'assied sur un banc, à l'ombre des arbres. Comme presque tous les soirs, il admire l'éclairage de l'hôtel de ville et de la basilique du Saint-Sang, un spectacle dont il ne se lasse jamais. Ensuite, il rentre chez lui par la rue des Pierres. Hormis quelques voitures qui passent à vive allure, la rue est déserte. C'est même pour cette raison qu'il se souvient si bien des deux hommes qu'il a aperçus à la porte d'entrée de la bijouterie Degroof. Le premier, qui doit avoir dans les vingt-cinq ans, selon M. Dupont, tient la porte ouverte pour laisser sortir un homme plus âgé. Ils ont les mains vides. M. Dupont s'arrête, comme s'il voulait laisser pisser son chien. Les deux hommes portent un costume sombre et une cravate grise. Le plus vieux, âgé d'environ soixante-cinq ans, a de longs cheveux gris. Pendant que le jeune pénètre dans un break Mercedes de couleur foncée, l'autre ferme la porte et descend le volet. M. Dupont poursuit sa route sans se douter de rien. Lorsqu'il a entendu l'appel à témoins, le matin, il a immédiatement fait le lien entre cette scène et le cambriolage.

Le deuxième témoignage exploitable provient d'un couple de Hollandais venu célébrer leur vingt-cinquième anniversaire de mariage à Bruges. Le vendredi 8 juillet, ils font la route d'Almelo à Bruges en voiture. Leurs quatre enfants leur ont offert un cadeau romantique. Ils logent à l'hôtel *Les Cygnes*, que certains guides qualifient de meilleur hôtel de charme du Benelux. Après un repas cinq services au restaurant *De Visscherie*, une grande maison de bouche du marché aux Poissons, Judith et Stan Cornuit, car tels sont leurs noms, entament une petite promenade digestive. Ils traversent le Burg avant de prendre la rue Breydel jusqu'à la grand-place. Rue Breydel, ils admirent la vitrine de Quijo, un des principaux concurrents de Degroof. Le jeune bijoutier est dans son atelier du haut, sans doute occupé à mettre la dernière main à une commande urgente. C'est la raison pour laquelle il y a encore de la lumière à l'étage. Dans le plus grand secret, Stan a économisé quatre mille florins pour offrir un bracelet à sa chère et tendre Judith. Après quatre ou cinq minutes – le temps pour Stan de repérer un beau bijou –, le couple traverse la grand-place bras dessus bras dessous en direction de la rue des Pierres car, lors de leur arrivée, le matin même, Stan y a repéré une autre bijouterie. Ils ne sont pas étonnés de voir que cette bijouterie-là aussi est éclairée. Deux hommes sont encore occupés à prendre les bijoux exposés en vitrine et à les transporter à l'arrière. Ils portent des gants de coton et procèdent avec le plus grand soin. Le plus jeune fait un geste amical de la main au couple qui observe les bracelets, le nez collé à la vitrine. Le deuxième s'affaire avec un balai et entasse des débris de verre dans un coin. Le jeune vient lui prêter main-forte, car l'épais tapis rend la manœuvre difficile. Les Hollandais ne nourrissent absolument aucun soupçon.

Il faut être gonflé ! pensa Versavel. Mais plus il réfléchissait au mode opératoire des malfrats, plus il se disait qu'ils avaient adopté la méthode la plus efficace. D'expérience, il savait qu'après vingt-deux heures trente, il n'y a plus beaucoup de mouvement dans la rue des Pierres. Les cambrioleurs avaient dû le vérifier au préalable avec soin. L'éclairage des vitrines de la plupart des magasins s'éteint automatiquement à vingt-deux heures, car l'époque de la consommation à outrance est définitivement révolue et il est aujourd'hui très chic d'adopter un comportement énergétique responsable. C'est économique et écologique. Et ça, ça plaît aux clients.

Il était même peu probable qu'une patrouille de police ait pu flairer le danger. Si les flics avaient vu les deux hommes en action, nul doute qu'ils n'auraient pas pensé autre chose que le couple Cornuit : les indépendants, c'est bien connu, travaillent tard.

Les Hollandais avaient observé le manège des deux hommes pendant plusieurs minutes. Ils étaient donc capables d'en donner une description détaillée. Trouvant leur témoignage particulièrement intéressant, Versavel prit rendez-vous pour les entendre plus longuement dans le courant de l'après-midi. Il proposa de les rencontrer à quatorze heures trente, espérant que Van In serait de retour.

Les deux autres témoins fiables avaient entendu une déflagration sourde entre vingt-trois heures et minuit. L'un compara le bruit à la détonation d'un fusil de chasse. L'autre, une petite vieille qui occupait un appartement miteux au coin de la petite rue Saint-Amand, avait été tirée de son premier sommeil par un bruit sec qu'elle avait attribué à un pot d'échappement défectueux.

Van In serait content. Ils disposaient de quatre témoignages exploitables, ce qui était amplement suffisant pour contenter le substitut Martens. Et De Kee ne s'était pas encore pointé au commissariat.

Van In l'avait appelé la veille pour lui dire qu'il avait pris rendez-vous avec Ghislain Degroof à neuf heures pour une audition de routine. Il avait promis de venir prendre la température le plus rapidement possible. Si tout roulait comme prévu, ils pourraient boucler l'enquête avant mercredi, taper leur rapport et transmettre le dossier au parquet. Pour Versavel, c'était aussi simple que ça.

Van In avait particulièrement mal dormi. L'affaire Degroof le préoccupait beaucoup plus qu'il ne l'aurait souhaité. Dans le domaine de la criminalité, Bruges était restée un nid provincial où il ne se passait jamais rien. Pensée réconfortante pour l'honnête citoyen, certes, mais particulièrement frustrante quand on a l'ambition de devenir un bon flic. Des crimes vraiment spectaculaires, vraiment intéressants, cela n'arrivait jamais.

Au fil des ans, Van In s'était hissé jusqu'au poste

de commissaire adjoint et de chef de la cellule spéciale de recherche, perpétuellement en quête d'une affaire qui sortirait du lot. Comme elle ne venait pas, son enthousiasme s'était peu à peu émoussé. Il s'était laissé rattraper par la routine et les embrouilles à la petite semaine.

Plus il y réfléchissait, plus il se persuadait que le casse de la bijouterie Degroof était peut-être l'affaire qu'il attendait depuis si longtemps. Le fait que De Kee ait cédé aux pressions pour étouffer l'affaire ne lui disait rien de bon. Le boss était un snobinard, d'accord, mais ce n'était pas le genre à se laisser marcher sur les pieds. Van In était certain que le vieux Degroof avait sorti les grands moyens pour inciter le commissaire en chef à regarder ailleurs.

Pourquoi ? Le fils Degroof était pourtant bien la victime de cet étrange cambriolage ! Le comportement du père Degroof ne collait pas. Il devait y avoir autre chose. Van In mourait d'envie de comprendre, coûte que coûte – ne fût-ce que pour épater la belle Hannelore...

Après avoir procédé devant son miroir à sa gymnastique quotidienne, laquelle consistait à tendre ses muscles abdominaux avachis et à convoquer une image de lui-même depuis longtemps évanouie, Van In chercha son plus beau costume. Des trois cravates dont il était l'heureux propriétaire, il choisit la plus fringante. Saint-Valentin 1984, se souvint-il, d'humeur sombre. Le soir où Sonia et lui avaient dîné aux chandelles pour la dernière fois. Elle avait réservé une table au *Septième ciel*, un restaurant intime de la Walplein au nom parfaitement adéquat, qui avait fait faillite quelques mois plus tard. Comme leur mariage... Sonia avait gardé les meubles et leurs maigres économies. Van In avait emprunté deux millions pour lui rembourser sa part de la maison. Depuis, il déboursait vingt-quatre mille francs en plus de son crédit hypothécaire, soit un total de trente-cinq mille francs par mois, pour pouvoir la garder. Mais il avait ses raisons : c'était la maison de ses rêves. Enfant, il y avait joué d'innombrables fois. Elle était alors occupée par une vieille demoiselle qui lui préparait des crêpes presque tous les mercredis. Il était très rapidement tombé amoureux de cette bâtisse cachée au bout d'une ruelle typique du vieux Bruges, l'impasse du Poisson-Gras, dans l'ancien quartier des pêcheurs, de la vieille salle voûtée où il passait des heures à lire, de la table en chêne massif placée devant la fenêtre, de l'escalier en colimaçon qui menait au jardin le long de la Reie, de la sombre cave à voussettes infestée de toiles d'araignées et des craquements du plancher au premier étage... Partout, il s'était souvenu de la paix tranquille qui émanait de cette maison et de la lumière particulière du soleil qui filtrait à travers ses carreaux verts. Il s'était juré d'y vivre une fois adulte.

En 1978, alors que Sonia et lui étaient mariés depuis quatre ans, la maison avait été mise en vente. Le prix était exorbitant, mais Van In avait relevé le défi. Sonia était aussi enthousiaste que lui. Avec une naïveté toute juvénile, ils avaient contracté un emprunt énorme. Ils se mirent à travailler jour et nuit pour se payer leur rêve. Sonia cuisinait dans un grand restaurant du Burg et gagnait considérablement mieux sa vie que lui, pauvre flic débutant.

En 1984, durant une de ces longues soirées où Sonia était au restaurant, Van In avait succombé aux charmes d'une jeune collègue. Ils avaient eu une liaison aussi brève qu'orageuse. Du haut de ses dix-neuf ans, la belle faisait preuve d'un appétit insatiable, jusqu'au jour où elle avait compris que Van In ne pouvait pas grand-chose pour son avancement. Elle le laissa tomber comme une vieille chaussette. Il venait d'être promu inspecteur. Le lendemain, Sonia le quittait. Au moment même où le plus difficile était enfin derrière eux, leur mariage volait en éclats. Van In ne sut jamais qui l'avait trahi. Son couple aurait pu tenir, mais il était trop tard. Se lamenter sur son sort, ce n'était pas son genre.

Son costume noir l'amincissait, et cette constatation le mit d'humeur joyeuse. Comme à l'accoutumée, il se rendit à pied au commissariat. En ce jour de la fête de la Communauté flamande, des drapeaux arborant le Lion des Flandres flottaient au vent çà et là. On voyait où habitaient les vrais Flamands ! Jour férié ou pas, lui, il travaillait : la prime était toujours bonne à prendre.

Entrant en coup de vent dans le commissariat, Van In s'arrêta au guichet pour demander quelle voiture il pouvait prendre. L'agent Cardon, un échalas au visage grêlé, lui tendit les clés de la Golf qu'il avait l'habitude de conduire.

« Merci, Robert.

– À votre service, commissaire. »

Van In envisagea un instant d'aller jeter un œil en haut, mais il se ravisa en voyant à la grande horloge du couloir qu'il était déjà neuf heures moins le quart. Radio Contact diffusait son message toutes les demi-heures. Il l'avait vérifié lui-même et il était sûr que Versavel était à son poste. S'il y avait du nouveau, il l'apprendrait dans l'après-midi.

Au volant de la Golf, il s'engouffra dans la rue Maréchale en direction de la chaussée de Gistel. Degroof habitait Varsenare, une petite commune située entre Bruges et Jabbeke.

Van In connaissait Grote Thems, le quartier de villas cossues où vivait Degroof. Habiter là, c'était affirmer sa respectabilité. Cela grouillait de médecins, de commerçants pleins aux as, d'agents de change, de banquiers, de rentiers... Les titres de noblesse y étaient tenus en haute estime, mais il était également bien vu de faire partie du Rotary Club ou du Kiwanis, d'être chevalier de l'ordre de Malte ou surnuméraire de l'Opus Dei...

Van In mit dix bonnes minutes avant de localiser la maison de Degroof, car le plan du quartier ne répondait à aucune logique – comme si les richards qui habitaient là voulaient donner l'impression que chacun avait sa propre rue. Après quelques tours pour rien, il arriva enfin à bon port.

Degroof habitait une pseudo-fermette, le biotope typique des nababs qui avaient fait construire dans les années septante. En cette période de retour à la nature, il était de bon ton de s'offrir un palais bucolique sur un terrain archicoûteux en dehors de la ville.

Degroof ne faisait pas exception à la règle. Il n'avait lésiné sur rien pour se doter d'une version mégalo de son idée de la modeste fermette. Deux architectes avaient empoché près d'un demi-million chacun pour ça : un monstre en brique artisanale, flanqué de trois garages, avec portails et volets en chêne. Un étang réniforme occupait le centre du gazon millimétré afin que deux cygnes puissent y dériver en cercles décoratifs. *C'est sûr, ils sont dressés*, pensa Van In, sarcastique.

Il s'engagea dans l'allée pavée et arrêta son véhicule de fonction devant un des garages. Il n'avait pas encore sonné que la porte d'entrée s'ouvrit sur un jeune homme d'une vingtaine d'années vêtu d'un smoking noir et arborant un nœud papillon. On comprenait immédiatement le rôle qui lui était dévolu dans cette maison. Son teint mat, ses lèvres charnues et ses mystérieux yeux noirs ne laissaient planer aucun doute quant à ses origines. Chez les grands bourgeois, c'était connu, on n'aimait rien moins que le personnel de maison bon marché venu des colonies.

« Commissaire adjoint Van In. J'ai rendez-vous avec M. Degroof », dit-il avec un soupçon d'autorité dans la voix.

L'Indien esquissa un sourire indéfinissable. Van In fut aussitôt jaloux de ses dents d'un blanc éclatant.

« *Moment please, Sir* », répondit le majordome dans un anglais presque parfait.

Il disparut en laissant Van In.

Van In commençait à avoir chaud dans son costard. Il aurait bien desserré son col et sa cravate. Malgré l'heure matinale, il faisait déjà torride, alors que le bulletin météo de la BRTN avait annoncé de la pluie.

Le majordome fut de retour moins d'une minute plus tard.

« *Mister Degroof can see you now* », dit-il, à la limite de l'obséquiosité, avant de se plier en deux comme un canif et de faire signe à Van In d'entrer.

Le hall était un rien plus grand que la chambre à coucher de Van In. Le sol était couvert de coûteux tapis tibétains. Van In identifia leur provenance, car il rêvait des mêmes depuis longtemps. Ces bruns, ces ocres et la simplicité de ces motifs géométriques le rendaient fou. De toute sa visite, ce serait le seul élément décoratif à propos duquel ses goûts s'accorderaient avec ceux de Degroof.

De nombreux tableaux dans leurs lourds cadres dorés étaient accrochés aux murs. Des scènes de genre rurales de maîtres inconnus du dix-neuvième siècle, pour la plupart. Au plafond, artificiellement soutenu par des poutres de récupération en chêne, les lustres en cristal détonnaient.

Le majordome fit passer Van In par une double porte et le guida jusqu'au salon. D'une superficie d'au moins soixante mètres carrés, la pièce était elle aussi placée sous le signe du kitsch : des fauteuils en cuir de style country, de la porcelaine chinoise dans de fausses vitrines antiques, une peau de léopard devant une cheminée garnie de carreaux de Delft, d'autres lustres en cristal, un papier peint au motif de médaillons, des vases du val Saint-Lambert, des garnitures en bronze et en cuivre... Van In en avait la nausée.

Le mur de gauche était percé de grandes baies coulissantes qui donnaient sur la terrasse et le jardin.

Ghislain Degroof vint à sa rencontre, un large sourire aux lèvres.

« *Commissaire* Van In ! Quel plaisir de vous revoir ! » dit-il avec l'accent qu'il réservait aux gens du peuple.

Van In serra la main sèche et fuyante qu'il lui tendait.

« Je ne voulais pas vous importuner davantage hier, monsieur Degroof. Mais vous comprenez que je dois encore vous poser quelques questions. Pour le dossier, ajouta-t-il avec un zeste d'ironie dans la voix.

– *Mais bien sûr*, je suis tout à votre service. »

Degroof portait un pantalon beige d'une coupe impeccable, une chemise blanche au col ouvert et une paire de mocassins bateau couleur noix, sans chaussettes. L'air détendu, il paraissait dix ans de moins que la veille.

« Si nous nous installions sur la terrasse, commissaire ?

– Volontiers », répondit Van In.

L'instant d'après, le majordome le débarrassa de sa veste. Heureusement qu'il n'y avait aucun miroir en vue, car, en la retirant, Van In perdait son camouflage.

Grande comme le salon, la terrasse était agrémentée d'une pergola et d'une fontaine qui lui donnaient une fraîcheur agréable, alors que les rayons directs du soleil devaient maintenant être insupportables. La table ovale en acajou traité était encore dressée pour le petit déjeuner. Une bouteille de champagne couverte de buée trempait dans un seau à glace en argent. Du coin de l'œil, Van In aperçut plusieurs chaises longues que masquait presque entièrement l'imposante table. Il sursauta lorsqu'une tête de femme surgit subitement.

« Nous avons de la visite, Guy ? demanda-t-elle, étonnée, avant de se lever en jetant un regard indifférent à Van In.

– Puis-je vous présenter mon épouse Anne-Marie, commissaire ? »

Pétrifié, Van In entendit à peine les dernières paroles de Degroof. L'Anne-Marie en question ne portait qu'un minuscule slip de bikini et se dirigeait vers lui, pas gênée pour un sou. Pendant quelques secondes, Van In fut dans l'impossibilité de détacher ses yeux de la créature. C'eût d'ailleurs été difficile, car elle se tenait maintenant à moins d'un mètre de lui. Elle avait le corps d'une jeunette, des muscles bien dessinés, la peau brune et ferme, des mâchoires anguleuses, un profil effilé et de grands yeux gris.

« Ma femme a été mannequin », dit Degroof, en insistant sur le verbe au passé, et Van In eut l'impression qu'elle avait cillé.

Il eut à la fois chaud et froid lorsqu'elle lui serra la main. Elle s'était tellement rapprochée que ses seins effleurèrent presque sa chemise.

« Je viens au sujet de l'affaire d'hier », dit-il niaisement.

Il perdait ses moyens. La jeune femme s'en rendait compte et semblait s'en amuser.

« Tu aurais dû me dire que nous avions de la visite ce matin, Guy ! dit-elle sur un ton de reproche.

– Mais ma chérie, je te l'ai dit hier ! »

Degroof ne paraissait voir aucun inconvénient à ce

que sa femme se trouve quasi nue à côté de Van In. Il semblait même trouver la scène plutôt à son goût.

« Nous pourrions peut-être prendre place à table, commissaire, dit-il finalement, après quelques moments de gêne.

– Comme vous voulez, répondit Van In en essayant de regarder ailleurs.

– Un café ? »

Anne-Marie retourna à sa chaise longue en se déhanchant ostensiblement.

« À moins que vous ne préfériez un verre de champagne, commissaire ? »

La jeune femme était enfin hors de vue. Van In poussa un soupir de soulagement.

« Pourquoi pas ? » dit-il avec reconnaissance.

La sueur coulait en rigoles le long de son dos, et ce n'était pas seulement à cause du soleil.

« Tu veux un verre aussi, *ma chère* ? » dit Degroof d'un ton amusé à sa femme, qui était maintenant allongée de tout son long, la tête vers la table.

Le majordome posa une serviette immaculée autour du col de la bouteille de champagne et remplit trois verres. Il servit d'abord la jeune femme, puis Van In et Degroof, et se retira discrètement.

« *Santé, commissaire !* dit Degroof avant de tremper ses lèvres dans le champagne et d'en boire une petite gorgée.

– Santé. »

Van In suivit l'exemple de Degroof, se disant qu'on ne se désaltère pas avec du champagne.

« Je suppose que vous n'êtes pas là pour nous annoncer que vous avez déjà la solution de l'affaire, commissaire, dit Anne-Marie d'une voix traînante. C'est vrai que dans le cas présent, on parlerait plutôt de dissolution... »

Van In, qui, l'instant d'avant, ne savait pas comment réagir, eut un petit rire poli, mais, intérieurement, il bouillait. On se payait sa tête, et cela ne lui plaisait pas du tout.

« Allons, allons, *chérie*, laisse donc le commissaire faire son travail », susurra Degroof.

La jeune femme renifla et se retourna. Van In en profita pour s'asseoir. Il choisit une chaise de l'autre côté de la table. Il valait mieux tourner le dos à la nymphette.

« Ma femme a un *sens de l'humour* un peu spécial », dit Degroof sur un ton de connivence, avant de s'asseoir à son tour et d'étendre les jambes sous la table.

Il ne touchait pas à son verre. Oubliant toute politesse, Van In but un grand trait de champagne.

« Mais venons-en aux faits, commissaire, reprit Degroof, lorsque Van In laissa son verre sur la table comme à regret. Posez-moi vos questions ! Je suis curieux. »

Van In se racla la gorge et sortit son calepin. En fait, il n'avait pas encore décidé de la manière dont il allait approcher Degroof, mais il savait avec certitude que celui-ci répéterait chacune de ses paroles à De Kee.

« Je pense que nous sommes en présence d'une affaire très étrange, commença-t-il sur un ton neutre. Si le ou les malfrats avaient tout emporté, le mobile aurait été clair. Mais ils auraient eu du mal à revendre leur butin, point délicat, car il s'agissait en l'occurrence de pièces originales et donc difficiles à écouler dans leur totalité. Seuls quelques receleurs de haut vol sont intéressés par ce type de transaction.

– Tout à fait d'accord, dit Degroof en hochant la tête énergiquement

– Je suppose que la valeur des bijoux s'élève à plusieurs millions. »

Le comptable de Degroof était occupé à dresser l'inventaire. La veille, personne n'avait pu donner de chiffre précis.

« Entre vingt et vingt-cinq millions, commissaire. Le coffre contenait une collection destinée à une exposition qui allait se tenir à Anvers. »

Après avoir pris note de cette information, Van In poursuivit :

« Selon mon modeste point de vue, le mobile d'un acte aussi insensé ne peut être que la vengeance ou la jalousie, monsieur Degroof. À moins que nous n'ayons affaire à un fou. »

Degroof se pencha en avant, planta solidement ses coudes sur la table et se frotta pensivement le menton.

« Qui sait, commissaire ? dit-il, avec comme un malin plaisir dans la voix.

– Avez-vous des ennemis, monsieur Degroof ?

– Des ennemis ? ! Anne-Marie, avons-nous des ennemis ? » s'exclama-t-il.

Van In en profita pour regarder dans la direction de la jeune femme – c'était plus fort que lui –, mais elle ne se retourna pas.

« Tout le monde a des ennemis, laissa-t-elle tomber sèchement avant de tourner une page de son magazine.

– *Bien sûr*, mais un ennemi qui fait une chose pareille ! Je n'y crois pas, commissaire.

– Dans ce cas, un concurrent jaloux ? tenta Van In. Réfléchissez bien, monsieur Degroof. C'est peut-être une histoire qui remonte loin dans le passé. Vous a-t-on déjà fait chanter ? Avez-vous été approché par la mafia ? Quelqu'un vous a-t-il offert sa protection moyennant paiement ?

– *Mais non*, Van In, répondit Degroof en se cabrant. Ici, à Bruges ! Je ne connais personne qui... *D'ailleurs*, pourquoi n'avoir rien pris, dans ce cas ? »

L'hésitation peureuse qui était passée dans les yeux de Degroof n'avait pas échappé à Van In. Sans compter qu'il l'avait appelé par son nom tout à trac. Le commissaire se maudit d'avoir posé ses questions à la suite l'une de l'autre. Impossible de savoir laquelle avait fait mouche. Et inutile de les répéter une à une. Il n'obtiendrait pas une deuxième fois une réaction spontanée.

« En outre, les malfrats connaissaient le code de l'alarme, lâcha-t-il. Ils avaient également la clé de la porte d'entrée et savaient que vous aviez l'habitude de recevoir des clients en soirée. L'agent de Securitas a même cru reconnaître votre voix, ajouta-t-il, subitement inspiré.

– Je vous ai pourtant dit que je n'ai pas téléphoné ce soir-là. Je l'ai aussi déclaré au commissaire De Kee ! » répondit Degroof avec irritation.

Oh là ! Attention ! pensa Van In. *Il commence à s'échauffer !*

« Mais vous recevez régulièrement des clients en dehors des heures d'ouverture. Les surveillants de la société Securitas ont l'habitude de cette procédure. Vous les prévenez chaque fois. Si je ne m'abuse, ils sont obligés de vous appeler si l'alarme est activée ou désactivée à des heures anormales. C'est d'ailleurs ce qui s'est produit hier.

– Évidemment, commissaire. Mais je ne leur ai pas téléphoné vendredi soir », reprit Degroof, doucereux. Il avait retrouvé son sang-froid. « Et quel est le rapport, au nom du ciel ?

– Cela prouve que les malfrats surveillaient votre bijouterie depuis un certain temps et qu'ils ont plus que probablement reçu des tuyaux de votre entourage », répondit Van In résolument, se faisant la réflexion qu'il devait à tout prix éviter de montrer qu'il savait pertinemment qu'il disait n'importe quoi. « Je suppose que vous n'êtes pas le seul à connaître le code ?

– *Mon Dieu, mon Dieu*, jura Degroof. Qui accusez-vous ici ? !

– *Benson im Himmel*, marmonna Van In.

– Plaît-il ?

– Rien, monsieur Degroof, rien du tout. Un lapsus, rien de plus. »

Profitant de ce que Degroof réfléchissait sans doute au sens du mot lapsus, Van In poursuivit :

« J'ai seulement besoin de ces informations pour mon dossier. Sans quoi, le substitut du procureur du roi me le renverra et nous devrons tout recommencer depuis le début.

– Bon », dit Degroof, qui comprenait ce que Van In voulait dire.

Il se renfonça dans son siège.

« Trois personnes connaissent le code : mon père, le gérant et Idris, lâcha-t-il avec nonchalance.

– Idris ? répéta Van In en fronçant les sourcils.

– Le majordome », expliqua Degroof malgré lui.

Van In avait envie de poser des questions sur cet Idris, mais il se ravisa : « Qui est le gérant ? »

Degroof but une gorgée de champagne.

« Georges est au-dessus de tout soupçon. Oubliez-le. Je connais Georges Hoornaert depuis des années. De toute façon, il est en vacances aux Fidji. »

Van In prit note des noms et mit un point d'interrogation après *Idris*.

« Satisfait, commissaire ? »

Degroof souriait largement, montrant qu'il avait lui aussi deux rangées de dents étincelantes. La seule différence, c'est que les siennes étaient en porcelaine et qu'avec ses honoraires, son dentiste avait pu offrir une petite Peugeot à sa fille qui faisait ses études à Louvain.

« Encore un détail, monsieur Degroof. Ces personnes connaissent-elles aussi la combinaison du coffre ? »

Degroof cachait maintenant ses émotions à la perfection.

« Non, seuls *papa* et moi la connaissons.

– Bon, bon, dit Van In sur un ton léger. Et depuis combien de temps votre bijouterie est-elle protégée par une alarme ?

– Sept ans, répondit Degroof après quelques secondes, en retroussant ses fines lèvres exsangues. C'est désormais une exigence des compagnies d'assurances.

– Et pendant toutes ces années, vous n'avez jamais changé le code ?

– Tous les ans, commissaire. *En guise de précaution, n'est-ce pas ?* dit-il précipitamment.

– Je suppose que le coffre est antérieur à l'alarme et que sa combinaison, elle, n'a jamais changé ?

– Exact », dit Degroof, visiblement admiratif.

Van In farfouilla dans son nez, comme chaque fois qu'il était satisfait. Manifestement, Degroof l'avait légèrement sous-estimé.

« *À propos*, monsieur Degroof. Savez-vous par hasard si votre assurance couvre ce genre de risque ? Il me semble normal d'être assuré contre la perte ou le vol, mais la dissolution de bijoux dans un bain d'eau régale n'est pas un risque courant, si je ne m'abuse.

– Vous avez raison, dit Degroof. Je ne suis pas couvert contre ce risque. Dans ce cas, vous vous demandez sans doute pourquoi j'ai l'air si détendu, *n'est-ce pas* ? »

Van In hocha la tête. Degroof anticipait sa prochaine question.

« Eh bien, je vais vous l'expliquer, reprit-il fièrement. Lorsqu'on m'a averti, hier matin, j'ai téléphoné à papa. À ce moment-là, nous pensions encore que c'était un cambriolage. J'étais furieux, mais pas désespéré. Papa m'a expliqué que tout était assuré jusqu'au dernier centime. Mais quand j'ai constaté que les bijoux n'avaient pas été volés, mais dissous, oui, c'est vrai, je suis devenu très nerveux.

– Et vous avez appelé votre père depuis la bijouterie, poursuivit Van In.

– Oui, comment avez-vous deviné, commissaire ?

J'ai appelé papa et... Vous devez savoir que papa a une solution à tout.

– Ensuite, votre père a téléphoné au commissaire en chef, devina Van In.

– Précisément. Avec M. De Kee comme témoin et une analyse officielle du laboratoire de la police judiciaire, il n'y aura aucun problème pour déduire intégralement la perte encourue de ma déclaration fiscale, triompha Degroof fils. Comme vous le savez, c'est M. Vanmaele qui est l'expert chargé de cette opération. Dans le courant de la matinée, toutes les informations seront communiquées au laboratoire de Gand.

– Je suis très heureux d'apprendre cette nouvelle », dit Van In sèchement.

Si Degroof ne subissait aucune perte, l'affaire serait classée d'autant plus vite.

« Encore un verre de champagne, commissaire ? »

Van In consulta sa montre. Il était dix heures et quart.

« Pourquoi pas ? On n'a pas l'habitude de se voir offrir du Krug tous les jours ! »

Il resta chez Degroof jusqu'à ce que la bouteille soit vide et, lorsqu'il se leva pour prendre congé, il se sentit soudain plein d'audace. Il marcha d'un pas assuré en direction d'Anne-Marie.

« Ce fut pour moi un réel plaisir de faire votre connaissance, madame », dit-il, sans cacher le sens véritable de ses paroles.

Et, oui, cette fois-là, elle se tourna vers lui. Prenant appui sur un coude, elle cambra les reins. Van In essaya d'imprimer le tableau sur sa rétine pour pouvoir se le remémorer jusqu'à la fin de ses jours. Elle lui tendit la main et il eut un moment la tentation de la lui baiser galamment. Leurs yeux se croisèrent. Pendant une fraction de seconde, l'ennui fit chez elle place à une froide résolution.

« Bonne chance, commissaire. Et, qui sait ? peut-être au revoir », dit-elle sur un ton de comploteuse.

Degroof souhaita également bonne chance à Van In et l'accompagna jusqu'au salon, où Idris s'occupa de lui. Si Van In avait été plus sobre, il aurait certainement senti qu'ils cherchaient à se débarrasser de lui. Mais Idris ne laissa rien paraître et l'accompagna stoïquement jusqu'à la porte d'entrée.

« *Have a nice day, Sir* », dit-il avec un sourire mélancolique, avant de refermer doucement la porte derrière le commissaire.

Posté à la fenêtre, Idris suivit des yeux la Golf de Van In jusqu'à ce qu'elle disparaisse au loin.

6

Dans la voiture, Van In alluma avidement une cigarette. Durant le bref trajet jusqu'à Bruges, il tenta de remettre de l'ordre dans ses idées.

Il commença par dresser une sorte de profil psychologique du couple Degroof, pour autant qu'il fût encore en état de réfléchir clairement après cinq verres de champagne.

Ghislain Degroof était un être faible qui ne brillait pas par son intelligence. Son père tirait toutes les ficelles, c'était évident. C'était lui qui gérait la bijouterie de son fils adoré, c'était lui aussi qui voulait étouffer l'affaire. Par peur de la publicité négative ? Cela n'avait aucun sens ! Un cambriolage, c'était souvent la promesse d'un bouche à oreille lucratif...

Ghislain Degroof s'était visiblement ému lorsque Van In lui avait demandé s'il se connaissait des ennemis. À lui ou à son père, évidemment. Quoi qu'il en soit, Van In pensait que c'était à cette partie-là de sa tirade que Degroof avait réagi. Il était tout à fait plausible que les cambrioleurs n'aient pas visé le fils, mais le père. Au cours de sa longue carrière, le vieux avait dû se faire des ennemis par dizaines.

Réflexion faite, Van In trouvait que le champagne faisait plus de bien que de mal à ses neurones...

Et que penser de la voluptueuse Anne-Marie ? Elle avait manifestement épousé Degroof pour son argent. Pourquoi n'aurait-elle pas un amant décidé à jouer un tour au mari cocu ?

Et pourquoi le majordome connaissait-il le code de l'alarme ?

S'il s'en tenait aux faits, Van In voyait quatre suspects : Ghislain Degroof, Ludovic Degroof, Georges Hoornaert et Idris. Ils étaient les seuls à connaître le code de l'alarme. Mais aucun ne disposait d'un mobile plausible. Sans compter que Hoornaert avait un alibi en béton.

Tout cela était bien maigre. Par où commencer une enquête quand on n'a ni vrai suspect ni mobile ?

Van In voyait encore deux pistes. Soit une autre personne avait pris connaissance du code à l'insu de Degroof, soit les bandits l'avaient découvert, mais cette hypothèse semblait très improbable. Enfin, le texte latin donnait une allure érudite à l'affaire.

Van In alluma nerveusement une nouvelle cigarette. Versavel aurait peut-être bientôt du neuf.

Une longue file de voitures patientait devant la porte Maréchale. Van In s'approcha, impatient. Il était midi moins le quart, et il savait que Versavel rentrait chez lui à midi pile. Ils n'avaient rien convenu, mais Van In voulait lui parler le plus vite possible. Et pester ne servait à rien : la file restait immobile.

Il comprenait que tant de gens en aient marre de

circuler en voiture dans Bruges. L'été, il ne se passait pas un jour sans que le trafic soit paralysé pour une raison ou une autre. La veille, on avait encore bouclé une partie de la ville pour le traditionnel marathon du 11 juillet. L'arrivée était sur le Burg, et presque toutes les rues du centre avaient été bloquées.

Que se passait-il aujourd'hui ? Le quarante-sixième anniversaire d'une obscure fanfare ? L'évocation historique de la visite d'un arrière-neveu de Jan Van Eyck à l'atelier de son grand-oncle ?

Impossible de dépasser : des véhicules défilaient sans cesse en sens inverse. Van In prit la décision de prévenir Versavel par radio. Il le faisait à contrecœur, car il savait que tous les flics de Bruges écouteraient la conversation, et il avait horreur de ça.

« ONA 3446 appelle ONA 3421. »

Après trente secondes de craquements et de chuintements sur la ligne, quelqu'un prit enfin l'appel :

« Ici ONA 3421, brigadier Saelens. Parlez.

– Bonjour, Robert. Ici Van In. Dis, Robert, est-ce que tu peux courir le plus vite possible jusqu'au 204 et regarder si Versavel est toujours là ?

– Aucun problème, commissaire adjoint », répondit Saelens.

Le brigadier Saelens était un des rares qui appelaient Van In par son titre complet. La plupart lui servaient simplement du « commissaire ». C'était plus court, et les commissaires adjoints appréciaient. Comme dans tous les corps de police, chaque montée en grade avait son importance, fût-elle symbolique.

« Dis-lui de m'attendre. Je suis coincé dans un embouteillage devant la porte Maréchale.

– À votre service, commissaire adjoint. C'est tout ?

– Tu pourrais essayer de mettre la main sur l'agent qui règle la circulation dans le coin ? Sinon, j'en ai pour une éternité.

– Affirmatif. Je fais tout de suite le nécessaire.

– Merci, Robert.

– Y a pas de quoi ! »

Deux minutes plus tard, la file s'ébranla enfin. Saelens méritait des félicitations. Van In appuya nerveusement sur le champignon et entra dans Bruges.

Versavel l'attendait dans la cour du commissariat. De loin, il ne faisait pas plus de quarante ans. Contrairement à Van In, qui, depuis son divorce, vivait de fast-food et de Duvel, il faisait très attention à sa ligne. On chuchotait même qu'il demandait à une couturière de retoucher son uniforme pour qu'il lui moule le corps.

« Y a le feu ? » demanda Versavel malicieusement, lorsque Van In arriva à sa hauteur.

Le brigadier souriait de toutes ses dents. Van In en avait marre de tous ces gens à la dentition parfaite. Promis, dans un an, il se ferait refaire la façade. Il pourrait enfin rire à gorge déployée en public.

« Point d'interrogation, jeune homme, grand point d'interrogation, marmonna Van In. Tu as avancé ?

– Trois témoins oculaires et deux voisins qui ont entendu une explosion, répondit Versavel, fier comme un paon. Et Kétounet ne sait rien du tout. Il ne s'est même pas pointé au bureau ce matin.

– C'est tout lui, ça ! Il joue certainement au Lion

des Flandres avec sa Vera. Tant mieux ! Comme ça, il n'écoute pas la radio !

– Léo a appelé.

– Et... ?

– Il veut absolument te parler ce soir à dix-sept heures trente à *L'Estaminet*. Je ne devais absolument pas oublier de te le dire.

– Il t'a dit pourquoi ?

– Négatif. Je n'ai pas approfondi, j'avais du boulot avec l'appel à témoins. »

Van In consulta sa montre. De nombreux agents traversaient la cour. La plupart rentraient déjeuner chez eux.

« Envie d'un bon steak bien tendre, Guido ? C'est moi qui régale. Tu me raconteras tout ça en détail.

– Pas de problème, répondit Versavel. On va où ?

– Qu'est-ce que tu penses du tzigane du marché aux Draps ? »

Le brigadier l'interrogea du regard.

« Je ne sais plus comment s'appelle ce resto... *Le Vieux Cygne*, ou *Les Trois Cygnes*...

– Ah ! Tu veux dire chez Huguette !

– Oui ! Là, tu peux être sûr qu'il n'y a pas de micro-ondes et qu'on fait les frites avec de vraies pommes de terre. On ne peut quand même pas bouffer des pizzas et des hamburgers tous les jours ! »

Van In se dirigea vers la Golf, mais Versavel le prit par le bras.

« Pas par ce beau temps ! » dit-il.

En apéritif, Van In prit une Duvel et Versavel un Perrier. Dans la cuisine, deux steaks de trois cent cinquante grammes chacun grésillaient dans du vrai beurre.

« Nous avons de la chance, avec ce couple de Hollandais, dit Versavel. Ils ont observé les auteurs du casse pendant plusieurs minutes. J'ai rendez-vous avec eux à l'hôtel *Les Cygnes*. C'est là qu'ils sont descendus.

– Encore une histoire de cygnes, répondit Van In avec un clin d'œil. On y va quand ?

– À quatorze heures trente.

– Bien ! Dans ce cas, nous avons tout notre temps ! » répondit Van In, satisfait.

La cuisine d'Huguette étant des plus traditionnelles, les frites et la sauce béarnaise ne furent pas prêtes avant longtemps. En attendant, la patronne tint les steaks au chaud dans le four. Van In en était à sa deuxième Duvel lorsque la restauratrice leur servit la viande. Laissant là leur conversation, les deux hommes commencèrent à manger avec appétit. Van In avait une sainte horreur des gens qui gâchaient un bon repas en bavardages. Les Américains, surtout, avaient cette manie. Ils pouvaient rester des heures à chipoter un morceau de poulet.

Van In se servit une portion royale de béarnaise. Il y trempa ses frites, savourant chaque bouchée. Le steak était cuit à la perfection : avec une croûte dorée, et bien saignant à l'intérieur. Grâce à la chaleur intense du four, la viande resta chaude jusqu'au dernier morceau.

Van In eut fini un peu avant Versavel et alluma une

cigarette. Le brigadier ne fumait pas, mais il ne se formalisa pas, faisant preuve d'un stoïcisme assez rare pour un non-fumeur.

« Tu ne trouves pas qu'ils ont pris des risques énormes ? demanda Van In subitement. D'autant plus qu'ils ont apparemment préparé leur coup avec minutie.

– Ils ne sont peut-être pas aussi professionnels que nous le pensons, répliqua Versavel en mâchant énergiquement la fin de son steak.

– À moins qu'ils n'aient pas pu faire autrement. Ils devaient agir assez tôt dans la soirée. »

Versavel déposa soigneusement son couteau et sa fourchette sur le bord de son assiette vide.

« Qu'est-ce que tu veux dire ?

– Eh bien, ils avaient le code et les clés, et ils savaient que Degroof reçoit parfois des clients après la fermeture.

– Mais jamais après minuit, compléta Versavel.

– Exactement. Il fallait qu'ils agissent suffisamment tôt, sans quoi les gars de Securitas auraient flairé l'embrouille.

– Et en agissant au vu et au su de tout le monde, ils ne couraient peut-être pas un si grand danger. C'est ce que j'ai tout de suite pensé hier, reprit Versavel. Même s'ils se faisaient voir, le risque était minime. Tu connais les Brugeois : tu sais comme ils aiment collaborer avec la police.

– Ils ne sont pas les seuls, soupira Van In.

– Tu as raison. Si on n'installe pas des caméras de vidéo-surveillance partout, personne ne mettra plus un pied dehors. Les États-Unis ont donné l'exemple...

– Les gens sont devenus totalement indifférents, dit Van In en hochant la tête. Tu peux être sûr que nos gars ont compté là-dessus. »

Il leva son verre à l'adresse de la patronne pour commander une nouvelle Duvel.

« Et si on fouillait un peu dans le passé du vieux Degroof ? Tu ne crois pas qu'on ramènerait quelque chose ?

– Et Kétounet ? Je croyais que nous enquêtions seulement pour la forme ? !

– De Kee peut aller se faire voir. Il ne va tout de même pas m'empêcher de faire mon travail ! Dans deux ans, il part à la retraite, et en octobre, ce sont les élections communales. Tu crois que le bourgmestre va me rappeler à l'ordre parce que je fais mon devoir ? Non, ces trous-du-cul n'oseront pas, fulmina Van In. Certainement pas en période préélectorale ! »

La combinaison du champagne et des Duvel avait un effet indéniable sur l'assurance de Van In. Versavel lui-même ne l'avait jamais vu comme ça.

« Il y a peut-être du politique là-dessous, dit-il prudemment.

– Bon sang ! C'est vrai ! Pourquoi n'y avons-nous pas songé plus tôt ? ! Les vieilles rancunes politiques donnent toujours lieu à des querelles absurdes. »

Daniel Verhaeghe attendait nerveusement son tour au guichet de la gare de Bruges.

Harnachées d'un sac à dos et de tout leur attirail de camping, deux jeunes Françaises parlaient avec animation au guichetier. Celui-ci les écouta stoïquement avant de leur indiquer le guichet d'information. Heureusement, le train de Daniel ne partait que dans une demi-heure. Lorsque les Françaises quittèrent la file sans ticket, il avança enfin.

« Liège, première classe, dit Daniel le plus simplement possible.

– Aller-retour ?

– Non, aller simple. »

Il paya au moyen d'un billet de deux mille francs avant de faire les cent pas dans le hall. Par acquit de conscience, il vérifia l'horaire une nouvelle fois. La soutane ne lui plaisait pas, et le col romain l'agaçait. À chaque instant, il portait la main à son cou et passait son pouce sous son col pour en desserrer l'étreinte. Il s'arrêta subitement et sortit une fiole de la poche de son pantalon. Il vissa le compte-gouttes, ôta ses lunettes et se versa machinalement trois gouttes dans chaque œil. Ensuite, il rangea soigneusement le petit flacon et reprit sa déambulation. Il se laissa porter par le flot des voyageurs qui se pressaient vers les trains.

Malgré l'attente au guichet, qui n'avait pas duré plus de dix minutes, il avait encore un bon quart d'heure à patienter avant l'entrée en gare du train international Ostende-Cologne. Il n'avait pas loin à aller. La SNCB est très attentive à disposer les wagons de première classe à hauteur du milieu du quai.

Laurent était retourné à Namur dès le vendredi soir. Mais Daniel avait tenu à rester jusqu'à ce jour à Bruges. Il avait voulu assister à tout, du début à la fin. Après tout, c'était pour lui que Laurent avait monté l'opération.

Lorsque le train démarra après quelques secousses,

Daniel se rendit compte qu'il était seul dans son compartiment. Il attendit encore cinq bonnes minutes avant d'exhiber une mignonnette et d'avaler goulûment plusieurs gorgées de J&B. Le whisky tiède lui donna rapidement une légère euphorie. Bien que Laurent lui eût fermement demandé de ne pas fumer en public, il alluma une cigarette. Il sentit avec plaisir la fumée lui picoter les poumons et, pour une fois, il fut heureux que Laurent ne soit pas à ses côtés.

« Fais attention, fiston. Tu sais ce que l'alcool et les cigarettes provoquent chez toi », l'entendit-il lui dire, presque fâché, mais surtout préoccupé.

Mais Daniel Verhaeghe se fichait comme de l'an quarante des conseils bien intentionnés de son mentor. *Je ne mourrai pas d'un cancer du poumon*, pensa-t-il amèrement. *Et j'ai besoin d'un petit remontant pour réguler mon adrénaline.*

Il essaya de regarder droit devant lui, car le paysage de prairies gorgées de soleil qui défilait derrière la vitre lui faisait mal aux yeux. Son col le serrait horriblement, mais il n'osait pas l'ouvrir. Il devait s'y habituer. Et tenir son rôle à la perfection, c'était de la plus haute importance. Tentant de conserver son calme, il se concentra sur un message publicitaire affiché à côté de la porte coulissante.

Ils avaient commencé à exécuter leur plan le vendredi soir. La première phase s'était déroulée sans heurts, songeait-il. Tout avait failli foirer lorsqu'un couple assez âgé s'était mis à les observer longuement à travers la vitrine.

« Continue comme si de rien n'était, avait murmuré Laurent. Comporte-toi le plus calmement possible. La moindre hésitation peut éveiller leurs soupçons. Pense à notre objectif, fiston. Notre mission est sacrée, personne ne peut nous arrêter. »

Et Laurent avait eu raison. Laurent avait presque toujours raison. Le meilleur moment, c'était quand il l'avait laissé appuyer sur le détonateur. L'explosion n'avait pas fait beaucoup plus de bruit qu'un bouchon de champagne. Le sac rempli d'eau qu'ils avaient placé devant la porte du coffre-fort avait amorti le choc, exactement comme Laurent l'avait prévu. Le cœur de Daniel avait recommencé à battre lorsqu'il avait lui-même plongé les bijoux dans le bain d'eau régale.

Et ce n'était encore que le début, marmonna-t-il. Ils mettraient ce trou-du-cul à terre, et avec lui toute la vermine qui lui était chère.

Daniel était fier de lui. Fier et heureux : sa courte vie n'aurait pas été inutile.

Je veux assister à toutes les étapes, se répétait-il encore.

Lundi, je veux voir la tête de Ghislain quand il découvrira ce qui est arrivé, avait-il dit. C'est pour cette raison qu'il avait réservé une chambre au *Holiday Inn* du Burg le vendredi après-midi. C'est Laurent qui avait eu cette idée.

« Les flics ne cherchent pas les truands dans les hôtels de luxe », avait-il dit en riant. Mais il avait insisté pour que Daniel se déguise en prêtre : « On n'est jamais trop prudent. »

Le matin, dès huit heures trente, Daniel avait patrouillé dans la rue des Pierres. Degroof ne s'était pas montré. À dix heures moins le quart, il avait commencé à se faire du mouron. Juste au moment où il allait rentrer à l'hôtel pour téléphoner à Laurent, une voiture bleu ciel s'était arrêtée devant la bijouterie Degroof. Deux hommes en salopette, accompagnés d'un petit gros, étaient entrés. Ils avaient traîné deux bidons à l'intérieur et c'est à ce moment-là que Daniel avait compris que leur travail avait été découvert plus tôt que prévu. Il s'était hâté de rentrer à l'hôtel, avait couru à sa chambre et s'était fait servir un double whisky. Ensuite, seulement, il avait appelé Laurent.

« Du calme, fiston, avait dit Laurent de sa voix grave et chaude qui avait pour effet de l'apaiser. Tout s'est bien déroulé. La police a découvert le pot aux roses dimanche matin, par hasard. *Elle* m'a contacté ce matin. Nous avons réussi. Tous les bijoux ont été détruits. »

Daniel avait éclaté en sanglots. Pendant longtemps, il avait pleuré de joie. Laurent n'avait rien fait pour l'arrêter, il fallait que le fiston exprime ses émotions. Il avait attendu patiemment à l'autre bout du fil jusqu'à ce que les larmes de Daniel se tarissent d'elles-mêmes.

« On continue comme prévu. Va d'abord te rafraîchir. Puis, enfile les vêtements que nous avons apportés et prends le train de quatorze heures sept. Je t'attendrai à la gare de Liège. »

Laurent était au rendez-vous. Daniel vit son crâne chauve briller dans la masse qui grouillait à hauteur des portes. Il leva son sac en plastique et l'agita dans l'air. Des larmes coulèrent le long des joues bronzées de Laurent De Bock lorsqu'il embrassa le jeune homme.

« Ça te va bien, d'être déguisé en prêtre ! dit-il en riant, tout en s'essuyant furtivement les yeux.

– Tu trouves ? » demanda Daniel.

Il était sur un petit nuage, tout au bonheur des retrouvailles, et tournoya sur lui-même comme un mannequin.

Laurent regarda prudemment autour de lui. Mieux valait ne pas se faire remarquer.

« Viens, fiston. J'ai garé la voiture sur un emplacement de taxi, et dans ces circonstances, nous ne pouvons pas nous permettre une contredanse. »

En chemin vers la Mercedes, ils passèrent devant une poubelle. Daniel ouvrit le couvercle et y fourra son sachet en plastique entre des cannettes de bière écrasées et des reliefs de repas malodorants. Son contenu aurait réduit à néant la déposition du couple Cornuit. Car, outre le costume que Daniel avait porté jusqu'au matin même, il contenait une perruque blanche et un collier de barbe postiche.

Laurent ouvrit la portière pour son pupille. Lorsqu'il remarqua que Daniel clignait des yeux, il dit d'une voix presque sévère : « N'oublie pas tes gouttes, fiston ! »

Daniel obtempéra avant d'allumer une cigarette. Cette fois, Laurent le laissa faire. Les prochains jours s'annonçaient difficiles.

Durant leur traversée du centre de Liège, ils ne dirent pas grand-chose. Daniel gardait les paupières mi-closes. L'agitation de la circulation et les rayons du soleil lui faisaient mal aux yeux.

Lorsqu'ils furent sortis de la ville, Laurent prit dans la boîte à gants une épaisse enveloppe brune et une paire de lunettes de soleil.

« Les lettres sont à l'intérieur, dit-il. J'espère qu'elle aura bien du plaisir.

– Oui, répondit Daniel en grimaçant. Vivement demain ! »

7

À quatorze heures quinze précises, Van In paya l'addition. À son grand étonnement, ils étaient les derniers clients. Huguette leva le verre de bière qu'elle venait de se servir et en but la moitié d'un trait. Van In lui offrait toujours quelque chose avant de s'en aller. C'était sa manière à lui de la remercier pour sa bonne cuisine.

« À votre santé, messieurs, et à bientôt ! » s'exclama-t-elle dans leur dos.

La veste sur l'épaule, les deux flics prirent la direction du quai du Rosaire. Par cette chaleur torride, seuls les touristes s'aventuraient à l'extérieur. Les Brugeois, eux, étaient allongés sur la plage de Blankenberge ou de Zeebrugge, ou à l'ombre, dans leur jardin.

Versavel admira l'architecture intime de sa ville natale, le temps pour Van In d'acheter un paquet de cigarettes à l'épicerie du coin. Ils avaient beau n'être qu'à deux minutes de marche de leur destination, Van In alluma une sèche. Versavel avait depuis longtemps cessé de faire le moindre commentaire.

L'hôtel *Les Cygnes* était connu pour sa subtile combinaison de linge fin, de papier peint à fleurs d'antan, de lumières tamisées et d'une myriade de petites attentions. Une corbeille de fruits frais et un bouquet de fleurs dans son vase Art déco garnissaient les chambres, le savon dégageait un parfum délicat, le papier toilette était ouaté et les couettes, fourrées de duvet naturel.

Élégante blonde au début de la quarantaine, la gérante se tenait derrière le comptoir de la réception. À l'entrée des deux policiers, elle rangea discrètement son verre de sherry derrière un porte-cartes.

« Commissaire adjoint Van In et brigadier Versavel. Nous avons rendez-vous avec le couple Cornuit. Je suppose qu'on vous a avertie, dit Van In dans les formes.

– Oui, bien sûr. Je les préviens tout de suite de votre arrivée. »

Bénissant le ciel que la réception soit vide à cette heure de l'après-midi, la gérante saisit le combiné du téléphone intérieur et composa le numéro de la chambre des Hollandais.

« Monsieur Cornuit, dit-elle en prenant l'accent néerlandais, ces messieurs de la police sont ici. Puis-je leur dire de monter ? »

Van In entendit la voix enthousiaste et tonitruante du Hollandais. La gérante regarda prudemment à la ronde et fit signe à Van In et à Versavel de la suivre. Elle espérait bien qu'ils ne reviendraient pas une seconde fois. Car il y a trois choses qu'un bon hôtel ne peut pas se permettre : un cadavre, une intoxication alimentaire et la police.

Les Cornuit occupaient une des meilleures chambres du premier étage. La gérante frappa discrètement à leur porte. C'est Stan Cornuit qui vint ouvrir. Il portait un survêtement vert bouteille. Grand, solidement bâti et très soigné, il avait tout du Hollandais moyen. Il paraissait tout au plus quarante-cinq ans, alors qu'il en avait cinquante-cinq au compteur. Versavel n'eut d'yeux que pour sa moustache, presque aussi fournie que la sienne.

« Pieter Van In et Guido Versavel, de la police de Bruges », dit Van In en articulant du mieux qu'il pouvait.

Cornuit fit un pas en arrière et les invita à l'intérieur d'un large geste de la main.

« Entrez donc, messieurs ! dit-il de sa voix chaude et claire. Comme c'est étrange, n'est-ce pas, que nous soyons passés juste au bon moment ! J'ai même dit à Judith : chérie, mais que font donc ces gens ? Chez nous, nous aurions évidemment donné l'alerte immédiatement, mais avec les Belges, il ne faut s'étonner de rien ! » et il partit d'un rire tonitruant qui retentit jusque dans le couloir.

La gérante eut un sourire professionnel et s'esquiva : elle avait fait son devoir. À l'invitation de Stan Cornuit, Van In et Versavel s'assirent près de la fenêtre, dans l'agréable coin salon.

« Un petit genièvre, messieurs ? »

Sans attendre, le Hollandais fila vers le frigidaire pour en sortir une bouteille de Bokma.

« Moins cher qu'aux Pays-Bas ! » trompeta-t-il fièrement.

C'était la première fois que Van In goûtait de l'alcool blanc dans un gobelet en carton. Ils burent tous les trois une petite gorgée. Dans le contre-jour, Versavel vit que le Hollandais s'était servi une portion généreuse, au moins le double de ce qu'il leur avait donné. Van In allait commencer lorsque Judith sortit en trombe de la salle de bains.

« Bonjour, bonjour ! » claironna-t-elle.

Elle portait un kimono brodé de fils d'argent. De huit ans la cadette de son époux, elle avait l'allure d'une commerciale et la sveltesse d'une jeune fille.

« C'est passionnant, non ? ! dit-elle avec un engouement de collégienne. C'est la première fois que nous venons en Belgique, et voilà ce qui nous arrive ! Les enfants n'en reviendront pas quand nous leur raconterons cette aventure ! Hier, dans notre lit, je disais encore à Stan...

– Judith, mon chou, ces messieurs de la police ne s'intéressent absolument pas à ce que nous nous racontons au lit...

– Ah, bien sûr, tu as raison. Ne vous occupez pas de moi ! » dit-elle, piquée au vif, avant de s'asseoir à côté de Versavel avec un air contrarié.

Son kimono s'ouvrait haut au-dessus du genou, mais cela ne semblait pas la gêner le moins du monde.

Et c'est reparti ! pensa Van In, mal à l'aise, en essayant de fixer son attention sur les deux gravures accrochées au mur derrière l'épaule de la Hollandaise.

Lorsque Stan s'assit enfin, Van In commença à poser ses questions. Versavel prenait note. Vers seize heures quarante-cinq, les Cornuit avaient dit tout ce qu'ils avaient à dire, et Versavel avait noirci cinq feuilles de papier.

Le plus jeune des malfrats mesurait plus d'un mètre quatre-vingt-dix, les Cornuit étaient tous les deux d'accord sur ce point. Âgé d'environ vingt-cinq ans, il était mince, avec des cheveux blonds mi-longs, un collier de barbe et des lunettes aux verres épais.

« Des culs de bouteille ! » avait répété Judith inlassablement.

Les deux hommes portaient un costume gris foncé, une chemise blanche, une cravate bleu clair et des chaussures noires.

« Des Mephisto, avait souligné Judith avec énergie. Et il s'est versé des gouttes dans les yeux à plusieurs reprises. Certainement un médicament. »

D'ailleurs, selon elle, il avait l'air un peu malade.

Le comparse plus âgé ressemblait à s'y méprendre à Einstein. Sur ce point aussi, ils étaient tous les deux d'accord. Il devait avoir dans les soixante-dix ans. Les épaules légèrement voûtées, il mesurait tout au plus un mètre soixante-dix et ses yeux étaient soulignés de cernes profonds.

« C'est sûrement quelqu'un qui vit au grand air ! Quel teint, mes aïeux ! »

Le niveau de la bouteille de genièvre avait beaucoup baissé lorsque Van In et Versavel prirent congé. Les Cornuit furent aux anges quand le commissaire leur proposa de prolonger leur séjour à Bruges aux frais de la ville. Il leur enverrait quelqu'un le lendemain pour dresser le portrait-robot des deux malfrats. Ils méritaient bien une petite compensation pour leur peine.

« Aux frais de la ville, hein ? ! railla Versavel lorsqu'ils furent dehors. Kétounet sera ravi !

– Il faut que le dossier soit complet, dit Van In en

haussant les épaules. Sinon, ils diront que nous avons bâclé l'enquête.

– Crois-tu que Miss Martens oserait taper sur les doigts du commissaire Van In ? »

Versavel esquiva juste à temps un mauvais coup de coude.

« Va donc sonder le Dupont et les deux voisins qui ont entendu l'explosion ! Je veux leur déclaration sur mon bureau demain matin, Versavel chéri, susurra Van In. Et maintenant, je poursuis l'enquête à *L'Estaminet*.

– À vos ordres, commissaire.

– Va te faire voir, Versavel.

– Ne bois pas trop ! À demain !

– Huit heures précises, et pas une seconde de retard !

– On verra bien, dit Versavel en riant. Bonne pêche ! »

Le brigadier s'éloigna d'un pas rapide. Il tourna à gauche au marché aux Poissons et fut englouti par la horde de touristes qui s'engouffraient dans la ruelle de l'Âne-Aveugle.

Van In s'installa à la terrasse de *L'Estaminet* et, pour neutraliser les Duvel et le genièvre, commanda une assiette de spaghetti. À Bruges, tous les piliers de bar avaient au moins goûté une fois dans leur vie les pâtes à la sauce bolognaise de ce café.

Van In vidait son assiette lorsqu'une Audi jaune canari sortit à tombeau ouvert de la rue des Frères-Mineurs pour entrer dans le parc Astrid. Léo Vanmaele avait cinq minutes d'avance, ce qui n'était pas dans ses habitudes.

« Salut ! »

Avec sa face rougeaude, son gros ventre et ses pattes courtaudes, Vanmaele ressemblait étonnamment à un nain.

« Une Duvel ? demanda Van In en levant deux doigts en V à l'adresse du patron, qui savait parfaitement ce que cela signifiait.

– Enfin ! dit Léo en soupirant. Je ne sens plus mes jambes !

– Je dois en conclure que tes efforts n'ont pas été vains, dit Van In, plein d'espoir.

– Nos petits plaisantins n'ont pratiquement laissé aucune trace derrière eux, répondit Léo en fouillant son nez sans la moindre gêne. Pas d'empreintes digitales, pas le moindre petit cheveu, pas le moindre petit bout d'ongle. Deux de mes collaborateurs ont passé l'immeuble au peigne fin. Leur découverte la plus intéressante a été un pot de vaseline dans une petite pièce adjacente.

– Quelle petite pièce adjacente ?

– Tu n'es pas entré ? »

Van In secoua la tête.

« À l'autre bout de son atelier, Degroof s'est installé un salon confortable, dit Léo en souriant d'un air entendu.

– Ah ! C'est donc ça ! Maintenant, je comprends pourquoi monsieur reçoit des clients de temps en temps ! Nous devrions peut-être chercher aussi dans cette direction !

– Un amant jaloux d'environ septante ans et son petit-fils ? dit Vanmaele en riant.

– Tu as raison, Léo. Continue.

– Les experts de l'INCC s'occupent du détonateur, ou de ce qu'il en reste. Mais je pense que le Semtex ne nous apprendra rien. Il est envoyé en fraude par conteneurs entiers en Irlande du Nord, via Zeebrugge. Il suffit d'être vaguement en rapport avec le milieu pour s'en procurer. Quant à retrouver un break Mercedes sans aucun indice sur la plaque d'immatriculation, c'est aussi difficile que de trouver une photo nette d'Albert II ! »

Van In sourit à l'évocation du prétendu Parkinson du roi.

« Tu ne vas quand même pas me faire avaler que tu m'as donné rendez-vous ici pour le simple plaisir de siroter une Duvel », dit-il sur un ton de reproche.

Vanmaele essuya la mousse de ses lèvres et fit non de la tête.

« Je voulais te parler de ce texte latin. Un de mes amis pense qu'il pourrait y avoir un lien avec une société ésotérique : les Rose-Croix, par exemple, ou les francs-maçons. Quelque chose dans le genre.

– Et ton ami, il comprend ce message ?

– Négatif. Mais il connaît quelqu'un qui pourrait nous aider.

– Qui ça ? demanda Van In avec impatience.

– Le concierge de la chapelle du Saint-Sang.

– Le concierge de la chapelle du Saint-Sang ! répéta Van In, incrédule.

– Oui. Mon ami m'a dit que cet homme avait un

savoir encyclopédique sur tout ce qui touchait à la magie, à l'alchimie et à l'ésotérisme.

– Tiens, en parlant d'ésotérisme, grommela Van In, tu ne crois pas que nos gars ont essayé de changer du plomb en or ?

– Quelque chose dans le genre, peut-être, dit Léo en dressant deux doigts en l'air. J'ai pris rendez-vous avec ce type. Il nous attend à dix-neuf heures. Billen, il s'appelle. Au téléphone, il s'est montré enthousiaste. »

À dix-huit heures cinquante, lorsqu'ils payèrent l'addition, la terrasse était bondée. Le patron avait augmenté d'un cran le niveau sonore du blues qui passait en musique de fond.

Après avoir tourné à droite, Van In et Léo prirent la rue Jozef-Suvée et le marché aux Poissons en direction du Burg, où se nichait un curieux sanctuaire. La basilique du Saint-Sang, perchée au-dessus de la chapelle Saint-Basile, est un oratoire où l'on conserve religieusement depuis le treizième siècle une fiole contenant quelques gouttes du sang du Christ. Deux millions de touristes s'y rendent chaque année. Personne, ou presque, ne soupçonne qu'une maison de maître du dix-neuvième siècle se dresse derrière la basilique, à l'abri de ses hauts murs. La porte qui y donne accès se trouve sous le porche du *Steeghere*, le monumental escalier à tribune reliant les deux oratoires.

Après avoir fait tinter l'antique cloche, Van In et Vanmaele attendirent un bon moment. Le commissaire allait l'actionner à nouveau lorsqu'ils entendirent des pas traînants. La lourde porte pivota sous la poussée d'un jeune homme qui eut toutes les peines du monde à l'ouvrir. Il portait un short et un T-shirt multicolore.

« Bonsoir, nous sommes de la police. Votre père est-il chez lui ? » demanda Van In.

Léo remarqua un sourire fugace sur le visage du jeune homme.

« Je suis Frans Billen, dit le jeune homme, amusé. Entrez. »

Les concierges ne ressemblent décidément plus à ce qu'ils étaient, se dit Léo en avançant.

Les deux hommes s'enfoncèrent dans un couloir nu et voûté à la suite de Billen. Ils tournèrent à gauche, puis montèrent un escalier qui aboutissait dans un autre couloir.

« C'est un vrai labyrinthe ! fit gaiement observer Van In.

– Oui, c'est toujours ce que disent les gens la première fois qu'ils viennent », répondit Billen sur un ton qui donnait à penser que personne ne s'y aventurait jamais une seconde fois.

Il ouvrit une des nombreuses portes qui donnaient sur le couloir et alluma. Les trois hommes se trouvaient maintenant dans une grande pièce meublée avec goût. Le salon de cuir gris souris, aux dimensions royales, avait dû coûter six mois de salaire à l'occupant des lieux. Tapissés de papier structuré couleur sable, les murs mettaient en valeur une impressionnante armoire à chapiteau, mais la pièce entière était dominée par l'énorme bibliothèque. Une vieille affiche représentant la procession du Saint-Sang était accrochée dans son cadre sur le manteau de la cheminée et diverses plantes d'intérieur prenaient leurs aises sur des tables gigognes.

« Faites comme chez vous, je vais chercher une petite bouteille de vin, dit cordialement Billen avant de s'enfoncer dans un couloir.

– Quel drôle de bonhomme, dit Van In lorsqu'ils furent seuls. Il vit dans le luxe, pour un concierge, tu ne trouves pas ?

– Absolument pas, répondit Léo en caressant le cuir d'un fauteuil. Tu sais que c'est très convoité d'être concierge, aux États-Unis ? Officiellement, ces gars-là ne gagnent pratiquement rien, c'est vrai. Mais si on trouve un bon coin et qu'on fait marcher sa cervelle, on ramasse des pourboires à la pelle. Je pense que ce Billen a bien choisi son poste.

– Tu as peut-être raison, dit Van In en soupirant. Faut vraiment être fou pour être flic. »

Léo marcha jusqu'à la bibliothèque et en inspecta avidement le contenu.

« On dit toujours qu'on peut connaître quelqu'un aux livres qu'il lit. Cette bibliothèque ne nous apprendra pas grand-chose. Ce type s'intéresse à tout ! »

Un bruit de verres annonça l'arrivée imminente de leur hôte. Van In et Léo s'assirent promptement sur le canapé. Dans le jardin, des moineaux, des merles et des grives gazouillaient. Les rayons du soleil tombaient en oblique, conférant à la pièce une lueur dorée qui renforçait encore le charme particulier de l'ensemble.

« Me voici ! » dit Billen en déposant trois verres

graciles sur la table en marbre du salon et en débouchant habilement une bouteille poussiéreuse.

À sa forme, Léo sut que c'était du bourgogne. Van In, qui était assis plus près, lut le millésime : 1986.

Billen versa le vin cramoisi dans les verres et l'éventa.

« Ces messieurs prendront bien un verre de vin rouge ? demanda-t-il, comme s'il s'avisait subitement que certaines personnes pouvaient ne pas apprécier son excellent chambolle-musigny.

– Il ne fallait pas vous donner cette peine, répondit Léo. Ce qui ne veut pas dire que mon collègue et moi, nous ne sachions pas apprécier un bon bourgogne à sa juste valeur », ajouta-t-il précipitamment.

Billen approuva de la tête. Les amateurs de vin étaient toujours les bienvenus chez lui.

« Hendrik m'a dit que vous cherchiez à comprendre une énigme en latin », dit-il tranquillement en leur tendant leur verre.

Il parlait lentement, d'une voix nasillarde un peu agaçante qui trahissait ses origines ouest-flandriennes. Van In fouilla sa poche intérieure et en extirpa une copie du billet trouvé chez Degroof. Billen s'en empara et le consulta rapidement avant de s'installer.

« Puis-je vous demander où vous avez trouvé cela ? »

Léo interrogea Van In du regard. La police n'avait pas pour habitude de donner des informations sur les affaires en cours. Mais Van In décida de jouer cartes sur table et présenta rapidement le contexte.

« C'est intrigant, dit Billen, et deux grandes rides verticales apparurent sur son front. Je pense que vous avez frappé à la bonne porte. »

Cela pouvait paraître orgueilleux, mais ce n'était pas ce qu'il voulait dire : Frans Billen était le plus modeste des hommes.

« Vous savez ce que cela signifie ? demanda Van In, plein d'espoir.

– Plus ou moins. La traduction est une question d'interprétation. Mais je sais en tout cas de quoi il s'agit, répondit-il pensivement. Messieurs, vous avez là le carré des Templiers, autrement dit leur credo. Le texte original est gravé sur le pilier de l'alpha et de l'oméga, quelque part en Éthiopie, plus précisément à Lalibela. Un pilier contre lequel, selon la tradition, le Christ se serait appuyé. »

Léo ouvrit de grands yeux et Van In se frotta le menton dans un geste d'incrédulité. *Les Templiers !* pensa-t-il. *Nous avons donc affaire à deux fanatiques...*

Billen remarqua leur étonnement.

« On raconte beaucoup d'âneries au sujet des Templiers. Pour que vous compreniez mieux mon interprétation de ce texte, il me semble nécessaire d'approfondir quelque peu. »

Van In et Léo hochèrent la tête simultanément. Ils en savaient autant sur les Templiers qu'un berger traditionnel sur les mathématiques modernes.

« Je vais tenter de prendre les choses depuis le début, l'explication du texte n'en sera que plus facile. Mais je propose que nous commencions par goûter ce vin, car cela risque de prendre du temps. »

Donnant l'exemple, Billen porta son verre à ses lèvres. Léo, qui était un vrai buveur de bière, cligna des paupières. Ce breuvage était incontestablement divin. Billen attendit que les deux policiers aient reposé leur verre avant de commencer.

« D'après les historiens, Philippe le Bel fit arrêter en masse les Templiers, aidé en cela, à contrecœur, par le pape Clément V. Le procès qui suivit fut à la base du mythe et des bobards que l'on colporte aujourd'hui encore au sujet des Templiers. Jaloux de leur puissance et de leur richesse, Philippe le Bel les couvrit d'accusations grotesques et demanda à la Sainte Inquisition de les faire passer aux aveux. On a prétendu que les chevaliers du Temple crachaient sur la croix, qu'ils la foulaient aux pieds, qu'ils se livraient à des actes de sodomie, qu'ils pactisaient avec le diable...

« Je ne vais pas vous montrer les pièces du procès, cela nous mènerait trop loin, mais sachez que seuls quelques templiers ont avoué les crimes qu'on leur reprochait. La plupart nièrent, même soumis aux tortures les plus atroces. Et ceux qui ont avoué se sont rétractés par la suite. Malheureusement, c'est la version de Philippe le Bel que l'histoire a retenue. »

Van In et Léo écoutaient attentivement, car Billen parlait avec passion.

« Or la vérité est tout autre. Lorsque Hugues de Payns et huit autres membres de la noblesse fondèrent l'ordre des Templiers, au début du douzième siècle, leur seul objectif était le suivant : nettoyer des pillards et des païens les routes qui menaient en Terre sainte et protéger les pèlerins. Les premiers templiers étaient des moines. Par la suite, Hugues de Payns reçut le soutien de saint Bernard et, en 1128, l'ordre bénéficia d'une reconnaissance officielle.

« En un laps de temps très court, les Templiers, qui ne devaient rendre compte qu'au pape, amassèrent une fortune colossale. Ils commencèrent à jouir d'un grand prestige et à devenir puissants, trop puissants, même. Il était difficile d'entrer dans l'ordre, la vie y était rude et la discipline, implacable. Pendant les quelque deux cents ans où ils furent actifs en Terre sainte, ils s'acquittèrent à merveille de leur mission. Leur présence permanente était déjà extraordinaire en soi, surtout quand on sait qu'à ses plus beaux jours, l'ordre ne compta jamais plus de quelques milliers de chevaliers. Mais la puissance des Maures était grande et, avec le temps, les Templiers n'eurent plus le choix : il fallait négocier, ou se soumettre.

« Bien entendu, ils furent contraints de mener les pourparlers de paix dans le plus grand secret. L'Église leur interdisait tout compromis avec les infidèles. Chez eux non plus, on n'aurait pas compris leur manière de négocier et on les aurait condamnés catégoriquement. Et c'est là que résidait la grande différence entre la foi des Templiers et la doctrine de l'Église : dotés d'un grand pragmatisme, ils avaient les idées très larges pour leur temps. Ils avaient depuis longtemps apuré l'enseignement officiel, en quête du *noyau* de la foi, pour reprendre leur terminologie. Ils voulaient se libérer de toutes les règles absurdes dont s'étaient entourés les papes et les évêques des générations antérieures pour annoncer le message christique.

« Le Christ auquel les Templiers croyaient avec fougue était un Christ d'amour, de fraternité, de tolérance et de pardon. Des vertus qui parlaient davantage aux moines-soldats que les salmigondis des successeurs de Pierre. Ils avaient résolument fait le choix de la parole évangélique et tentaient vaille que vaille de vivre en paix avec les musulmans, du moins avec ceux d'entre eux qui lisaient un message similaire dans le Coran. Le plus grand mérite des Templiers fut peut-être de comprendre que chacun priait le même Dieu et que les hommes avaient semé la discorde là où l'unité coulait de source.

« La trêve de Dieu fonctionna un certain temps. Il y eut des échanges fructueux d'idées et de savoirs entre l'Orient et l'Occident. C'est ainsi que les Templiers introduisirent au pays du Couchant les moulins à vent, l'algèbre, des plantes et des fruits exotiques, ou encore des techniques médicales avancées.

« Tout se passa bien jusqu'au moment où l'ordre fut rongé de l'intérieur par l'incompétence, l'arrogance et le goût du luxe de certains. Ayant perdu la Terre sainte, ils rentrèrent désœuvrés en Europe. Ils tentèrent de s'y ressourcer en rêvant de reconquérir Jérusalem. À cette époque, ils avaient jusqu'au Trésor français sous leur garde. Autrement dit, le Temple de Paris fonctionnait comme une banque nationale. Cette puissance exceptionnelle éveilla l'intérêt du roi de France. Philippe le Bel, le Roi Fraudeur, en avait assez de quémander des emprunts aux Templiers. Il acceptait difficilement le fait que le grand maître de l'ordre jouisse d'un plus grand prestige que lui dans certains cénacles. C'est pour cette raison qu'il porta le discrédit sur eux. »

Interrompant là son monologue, Billen prit une gorgée de musigny.

« Les historiens me condamneraient au bûcher pour moins que ça, dit-il en faisant la grimace. Et ils n'auraient peut-être pas tort. Il y a des tas de choses que je serais incapable de prouver. »

Se rendant compte que Van In et Léo avaient terminé leur verre, il s'empressa de les resservir.

« Je trouve votre exposé tout à fait passionnant, monsieur Billen », dit Van In, et il le pensait.

Avant qu'il ait pu enchaîner sur ce compliment avec un « mais », Billen anticipa :

« Merci, mais vous n'en savez toujours pas plus au sujet de votre texte, et c'est évidemment pour cela que vous êtes venus me trouver. Vous devez savoir que les Templiers n'ont laissé pratiquement aucun document. Nous connaissons leur règle, dont un exemplaire est d'ailleurs conservé à Bruges, nous avons les pièces du procès, des listes d'inventaire... et ceci ! dit-il en agitant le papier que lui avait tendu Van In. Je vous l'ai dit, on trouve cette inscription en Éthiopie, dans une église de Lalibela qui a été transformée en mosquée. Qu'est-ce que les Templiers sont allés faire là-bas ? On ne le sait pas vraiment. Dans les derniers temps, on associe leur présence sur place avec la quête de l'Arche d'Alliance, qui est réputée se trouver non loin de là, à Aksoum, mais c'est une autre histoire. Il me semble préférable de nous concentrer sur le texte. »

Il se leva et marcha jusqu'à la bibliothèque pour prendre un calepin et un feutre dans un tiroir. Il arracha une feuille de papier et y transcrivit l'énigme en lettres capitales.

R O T A S
O P E R A
T E N E T
A R E P O
S A T O R

« Voilà, dit-il en tendant le papier à Van In. Vous ne remarquez rien de particulier ? »

Léo s'approcha.

« Une croix », dit Van In en hésitant, comme s'il avait peur de se ridiculiser aux yeux du concierge, car celui-ci avait écrit les lettres formant une croix en caractères gras.

Un enfant l'aurait vu.

« En effet, une croix. Et si vous tournez d'un quart de tour les *T* du *TENET* horizontal, vous obtenez même une belle croix de Templier.

– Et ça veut dire quelque chose ? demanda Léo, curieux.

– Attendez, reprit Billen, ce n'est pas tout. En remettant les lettres dans l'ordre, nous trouvons deux fois les mots *PATER NOSTER* et les lettres *A* et *O*.

– Extraordinaire ! » dit Léo, admiratif.

Van In haussait les sourcils d'étonnement. Non pas qu'il fût impressionné, mais parce qu'il n'y comprenait que dalle. Billen s'en aperçut.

« Un moment, dit-il. Tout va s'éclairer. »

Il écrivit rapidement quelques mots sur le papier avant de le tendre à Van In.

« *A PATER NOSTER O*, lut le policier.

– Dieu est le commencement et la fin, l'alpha et

l'oméga. Nos Templiers avaient l'esprit inventif, vous ne trouvez pas ? »

Comme ni Léo ni Van In ne réagissait, Billen poursuivit :

« Je vous l'ai dit tout à l'heure, les Templiers étaient à la recherche du noyau de la foi, et ce noyau, ils l'ont trouvé dans la prière que Jésus a enseignée aux apôtres. *Notre Père*, *Pater Noster*, vous suivez ? »

Léo hocha la tête, Van In avala une gorgée de bourgogne.

« Le *Notre Père* est une prière complète. Tout est dit en deux mots, les Templiers n'avaient besoin de rien de plus. Mais, malgré la simplicité de ces mots, les faibles ne parvenaient pas à s'en imprégner. Le noyau de l'Évangile – “Aime ton Dieu par-dessus tout et ton prochain comme toi-même” – leur posait presque encore plus de difficultés.

« Le palindrome parfait *SATOR ROTAS OPERA TENET* est la réponse modeste des Templiers au *PATER NOSTER*. Autrement dit : le Semeur (le Créateur) connaît les peines et les vicissitudes (de la vie), car Il est le commencement et la fin. Tout vient de Lui et tout ramène à Lui. Ce qu'Il sème donne des fruits au centuple ou échoue parmi les mauvaises herbes au pied du bûcher. Les chevaliers du Temple exprimaient ainsi leur humble respect et leur admiration pour l'amour de Dieu. Ils raisonnaient comme suit : Dieu a envoyé Son fils Jésus-Christ dans le monde pour qu'il y prêche un message d'amour. Les hommes entendent ce message et le comprennent, mais ils ont du mal à le mettre en pratique. Malgré notre faiblesse, Dieu fait montre de mansuétude. Il tient compte des peines et des vicissitudes de la vie qui nous éloignent si souvent du droit chemin. Bien que nous Lui soyons souvent infidèles, Dieu continue à nous aimer. »

Billen parlait depuis une petite demi-heure. Van In profita d'une courte pause pour allumer une cigarette sans en demander l'autorisation. C'était sans doute une belle histoire, mais il craignait que l'explication du carré des Templiers ne fasse pas beaucoup avancer l'affaire Degroof. Les cambrioleurs avaient peut-être seulement voulu leur jouer un mauvais tour.

« Puis-je vous demander quelque chose, monsieur Billen ? dit-il.

– Frans, appelez-moi Frans, monsieur...

– ... Van In, répondit le commissaire, qui avait horreur des familiarités.

– Bien sûr, monsieur Van In. Allez-y !

– Tout ce que vous venez de nous raconter est passionnant, que cela soit clair. Mais j'ai comme l'impression que ce sujet fascine peu de monde autant qu'il vous fascine, vous. Ma question est la suivante : le grand public a-t-il accès à ces informations ?

– Contrairement à ce que vous pensez, répondit Billen en se penchant en avant pour faire glisser un cendrier devant Van In, des tas de gens s'intéressent aux Templiers. Comme ils s'intéressent à la magie, aux francs-maçons, aux mystères de l'Égypte ancienne, aux gnostiques, etc. Un nombre inimaginable de sociétés ésotériques rassemblent des adeptes qui croient béatement pouvoir y trouver une réponse aux grandes questions existentielles. Ce phénomène revient régulièrement à chaque fin de siècle. Et comme toujours, il y a des gens crédules qui foncent tête baissée.

« Mais en ce qui concerne le carré magique, je crois qu'il n'y a pas en Belgique plus d'une dizaine de personnes qui soient au courant de ce que je viens de vous expliquer. Ceux qui ont laissé ce palindrome chez Degroof ne sont pas des béotiens. »

Van In eut envie de demander comment un simple concierge avait accès à ce type d'informations, mais Léo, qui lisait apparemment dans ses pensées, lui fit non de la tête. Van In ravala sa question. Léo avait davantage le sens de la diplomatie que lui. C'était peut-être mieux ainsi. Il ne fallait pas mettre Billen sous pression s'ils voulaient faire avancer l'enquête. Après tout, le pauvre homme n'avait rien à se reprocher.

« Si seules quelques personnes connaissent la signification du carré des Templiers, dit Léo en hésitant et en cherchant à faire oublier le silence désagréable qui venait de s'abattre sur la pièce, cela réduit d'autant le nombre de suspects.

– Si nous partons de l'idée que le texte n'a pas été déposé là pour nous mener sur une voie de garage, objecta Van In, sceptique.

– Je ne pense pas que cela puisse être le cas, monsieur Van In, reprit Billen avec obstination. La nature du crime, j'en suis pratiquement convaincu, prouve que les auteurs connaissaient pertinemment bien la signification du carré des Templiers.

– Un règlement de comptes à coloration ésotérique ? Avec tout le respect que je vous dois, nous verrons ça nous-mêmes. Nous savons que Dieu comprend nos motivations et qu'il en tiendra compte au Jugement dernier, dit Van In, légèrement moqueur.

– Qui sait ? dit Billen d'une voix douce. Je n'ai jamais envisagé les choses sous cet angle. Mais croyez-moi, monsieur Van In, je ne pense pas que cela en restera là. Les gens qui se réfèrent à une certaine symbolique, et c'est le cas ici puisqu'ils ont dissous de l'or, sont du genre à réfléchir longuement avant d'agir et ils ne s'en tiennent pas à un acte isolé. »

Léo approuva et Van In ne put rien faire d'autre que lui donner raison, car au fond il était du même avis, sans pouvoir en tirer aucune conclusion définitive.

« J'ai aussi l'impression qu'ils accordent au moins autant d'importance à la symbolique qu'à l'acte lui-même. Et Degroof sait peut-être très bien de quoi il retourne... »

Van In décida de ne pas oublier cette phrase. Ce Billen était à n'en pas douter un rien trop perspicace pour un simple concierge.

« Encore un petit verre de vin, monsieur Van In ? »

Van In s'empara de son paquet de cigarettes et le déposa sur la table du salon.

« Pourquoi pas, monsieur Billen ? ! répondit-il, bon enfant. Maintenant, vous pourriez peut-être nous parler de cette histoire de l'Arche d'Alliance. Tant que nous y sommes... »

8

Laurent De Bock et Daniel Verhaeghe passèrent la nuit dans un chalet non loin de Namur. Malgré la tension des derniers jours, le jeune homme dormit comme un loir. Le lendemain matin, à six heures trente, Laurent le réveilla doucement.

« Debout, fiston, nous avons des tas de choses à faire aujourd'hui. »

Il lui caressa le front et se rendit à la cuisine d'un pas traînant. Le café était en train de passer. Le vieil homme glissa deux tartines dans le grille-pain. Daniel le rejoignit cinq minutes plus tard, penché en avant pour ne pas se cogner la tête aux poutres basses. Dans son pyjama, il avait l'air famélique et épuisé.

« Tes gouttes sont à côté de ton assiette », dit Laurent en versant du café et une belle quantité de lait bouillant dans une grande tasse.

Daniel avait une faim de loup. Il dévora à belles dents, tandis que Laurent grignotait pensivement un petit bout de toast. Lorsque le jeune homme fut rassasié, Laurent débarrassa la table.

Pendant que Daniel s'habillait dans la chambre, Laurent transforma la longue table de la cuisine en autel en y déposant un crucifix et des chandeliers. Daniel n'eut pas l'air très heureux lorsqu'il vit les préparatifs de son compagnon.

« Il faut vraiment faire ça maintenant ? demanda-t-il en soupirant.

– Encore une fois, fiston. Tu n'as pas droit à l'erreur. Fais-le une dernière fois pour moi. Après, je serai tranquille. »

Daniel ferma les yeux et inspira profondément. Laurent lui tendit les habits.

« D'abord l'aube, puis tu embrasses la croix sur l'étole », dit Laurent.

Daniel ne regimba pas. Il glissa la tête par l'ouverture de la chasuble et la drapa autour de lui comme l'aurait fait un vrai prêtre. Ensuite, il exécuta le rituel qu'il avait répété quotidiennement au cours des trois derniers mois. Laurent suivit attentivement chacun de ses gestes. À la fin, il le félicita.

« Parfait, fiston. On n'y verra que du feu. J'en suis convaincu ! »

Puis Daniel s'octroya une cigarette, tandis que Laurent sortait une valise Samsonite de l'armoire et qu'il la remplissait de vêtements propres, de linge de corps, d'un rasoir, d'un calice en argent, d'un bréviaire, de quelques romans, de serviettes, mais aussi d'un jean, d'un sweat-shirt et de chaussures de sport pour le cas où Daniel devrait prendre la poudre d'escampette. En soutane, il risquait de se faire remarquer.

À dix heures trente, ils montèrent dans la Mercedes et prirent la direction de Marche-les-Dames. Le trajet ne dura pas plus d'une dizaine de minutes. Laurent s'arrêta à un petit kilomètre de leur destination.

« Si tout se déroule selon nos plans, je te reprends ici vendredi soir, dit-il. Et n'oublie pas que tu ne peux quitter l'abbaye que si ça foire. Mais il y a très peu de risques. J'ai tout préparé minutieusement. Les Petites Sœurs de Bethléem accueillent pour le moment quatre hôtes. Leurs soupçons se porteront sur tout le monde. De toute façon, je ne pense pas que Bénédicte donnera l'alarme.

– T'en fais pas, Laurent. Je ne te décevrai pas. »

Le vieil homme embrassa Daniel sur le front.

« Je sais, fiston. »

Le jeune homme descendit de la voiture et prit la valise dans le coffre. Après avoir levé la main en guise d'au revoir, il se dirigea d'un bon pas vers l'abbaye.

« Bonne chance, fiston », murmura Laurent d'une voix étranglée.

Il suivit Daniel des yeux jusqu'à ce qu'il disparaisse derrière les arbres. Il revint alors à la Mercedes et rentra à Namur à cinquante à l'heure.

Daniel attendait gauchement devant le portail de l'entrée. Il était en train de se dégonfler.

« Abbaye Notre-Dame du Vivier. Petites Sœurs de Bethléem », lut-il au moins quatre fois.

L'édifice du dix-huitième siècle baignait dans un calme surnaturel. Aucun chant d'oiseau, aucun bruissement de feuille ne venait troubler le silence. C'était la partie du plan qui lui plaisait le moins, mais Laurent ne voulait faire d'exception pour personne. Et Daniel avait promis de ne pas le décevoir.

Il sonna et attendit jusqu'à ce que l'écho de la cloche se fût éteint. Il guetta patiemment des bruits de pas, un signe de vie, mais personne ne vint ouvrir le portail. Il déposa sa valise et partit à la recherche d'une autre entrée, en se remémorant ce que Laurent lui avait appris sur les Petites Sœurs de Bethléem. C'était un ordre assez jeune. En 1950, lors de la promulgation du dogme de l'Assomption, six pèlerins touchés par la grâce avaient fondé un nouvel ordre monastique. La première communauté avait été créée à Chamvres, en France. Le seul objectif de ses membres était de prier jour et nuit la Vierge Marie et la sainte Trinité, dans le silence total et la réclusion absolue, suivant l'exemple des premiers moines partis vivre en ermites dans le désert d'Égypte dès le quatrième siècle. Ils s'étaient donné la règle de saint Bruno, fondateur de l'ordre cartusien dans le massif de la Grande Chartreuse, près de Grenoble, en l'an de grâce 1084, qui impose aux moines une vie rude et strictement réglementée.

Comme dix minutes avaient passé sans que personne apparaisse et qu'il n'avait trouvé aucune autre entrée, Daniel sonna une nouvelle fois. Il avait une envie folle d'allumer une cigarette. Après avoir encore attendu un quart d'heure et sonné quatre autres fois, il se décida à pousser prudemment le vantail de gauche. À son grand étonnement, il n'était pas fermé. Plus déçu que soulagé, il entra tel un timide voyageur de commerce. La porte se referma derrière lui dans un bruit sourd.

Daniel se trouvait dans un bâtiment d'une propreté parfaite. Le sol brillait traîtreusement comme le miroir d'un *glen* écossais Les murs chaulés de frais étaient percés à intervalles réguliers de grandes fenêtres rectangulaires qui laissaient entrer des faisceaux de lumière ambrée. Pour la deuxième fois de la journée, une pointe de doute courut le long de sa colonne vertébrale et pénétra en vrille dans son cerveau. *Avons-nous réellement le droit de nous venger ? Bénédicte est-elle aussi coupable que les autres ?*

Daniel déposa sa valise avec circonspection. Le miroir du sol lui en renvoya immédiatement une image parfaite. L'immobilité commençait à être douloureuse. Il entreprit de faire les cent pas. Chaque foulée rompait le silence comme le bris d'une branche sèche sous le pied du chasseur à l'affût. Il n'osait pas trop s'éloigner. Finalement, il revint sur ses pas et sonna une nouvelle fois. Il attendit au seuil de la porte entrouverte. Les minutes s'écoulaient, et lui attendait timidement sans oser bouger.

Il découvrit deux boîtes aux lettres en bois dans le mur de gauche. Sur la première, quelqu'un avait écrit à la peinture blanche « Messages » et, sur la seconde, « Contributions ». Il commençait à perdre la notion du temps. Il décida de compter jusqu'à cent. Si personne ne venait, il rentrerait à Namur à pied.

À quatre-vingt-neuf, il entendit une charnière crisser. Une silhouette blanche surgit de l'extrémité sombre du couloir et avança en silence dans sa direction. Le visage de la sœur était à moitié dissimulé par une large coiffe. Lorsqu'elle ne fut plus qu'à un mètre et demi de Daniel, elle s'arrêta.

« Je suis le père Verhaeghe, dit-il doucement, sursautant au son de sa propre voix. Je viens pour une retraite de quatre jours. Il y a deux semaines, j'ai reçu une lettre m'annonçant que je devais me présenter aujourd'hui. »

La sœur hocha la tête, mais demeura muette. Daniel se sentit aussi démuni qu'un malade en chaise roulante incapable de faire le moindre geste devant un enfant qui se noie dans un fossé. Malgré ses innombrables recherches sur les us et coutumes de l'abbaye, Laurent n'avait rien trouvé sur la façon dont les sœurs recevaient les étrangers. Il lui avait bien dit de veiller à ne jamais perdre patience. Daniel attendit donc, tentant de laisser flotter un regard humble vers l'infini.

« Bienvenue, mon père », dit-elle après une pause.

Il était évident qu'elle était d'origine française et qu'elle parlait rarement le néerlandais. Elle faisait cependant de son mieux pour articuler correctement.

« Je passe devant pour vous indiquer le chemin. »

Louange à toi Seigneur Jésus, faillit répondre Daniel, car il avait cru un moment qu'elle récitait un passage de la Bible.

En moins de cinq minutes, la sœur avait montré à Daniel la cellule où il passerait les prochains jours, la cuisine, la chapelle et le jardin. Elle le raccompagna ensuite à sa cellule. Là, elle lui donna deux stencils où figuraient le règlement intérieur et l'horaire de la communauté.

« Si vous avez d'autres questions, mon père, utilisez la boîte située à l'entrée. La réponse sera glissée sous votre porte le lendemain.

– Merci beaucoup, ma sœur, mais il y a encore deux ou trois choses sur lesquelles je voudrais m'entretenir avec vous, répondit Daniel.

– Excusez-moi, mon père. Notre entretien est terminé. »

La sœur fit volte-face. Dix secondes plus tard, elle avait disparu derrière le coude du couloir, laissant Daniel perplexe.

La cellule était meublée avec une extrême parcimonie : une étroite alcôve recouverte d'une paillasse, une table et une chaise. La fenêtre donnait heureusement sur le jardin, et la vue valait assurément la peine. Les Petites Sœurs de Bethléem maîtrisaient l'art de transformer un maigre lopin de terre en jardin d'agrément.

Daniel déposa sa valise sur la chaise, l'ouvrit et en vida le contenu sur la table. Puis il prit connaissance de l'horaire, debout près de la fenêtre. L'office était à dix-sept heures trente, il avait encore le temps.

Laurent lui avait donné plusieurs romans. « Pour tuer le temps, avait-il dit, à moins que tu ne veuilles te mettre à la prière. »

Le jeune homme choisit le volume le plus épais. Neuf cent pages...

« *Le Quinconce* », lut-il à mi-voix en ôtant ses chaussures pour s'installer sur le lit.

Ce matin-là, Van In ne fit son apparition au bureau qu'à neuf heures trente. Le musigny de la veille avait eu sur lui le même effet qu'une forte dose de Valium. Il n'était pas encore tout à fait réveillé.

« Bonjour, commissaire, lui dit l'agent de la réception avec un accent brugeois à couper au couteau.

– Bonjour, Patrick », répondit Van In distraitement.

Malgré son état, il sentit le regard goguenard de Geerts dans son dos. Il se retourna instinctivement.

« Il y a un problème ? »

Patrick Geerts, qui était surnommé « la hotte aspirante » en raison de sa transpiration abondante, eut un rire niais.

« Bon ! » dit Van In.

Il n'aimait pas ce type. C'était un hypocrite, prêt à vendre son âme pour faire bonne impression sur De Kee.

« Kétounet vous cherche depuis plus d'une heure, dit Geerts en souriant. Il a encore téléphoné y a pas dix minutes. Je pense qu'il est pas content, content...

– Il est dans son bureau ?

– En écoutant bien, vous pouvez l'entendre hurler jusqu'ici », répondit Geerts en hochant la tête.

Van In planta là Geerts et son sourire niais et monta les escaliers quatre à quatre. De Kee avait certainement appris qu'il avait lancé un appel à témoins sur Radio Contact. Van In avait la réputation d'être un type sûr de lui et de ne pas avoir peur de ruer dans les brancards. Mais s'il soignait sa légende et s'il avait en effet une grande gueule, il se montrait toujours un peu plus soumis qu'il ne l'aurait souhaité vis-à-vis de son supérieur.

« Entrez ! » dit une voix tranchante, lorsque Van In frappa doucement à la porte.

De Kee lui tournait le dos et regardait par la fenêtre.

« Je pense que vous me cherchez, commissaire, dit Van In sur le ton le plus neutre qu'il put trouver.

– Asseyez-vous, Van In », répondit De Kee sans se retourner.

Van In obéit et sortit nerveusement une cigarette d'un paquet à moitié vide.

« Je suppose que vous n'avez pas lu les journaux ce matin, commença De Kee toujours sans se retourner. Je les ai préparés pour vous sur mon bureau. »

Van In saisit un quotidien. L'affaire Degroof s'étalait à la une « La vengeance d'un alchimiste anonyme contre un bijoutier de Bruges, lut-il à voix haute.

– Continuez !

– Selon la police, il s'agit d'un acte de vengeance soigneusement préparé à l'encontre d'un membre de l'une des familles les plus éminentes de Bruges. Ludovic Degroof, le père de la victime, est bien connu dans les milieux politiques. Nombreux sont ceux qui voient en lui la figure de proue du parti démocrate-chrétien et la cheville ouvrière de nombreux projets de construction de prestige dans le centre de la ville. »

Van In referma le journal et s'appuya contre le dossier de sa chaise.

« Je me demande bien où ils sont allés chercher ça, dit-il, la conscience tranquille.

– Vous savez pertinemment que ce n'est pas tout, bordel de Dieu ! M. Degroof est très fâché par votre faute », dit le commissaire d'une voix encore plus sombre que d'habitude.

Van In n'avait aucune envie de continuer à tourner autour du pot.

« Est-ce que par hasard vous feriez allusion à l'appel à témoins qui est passé hier sur Radio Contact ?

– Donc, vous l'admettez, répondit De Kee sèchement en se passant la main gauche dans les cheveux.

– J'ai agi sur ordre du ministère public », dit Van In pour sa défense. C'était son seul argument.

De Kee se retourna et le fixa.

« Commissaire adjoint Van In, commença-t-il en hésitant délibérément sur les deux premiers mots, je pense que vous êtes suffisamment adulte pour saisir que vous ne pouvez prendre une telle initiative sans m'en aviser au préalable. »

De Kee alla s'asseoir à l'autre bout de la pièce et secoua la tête en prenant un air apitoyé.

« Je pensais vous avoir clairement demandé de ne pas ébruiter cette affaire. Je vous ai même dit que Ludovic Degroof y tenait expressément, ce que je n'aurais d'ailleurs jamais dû faire. Il aurait également dû vous venir à l'esprit qu'il n'est pas dans les habitudes de la maison de faire les quatre volontés du ministère public. Il n'a qu'à se contenter des informations que nous lui transmettons, le ministère public !

– Mais, commissaire, protesta Van In, le substitut a menacé de prendre personnellement contact avec les médias si je ne le faisais pas moi-même. Les choses auraient pu être bien pires ! J'ai demandé qu'on ne diffuse l'appel à témoins que de sept à neuf heures du matin. Il fallait quand même que je fasse quelque chose ! Et j'étais convaincu que si l'appel à témoins n'était pas trop long, il n'aurait aucun effet.

– Raté, mon cher Van In ! Le procureur m'a téléphoné hier soir. Si vous m'aviez consulté, il n'y aurait pas eu d'appel à témoins du tout. L'affaire aurait été classée rapidement, et mettez-vous bien ça dans la tête, Van In : à la demande expresse de Ludovic Degroof ! Le procureur m'a assuré que Mlle Martens n'interférerait plus. Il semble même que sa nomination définitive comme substitut soit menacée.

– *Benson im Himmel*, grommela Van In, pas fier de lui.

– Je vous croyais plus intelligent », reprit De Kee en continuant à se passer la main dans les cheveux.

Van In comprit qu'il n'était pas le seul à être dans ses petits souliers.

« Le bourgmestre lui-même désapprouve votre démarche !

– Le bourgmestre ! » s'exclama Van In.

De Kee se pencha en avant et joignit les mains sous son menton.

« Vous vous dites que le bourgmestre est socialiste, anticipa De Kee, mais n'oubliez pas que les tentacules de Ludovic Degroof s'étendent jusqu'au sommet ! Il y a des cas où un bourgmestre, fût-il de l'autre bord, doit s'incliner devant la loge de Bruxelles ! »

De Kee vit que Van In saisissait la gravité de la situation. Même s'il ne portait pas le commissaire adjoint dans son cœur, il estimait que l'affaire allait un peu trop loin. Mais un commissaire en chef devait lui aussi savoir courber l'échine, comme un bourgmestre.

« Vous voulez dire qu'on met fin à l'enquête ? demanda Van In, qui avait encore peine à croire ce que De Kee venait de lui dire.

– Je dois admettre que vous êtes passé maître dans l'art de l'*understatement*, Van In. »

De Kee retroussa ses lèvres exsangues sur un maigre sourire.

« Je viens d'apprendre du service du personnel que

vous disposiez de plus de trois cents heures de récupération, dit-il, impassible. Si j'étais vous, je les prendrais à dater d'aujourd'hui.

– Toutes ?!

– Disons qu'il faudrait que vous restiez un certain temps en dehors du circuit.

– Mais cela fait plus de deux mois ! répondit Van In après un rapide calcul.

– Deux mois, c'est peut-être un rien excessif, susurra De Kee. Disons que vous nous revenez début août. Nous aurons une petite conversation à ce moment-là.

– Vous n'y pensez pas, commissaire. Que vont dire les autres ? Je prends toujours mes vacances en septembre ! répondit Van In, se surprenant à implorer son chef.

– Je peux difficilement vous forcer, Van In », dit De Kee distraitement.

Van In soupira. Cela n'irait pas si loin. Kétounet voulait seulement lui flanquer la frousse, et ce salopard avait bien réussi son coup.

« Mais vous devrez en répondre devant le collège des échevins. Le bourgmestre est intraitable. Et je crois savoir que vous ne pourriez pas vous permettre une mise à pied avec perte de salaire », ajouta-t-il en souriant légèrement.

Van In n'en croyait pas ses oreilles. *J'en ai déjà vu des vertes et des pas mûres à la police de Bruges, mais ça... !* Son estomac se contracta comme s'il n'avait plus mangé depuis plusieurs jours.

« Allons ! Relevez la tête, Van In ! Ce n'est pas la fin du monde ! dit De Kee, voyant que son adjoint était devenu pâle comme la mort. Regardez plutôt la situation du bon côté ! Deux mois de vacances ! Je voudrais être à votre place !

– Je me demande en quoi cette affaire est si foutrement importante ! » explosa Van In.

Toute peur de l'autorité disparue, il n'était plus que révolte.

Mais De Kee prit cette réaction comme un dernier sursaut, car il savait que son subalterne n'avait pas le choix.

Van In abattit violemment son poing fermé sur le bureau de son supérieur. Il se sentait tellement impuissant !

Il sursauta lorsque De Kee vint se poster à côté de lui et lui tapota l'épaule presque paternellement.

« Si j'avais mené cette enquête moi-même, mon cher Van In, moi aussi, ils m'auraient envoyé prendre des vacances. »

Van In secoua la tête. En ce moment, il pensait aux beaux idéaux de sa jeunesse et à la façon dont il les avait bafoués. *À bas les différences de classe, mort au capitalisme !* Il avait scandé ces slogans avec les autres. Et les puissants l'avaient regardé d'un œil compatissant, se disant qu'il fallait que jeunesse se passe, et lui avaient proposé une carrière. Le mécanisme était simple, il voyait clair à présent. *Que se passerait-il*, pensa-t-il amèrement, *si tous les quadras qui dressent le bilan de leur vie se révoltaient une seconde fois, même en sachant que la lutte est inutile et la cause perdue d'avance ?*

« Je ne veux plus vous voir, entendit-il De Kee lui

déclarer. Allez boire quelques whiskys et offrez-vous un voyage à Tenerife ! »

Van In se leva et quitta le bureau de De Kee sans ajouter un mot. Dès qu'il fut dehors, De Kee prit son téléphone et composa le numéro de Ludovic Degroof.

Daniel Verhaeghe passa une nuit horrible sur son étroite couche. Il n'avait aucune idée de ce que les nonnes mettaient dans les matelas pour se rendre la vie encore plus désagréable, mais il imaginait qu'elles y fourraient des aiguilles et des morceaux de verre effilés.

Rien ne lui plaisait dans cet endroit. La veille, le repas du soir avait été une réelle épreuve. Il s'était rendu à la cuisine à dix-huit heures trente, selon les recommandations de la sœur. Il n'avait pas rencontré âme qui vive, ni dans les couloirs, ni à la cuisine. L'aménagement de la pièce, composé en tout et pour tout d'une armoire et d'une cuisinière à quatre becs, lui avait fait deviner ce qui l'attendait. Une odeur de lavasse et de pain rassis flottait dans l'air. Un évier immaculé luisait dans un coin, surmonté par un robinet qui rompait la blanche monotonie du mur. La plus grande partie de la pièce était occupée par un étroit plan de travail. Une trentaine d'augettes numérotées s'y alignaient. À l'extrémité gauche, Daniel avait remarqué cinq récipients en bois légèrement à l'écart. Un petit papier portant son nom était posé sur l'un d'eux. Les autres étaient au nom des quatre hôtes restants. Les sœurs attendaient apparemment que les invités se soient servis avant de se rendre à la cuisine. Chacun mangeait dans sa cellule, sauf le dimanche.

D'une profondeur d'environ dix centimètres, les récipients en bois contenaient tous le même repas peu appétissant : quelques tranches de pain bis, un bol de fromage blanc et une bouteille d'eau minérale.

Daniel avait attendu quelques minutes, mais comme personne n'était arrivé, il était reparti avec son frugal repas. De retour dans sa cellule, il avait jeté le plateau sur son lit sans y toucher. Une heure plus tard, pris d'une faim dévorante, il avait tout avalé jusqu'à la dernière miette. En mangeant, il s'était demandé quel Dieu les moniales pensaient servir ainsi. Pour se venger, il avait fumé coup sur coup cinq cigarettes et avalé le reste de la mignonnette de whisky. Il avait ensuite rédigé une brève missive et l'avait glissée dans la boîte à messages.

Il était curieux de savoir si les sœurs avaient déjà répondu à sa question. Nu comme un ver, il alla jusqu'à la porte. Comme il s'y attendait, il n'y avait pas encore de réponse. Il s'habilla en pestant. Au-dehors, une pluie morne tambourinait sur le carreau de la petite fenêtre. À l'horizon, des nuages noirs s'accrochaient au sommet des pins.

« Comme si ça ne suffisait pas ! » dit Daniel.

La fraîcheur amenée par la pluie et la faim qui le rongeait lui donnaient la chair de poule. Il arracha la fine couverture de son lit et l'enroula autour de ses épaules. Il avait dormi trop longtemps, c'était évident. Pour savoir où en était la journée, il consulta une nouvelle fois l'emploi du temps des Petites Sœurs de Bethléem.

À cinq heures moins le quart, les nonnes se levaient pour les matines. Il les avait donc ratées. Elles allaient ensuite chercher leur petit déjeuner à la cuisine et le mangeaient seules dans leur cellule. À huit heures et quart, toujours seules dans leur cellule, elles chantaient les tierces. À dix heures moins cinq, elles se préparaient pour l'office de sexte et, à midi, c'était l'angélus. Les sœurs passaient l'après-midi en prières, jusqu'aux vêpres, à dix-sept heures, dans la chapelle, suivies par la célébration de l'eucharistie. Après le repas du soir, la journée se terminait par les complies. Les sœurs consacraient le reste du temps aux travaux manuels. Elles décoraient des tasses et des assiettes en porcelaine, qu'elles vendaient pour subvenir à leurs besoins. Ainsi vivaient les moniales de Bethléem jour après jour : dans la réclusion et la prière. Elles n'interrompaient cette routine que le dimanche. Ce jour-là, elles dînaient toutes ensemble et se promenaient une heure ou deux dans le jardin. C'était les seuls moments où elles étaient en contact les unes avec les autres. Ce n'étaient pas pour autant des bigotes étrangères aux réalités du monde. D'après Laurent, la plupart d'entre elles avaient moins de trente-cinq ans, possédaient un ou plusieurs diplômes universitaires et étaient originaires de milieux favorisés.

Faut-il que le monde soit malade ! pensa Daniel.

Le tic-tac de sa montre le fit sursauter.

« Merde ! Déjà huit heures dix ! » jura-t-il en espérant que les sœurs n'aient pas déjà débarrassé la cuisine des petits déjeuners.

Il aurait commis un meurtre pour une tasse de café et des petits pains chauds.

Le couloir était aussi silencieux et désert que la veille. Il se coula furtivement le long des murs, telle une ombre. Se sentant légèrement coupable, il préférait ne rencontrer personne.

Il poussa prudemment la porte de la cuisine et se faufila à l'intérieur. Sur le plan de travail, il ne restait qu'un seul plateau, témoin accusateur de son retard. *Heureusement*, pensa-t-il amèrement, *les nonnes aiment la variété*. Le petit déjeuner se composait de pain bis, d'un bol de lait et d'un potiquet de terre cuite contenant de la gelée de poire.

En rentrant dans sa cellule, il constata que quelqu'un avait glissé un mot sous sa porte. Il était donc surveillé. D'une petite écriture fine, quelqu'un avait écrit sur une feuille de vilain papier : « Mon père, pourriez-vous avoir la bonté de célébrer l'eucharistie ce soir, à 17 h 25 ? » La moniale avait souligné l'heure d'un léger trait.

Sacré Laurent ! pensa Daniel en enfournant un morceau de pain coriace. Il avait tout préparé jusque dans les moindres détails, exactement comme pour le cambriolage de la bijouterie Degroof. Jusqu'à présent, tout se déroulait selon les plans. Daniel trouva délicieux le reste de son petit déjeuner. Il nettoya le petit pot de gelée avec son index.

À neuf heures trente, lorsqu'il fut certain que tout le monde était dans sa cellule, il fourra son jean et son sweat-shirt dans un sachet en plastique et quitta secrètement l'abbaye. Heureusement, il avait cessé de pleuvoir. Une fois hors de vue, quelques centaines de mètres plus loin, il se changea rapidement dans un bosquet. Jusqu'à Marche-les-Dames, il avait tout au plus vingt minutes à pied. Laurent lui avait formellement interdit de quitter les lieux, mais il estimait avoir le droit de profiter de chacune des journées qui lui restaient. Les risques que son absence fût découverte étaient quasi nuls et quand bien même, les moniales ne lui poseraient aucune question. Elles étaient convaincues qu'il était prêtre, sans quoi elles ne lui auraient jamais demandé de célébrer la messe du soir.

À seize heures, lorsque Daniel réintégra furtivement l'abbaye, il pleuvinait à nouveau. Il trouvait étrange qu'il soit possible d'aller et venir comme dans un moulin dans un lieu réputé pour la rigueur de sa règle. Il ne tenait plus un sachet en plastique, mais trois. Le premier contenait son jean et son sweat-shirt. Les deux autres débordaient de boissons et de nourriture. Dans la journée, il avait vidé une demi-bouteille de whisky et, à midi, il avait avalé un steak grillé et des frites. Les sœurs penseraient qu'il s'était mis à jeûner, car il ne toucherait plus à son plateau.

Installé dans sa cellule, Daniel porta le goulot de la bouteille de J&B à sa bouche et but une grande lampée. Il devait être prudent et boire juste assez pour maîtriser le trac qui le rongeait. Car, lorsqu'il dirait la messe dans quelques heures, ce serait devant un public – un public d'expertes, qui plus est. Il avait beau s'être entraîné des dizaines de fois, il se sentait perdre courage. La pensée de ce qui l'attendait le rendait malade.

À dix-sept heures dix, Daniel avala la toute dernière gorgée de whisky. Lorsque le goût eut disparu, il extirpa un paquet de Fisherman's Friend de sa poche et enfourna deux pastilles. Il se pressa ensuite jusqu'à la chapelle. Heureusement, la porte latérale de la sacristie était ouverte. La sacristine avait tout préparé soigneusement pour lui.

Les genoux flageolants, Daniel enfila l'aube d'un blanc immaculé. La sacristie était déserte, mais il embrassa tout de même la croix de l'étole. Il passa ensuite la chasuble et la drapa sur ses épaules dans les règles de l'art.

Une fois prêt, il s'observa dans le miroir, selon un cérémonial auquel les vrais prêtres ne dérogeaient jamais. Daniel se dit qu'il s'agissait sans doute du seul miroir de l'abbaye. Et que, étrangement, il servait exclusivement aux visiteurs masculins.

Il était encore en train de s'inspecter lorsque le chant qui s'élevait jusqu'alors de la chapelle adjacente se tut. Ignorant si cela signifiait la fin des vêpres, il se posta, indécis, à la porte. Il allait se décider à entrer lorsque la cloche retentit. Il décida d'attendre encore quelques instants. Il commençait à avoir chaud et à rêver d'une gorgée de whisky et d'une cigarette.

Après cinq minutes, la porte s'ouvrit sans bruit. La sœur portière se glissa dans la sacristie.

« Bonsoir, mon père. »

Daniel hocha la tête et tenta même de produire un sourire bienveillant. Il en profita pour examiner la nonne discrètement. La coiffe dissimulait la plus grande partie de son visage. Il avait étudié une photo de Bénédicte Degroof pendant des heures, mais la reconnaître sous l'habit de moniale ne serait pas facile, sans compter que le cliché datait d'il y a plus de seize ans.

« Veuillez me suivre », dit soudain la sœur très doucement.

Après avoir levé les yeux au ciel et inspiré profondément, Daniel la suivit. La chapelle était plongée dans la pénombre, car les sœurs n'avaient pas d'argent pour se payer l'électricité (seule une partie de l'abbaye était raccordée). L'éclairage provenait juste de la lumière du jour perçant à travers cinq fenêtres en ogive qui semblaient regarder la scène comme des yeux ardents plantés dans les murs en pierre naturelle.

L'ensemble faisait penser à une chapelle de château médiéval et semblait dater du quinzième siècle, alors qu'elle avait été construite au dix-huitième. Les voûtes croisées, les dalles sombres et inégales et le petit autel cubique renforçaient encore cette impression. Les sœurs se tenaient alignées sur deux rangées le long des murs latéraux. Deux nonnes tenaient une corde qui actionnait les cloches par un trou percé dans la voûte.

« Au nom du Père, du Fils et du Saint-Esprit. »

Pour plus de sécurité, Daniel avait appris le texte par cœur. Il devait cependant donner l'impression de lire le missel, car, d'après Laurent, peu de prêtres étaient capables de dire la messe sans support.

De temps à autre, Daniel inspectait la chapelle du regard. Malgré tous ses efforts, il ne parvenait pas à localiser Bénédicte. Les sœurs suivaient l'office la tête penchée en avant, et plusieurs d'entre elles se tenaient même dans l'ombre la plus totale.

Il devrait patienter jusqu'à la communion. Une fois de plus, Laurent avait eu raison : c'était la seule manière d'approcher les nonnes. Il fut étonné de constater la rapidité avec laquelle se déroula la célébration. Au moment de la consécration, il eut un vague remords. Bientôt, il abuserait ces créatures naïves, et les hosties qu'il leur distribuerait resteraient du simple pain et non le corps de ce Christ auquel elles avaient décidé de consacrer leur vie.

« La nuit même où il fut livré, il prit le pain, il le rompit et il le donna à ses disciples en disant : Prenez et mangez-en tous, ceci est mon corps. »

En prononçant ces paroles, Daniel pensait à la nuit où lui et sa mère avaient été livrés. Il était reconnaissant à Laurent de l'avoir mis en garde contre ces moments de faiblesse.

La communion dura cinq longues minutes, car les moniales se jetaient à terre l'une après l'autre avant de recevoir l'eucharistie. Bénédicte Degroof était l'avant-dernière. Il la reconnut au premier coup d'œil. Elle se tenait tout au fond de la chapelle. Daniel grava sa place dans sa mémoire.

Laurent lui avait dit qu'après la messe, les sœurs restaient un certain temps dans la chapelle pour méditer. Pourtant, il se changea à la hâte. Lorsqu'il s'agenouilla à l'arrière de l'édifice, elles étaient encore toutes présentes.

Il fallut un certain temps avant que la première nonne ne quitte la chapelle. Bénédicte fut la troisième à partir. Elle ne remarqua pas que le prêtre lui emboîtait le pas. Ironie du sort, leurs deux cellules n'étaient pas très éloignées l'une de l'autre.

Deux heures plus tard, Daniel glissait la première lettre sous la porte de Bénédicte.

9

Le mercredi matin, Laurent De Bock quitta Namur pour Blankenberge. Le trafic était encore relativement fluide sur l'autoroute de la mer. Le spectre de la récession maintenait chez eux des milliers de vacanciers potentiels. Et le temps avait brutalement changé depuis la veille. Bref, ce ne serait pas la grande affluence à la côte belge.

Il n'eut aucun mal à trouver une place de parking dans une rue donnant sur la digue, pas plus qu'il n'eut de difficultés à louer une chambre d'hôtel. Le *Riant Séjour* était un trois-étoiles moderne aux chambres vastes et confortables. Laurent réserva deux nuits et paya d'avance, ce qui eut pour effet d'éveiller un sourire sur le visage de l'hôtelière. Elle porta elle-même sa valise dans l'ascenseur.

Cinq minutes plus tard, il observait du haut du sixième étage la masse gris-vert de la mer. C'était marée basse. La plage était une vaste plaine qui tentait vainement de s'unir à la mer infinie. Une solide averse la dégagea en quelques minutes. Laurent sortit une bouteille de bière du minibar et traîna une chaise sur le balcon.

Au-dessous de lui, sur la digue, des promeneurs flânaient, protégés par leur parapluie aux couleurs vives. Des chiens en laisse furetaient sous la pluie et faisaient leurs besoins à tour de rôle, sans que personne s'en offusque. Sur le balcon, l'air était lourd et parfumé. La senteur piquante et sauvage de la mer gagnait constamment du terrain sur les odeurs de crème solaire, de crêpes et de cirés mouillés. Laurent tenta de ne respirer que les embruns.

« *Sator rotas opera tenet* », murmura-t-il.

Ludovic Degroof allait enfin payer, avec le clan qui l'avait soutenu jusqu'ici. Laurent savait que c'était sa dernière chance de jouer les anges de la vengeance. Sa vie était arrivée à son terme et celle des êtres qui lui étaient chers était frappée par un destin adverse.

Avec les vagues pour témoin, il récita le *Notre Père* et demanda l'absolution pour les méfaits qu'il était en train de commettre... Dieu l'avait abandonné, mais il Lui resterait fidèle jusque dans la mort.

Il soupira, but une nouvelle gorgée de bière et laissa errer son regard sur les vagues. Il avait du mal à contenir ses émotions. Lui qui pensait connaître les peines et les vicissitudes de la vie, il avait soif de vengeance et de justice, comme un petit enfant. Il serra sa bouteille de bière dans sa main. Il était fatigué. Il pensait à Degroof qui était presque aussi vieux que lui. Cela valait-il vraiment la peine, ou n'entreprenait-il tout cela que pour pouvoir bientôt mourir en paix ?

Van In passa la première soirée de ses vacances forcées dans son jardin. Il avait cessé de pleuvoir et le soleil réchauffait l'atmosphère à une vitesse étonnante. Vers dix-huit heures, il fit même si chaud qu'il rentra un instant dans la maison pour enfiler un short et se mettre en espadrilles. Dans la cuisine, il sortit une Duvel glacée du frigidaire, ainsi qu'un paquet de fromage bien fait. Il n'avait rien mangé depuis la veille, et la Duvel ne parvenait plus à calmer sa faim.

Il se réinstalla dans le jardin sous son parasol et commença par faire un sort au fromage. Ensuite, il décapsula la bouteille et en versa le contenu dans un verre ballon. La mousse déborda légèrement.

Lorsqu'on sonna à la porte d'entrée, Van In bondit de son siège. *Léo a pu se libérer !* pensa-t-il joyeusement. Il se félicita d'avoir acheté un casier de vingt-quatre Duvel le matin même.

« J'arrive ! » cria-t-il.

Van In courut pieds nus jusqu'à la porte. Le sentiment d'accablement de ces vingt-quatre dernières heures se dissipait miraculeusement.

« Salut, Van In ! » dit Hannelore, un rien timide, lorsqu'il ouvrit la porte.

Van In resta figé sur place. Ses lèvres remuèrent sans laisser passer le moindre mot.

« J'espère que je ne tombe pas comme un cheveu sur la soupe... »

Dans sa petite jupe en stretch, elle était splendide.

« Léo m'a donné votre adresse. Il m'a juré ses grands dieux que vous ne verriez aucun mal à ce que je passe vous dire bonjour.

– Bien... bien sûr que non. »

Van In eut toutes les peines du monde à articuler

ces quelques mots. Il s'effaça, invitant la jeune femme à entrer.

« C'est magnifique, ici ! » dit-elle sincèrement.

Van In pensait au bazar dans la cuisine. Hormis Léo, il ne recevait presque jamais personne.

« J'étais justement au jardin, bredouilla-t-il. Entrez ! »

Van In précéda Hannelore d'un pas nerveux et passa la baie vitrée. Le substitut sentait bon les fleurs de printemps et le savon à la glycérine.

« Asseyez-vous, mettez-vous à l'aise. »

Cela manquait de naturel. Cent mille pensées traversaient l'esprit de Van In. Au nom du ciel, qu'est-ce qu'elle venait foutre là ? !

« Un verre ? » demanda-t-il, au comble du désespoir. Il n'avait pas vraiment le choix, et cela l'irritait. « Une Duvel bien glacée, peut-être ? »

Hannelore s'assit à la table de jardin ovale. Van In était trop troublé pour remarquer les étincelles de plaisir qui pétillaient dans ses yeux.

« Seulement si elle est vraiment glacée ! » dit-elle énergiquement.

Van In courut à la cuisine, rinça un verre couvert de moisissures et rangea plusieurs Duvel dans le frigidaire. Les pensées s'entrechoquaient dans sa tête. En revenant, il faillit s'étaler de tout son long.

« Je vous envie, Pieter Van In, dit Hannelore d'une voix admirative en dégustant sa bière. C'est un vrai petit paradis ! Quelle maison ! Et quel jardin ! C'est incroyable ! »

C'était un paradis, voulut corriger Van In, mais ce n'était pas le moment.

« Eh bien ! » soupira-t-il en allant s'asseoir délibérément de l'autre côté de la table. Il ne parvenait pas à détacher ses yeux de ceux de la jeune femme. Il prit le parti de fixer son verre.

« Léo m'a beaucoup parlé de vous.

– Léo ? ! » Van In se rendit subitement compte que depuis qu'elle avait déboulé chez lui sans crier gare, elle n'avait que ce prénom à la bouche.

« Oui, Léo Vanmaele, l'expert de la police judiciaire que vous avez feint de ne connaître que vaguement dimanche passé ! Nous avons eu une longue conversation au téléphone cet après-midi. Il m'a raconté que vous étiez copains comme cochons depuis des années. Vous avez étudié la crimino ensemble à Bruxelles et, à croire ses anecdotes, vous ne vous êtes pas ennuyés ! dit-elle malicieusement.

– *Benson im Himmel* », gémit Van In.

Hannelore croisa les jambes.

Van In commença à transpirer à grosses gouttes.

« Désolé, mais cette comédie avec Léo n'était qu'une petite plaisanterie. Je pensais que vous...

– Vous pensiez que je n'étais qu'une petite pimbêche prétentieuse. »

Van In but une gorgée de bière et se frotta nerveusement la lèvre supérieure.

« Déjà que nous avions le commissaire sur le dos. Quand Versavel m'a dit que le substitut était là... Oh ! Qu'est-ce que vous voulez que je vous dise ? ! Vous comprenez..., dit-il pour s'excuser.

– L'affaire Degroof est classée sans suite, dit-elle sérieusement. Le procureur me l'a fait savoir en fournissant des arguments éminemment convaincants. Et j'ai appris que vous y aviez perdu encore plus de plumes. Alors, je me suis dit qu'il fallait que j'aille consoler ce charmant commissaire...

– C'est très gentil de votre part..., répondit-il sans parvenir à prononcer le prénom de la jeune femme.

– Vous êtes toujours comme ça ? » demanda-t-elle, curieuse.

Van In inspira profondément. Son cœur commençait à battre un tout petit peu moins fort. Il savait qu'il se calmerait bientôt.

« Exactement comme ça, jamais. En tout cas, pas pour une affaire aussi banale que celle-ci.

– C'est aussi ce que je pensais, Pieter. »

La façon dont Hannelore prononça son prénom provoqua des picotements sur la peau de son crâne. Allait-il bientôt retrouver ses esprits ? C'était à espérer.

« Mais je n'ai pas l'intention de laisser tomber l'enquête », dit-il sans réfléchir.

Il regrettait déjà ses paroles : il avait oublié qu'elle était magistrat. Mais elle ne se formalisa pas, bien au contraire.

« C'est exactement ce que j'attendais ! dit-elle. En fait, j'étais venue vous demander de poursuivre l'enquête. Et je vous propose volontiers mon aide. Officieusement, bien entendu.

– Que voulez-vous dire ? demanda Van In, interloqué.

– Cela cache quelque chose, c'est évident, et Degroof a certainement moins d'influence dans certains cénacles que ne le pensent quelques personnes haut placées... »

Hannelore but goulûment un grand trait de Duvel, imitée automatiquement par Van In.

« C'est politique, donc. Ne dites pas le contraire !

– Il faut aussi tenir compte de cette possibilité, constata-t-elle.

– Ça fait trente-six heures que j'essaie d'écarter cette hypothèse. Avec ça ! » dit-il en posant son verre sur la table.

Rapprochant sa chaise, Hannelore chuchota :

« Promets-moi solennellement, Pieter, que ce que je vais te dire ne sortira jamais d'entre ces murs ! »

Van In la regarda droit dans les yeux, ahuri. Si elle lui avait demandé de courir nu sur la grand-place, il l'aurait fait sans hésiter une seconde.

« Je le promets solennellement, Hannelore. »

Il l'avait fait ! Il l'avait appelée par son prénom !

« Mais avant que tu ne me confies tes secrets d'État, je vais chercher à boire ! »

Il l'avait tutoyée !

« D'accord. Ce soleil me donne une de ces soifs ! »

Van In fila à la cuisine et en ressortit rapidement avec un plateau sur lequel il avait déposé deux Duvel, une petite assiette de salami, des cubes de fromage et de la moutarde. Hannelore se servit immédiatement.

« Les élections communales approchent. Tout le monde sait que la bataille s'annonce rude, dit-elle en engloutissant un morceau de salami. Les démocrates-chrétiens sont prêts à vendre leur âme pour obtenir le maïorat. De leur côté, les socialistes cherchent à consolider leur position. Mais, selon moi, Dirk Van der Eyck, le nouveau chef de file des libéraux, va mettre la pression », dit-elle en supposant qu'il suivait un peu la politique locale.

Van In comprenait Hannelore, mais il doutait que les Brugeois voient les choses sous le même angle.

« Tu penses que ce Van der Eyck a la moindre chance ?

– Ne le sous-estime pas, Pieter. Il a beaucoup d'expérience et, ce qui est peut-être plus important encore, il bénéficie du soutien de la loge, ici et à Bruxelles.

– Les résultats des libéraux aux européennes n'ont pas été bien gras », tempéra Van In.

Hannelore renifla avec mépris et engouffra deux morceaux de salami d'un coup.

« C'est bon ?

– Évidemment que c'est bon. J'ai toujours faim quand quelque chose me résiste. »

Van In commençait seulement à se sentir à l'aise. *Bon sang, quelle bonne femme !* pensa-t-il.

« Tu ne me crois pas, hein ? dit-elle, menaçante, à Van In qui haussa ostensiblement les épaules.

– Je pensais qu'en démocratie, il appartenait à l'électeur de décider qui gouverne le peuple.

– Pieter, comment peux-tu être si naïf ? ! dit-elle sans comprendre qu'il la taquinait. Tout le monde sait que nous aurons bientôt trois partis de force égale sur les bras, quand même ! Il faudra bien que deux d'entre eux acceptent de collaborer.

– Et chacun veut imposer son bourgmestre ?

– Exactement ! Le tout est de faire un parcours sans faute, et Van der Eyck est passé maître à ce petit jeu. Vraiment, ne le sous-estime pas, Pieter.

– C'est la deuxième fois que tu me dis ça en cinq minutes.

– Parce que je le pense vraiment et je vais t'expliquer pourquoi. Hier soir, Van der Eyck a conclu un accord de principe avec les socialistes. Il devient bourgmestre et son parti obtient l'échevinat du tourisme et des travaux publics. En échange, le parti socialiste nomme tous les autres échevins. Van der Eyck a également donné son accord pour que toutes les nominations proposées par le parti socialiste soient approuvées sans condition jusqu'à l'an 2000.

– Je ne te crois pas ! » s'exclama Van In.

Entamant sa deuxième Duvel, Hannelore attaqua le fromage.

« Je t'assure, Pieter.

– Mais comment es-tu au courant de ce genre de choses et qu'est-ce que cela...

– Chut ! » répondit-elle en posant son index sur ses lèvres. De petites étoiles espiègles brillaient dans ses yeux.

« Allons, Hannelore ! Ne fais pas la gamine ! » dit Van In avant de goûter à sa deuxième Duvel lui aussi.

La jeune femme tripotait le fermoir de sa chaîne. Il était évident qu'elle en avait trop dit pour ne pas continuer, mais rien ne lui interdisait de s'amuser un peu.

« Même s'il y a un contexte politique à l'affaire Degroof, je ne vois toujours pas quel lien tu essaies d'établir avec les prochaines élections communales. Le vieux Degroof n'est pas candidat et, pour ce que j'en sais, son fils non plus !

– Bien ! dit subitement Hannelore, qui prenait un malin plaisir à le voir pédaler dans la choucroute. Le monde politique est pourri. Tous les moyens sont bons pour parvenir à ses fins, tous les coups sont permis. Van der Eyck veut s'attirer les voix des milliers d'indécis. Il veut convaincre la masse des mécontents de voter pour son parti. Maintenant qu'il a neutralisé le parti socialiste, il serait particulièrement heureux si les démocrates-chrétiens n'engrangeaient pas énormément de voix. Et même toi, tu sais qui tient les rênes du parti démocrate-chrétien à Bruges. Qui est la figure emblématique ?

– Degroof, bien sûr, répondit Van In de mauvaise grâce.

– Tu commences à comprendre ? »

N'osant pas dire non, Van In hocha la tête.

« Imagine qu'on fasse une révélation sur le passé du vieux Degroof, poursuivit-elle avec flamme. S'il y a un scandale à la clé, un enquêteur expérimenté comme toi doit pouvoir faire éclater la vérité au grand jour ! L'acte de vengeance dont a été victime la bijouterie Degroof a attiré l'attention de la presse. S'il est suivi d'autres faits, il nous suffira de donner quelques indications aux journalistes pour mettre le feu aux poudres !

– Mais l'enquête a été classée sans suite, objecta Van In. Et j'ai été mis à pied pour deux mois ! »

Hannelore leva les yeux au ciel.

« Tout était pourtant clair comme de l'eau de roche dans le rapport que tu m'as fait parvenir hier. J'ai trouvé ton analyse particulièrement convaincante.

– *Benson im Himmel*, grogna Van In. Mes soupçons que les bandits frapperont à nouveau ne reposent que sur des hypothèses. Ce n'est absolument pas suffisant pour poursuivre l'enquête !

– Oh ! Qui ne risque rien n'a rien, dit-elle en haussant les épaules. Mais s'il se passe à nouveau quelque chose chez les Degroof et si nous y sommes préparés, qui sait ce qui en sortira ? Nous ne ferons de mal à personne en prenant un peu les devants. Si nous avons remué suffisamment de boue d'ici là, nous n'aurons aucune difficulté à persuader la presse de s'intéresser à la famille Degroof, pas vrai ?

– Ce Van der Eyck est un adepte de Machiavel ?

– Qui ne l'est pas ? ! demanda-t-elle en riant.

– Et ça se dit magistrat ! s'écria Van In, amer. On m'avait toujours dit que le judiciaire ne se mêlait pas de politique... si on peut encore parler de politique face à de telles machinations. »

Hannelore ne s'offusqua nullement de ses propos.

« Je vais te dire quelque chose, Pieter. Je suis une femme qui a fait l'impossible pour décrocher son diplôme. Mes parents ont travaillé dur pour me payer mes études. Ils n'ont pas de fortune, pas de relations. Si j'étais restée au barreau, je passerais mon temps à attendre les clients et à réfléchir à la façon de rembourser mes dettes. Par contre, la magistrature a besoin de sang frais. On n'y est pas extrêmement bien payé, mais on est assuré d'avoir du travail. Quand on est une femme et qu'on veut faire carrière dans ce monde d'hommes, il est impossible de se passer d'un appui politique. Sans soutien, je resterai le garçon de courses d'un obscur procureur jusqu'à la cinquantaine. »

Van In perçut la colère et l'amertume dans la voix du substitut. Sa franchise le laissait perplexe. Une fois de plus, il était étonné par l'énergie impitoyable avec laquelle la jeune génération exprimait sa volonté de survie.

« Je ne peux pas te donner tort, dit Van In. *You can fly with the eagles or scratch with the chickens.*

– Merci pour ta compréhension.

– J'accorde beaucoup de prix à ta franchise, mais tu n'oublies pas un petit détail ?

– Quoi ?

– De Kee... Si je comprends bien, il est aux ordres de Degroof. S'il arrive quelque chose qui sent le roussi pour la famille Degroof, je ne pense pas qu'il me confiera l'enquête.

– Tu as raison, ce n'est qu'un détail. N'oublie pas que De Kee part à la retraite dans deux ans. C'est un secret de polichinelle qu'il veut placer son beau-fils... Comment s'appelle-t-il déjà ?

– Deleu.

– Oui, c'est ça, Deleu ! Tout le monde sait que le commissaire De Kee serait très heureux que Deleu prenne sa succession. Pas tout de suite, évidemment. Ce serait trop visible. Hier, Van der Eyck a proposé ce scénario : lorsque De Kee prendra sa retraite, en nonante-sept, il sera remplacé par le commissaire Carton.

– Mais Carton a cinquante-neuf ans ! » objecta Van In, abasourdi.

Si Hannelore disait vrai, cette nouvelle ferait l'effet d'une bombe au commissariat.

« Justement. Il restera donc en fonction jusqu'en 2001, pour être remplacé par Deleu. Tu comprends ? Carton est le candidat des socialistes. À partir de 2000,

Van der Eyck n'est plus lié par sa promesse d'accepter les nominations des rouges.

– Et De Kee est au courant ? !

– Bien sûr qu'il est au courant ! Il était chez Van der Eyck, hier, quand l'accord a été conclu.

– Bordel de dieu !

– Bizarre, tu n'as pas dit *Benson im Himmel*, fit remarquer Hannelore.

– Je dis *bordel de dieu* parce que je préférerais encore vendre ma maison que de travailler un seul jour sous les ordres de Deleu ! explosa Van In.

– Tu as manifestement une dent contre ce type. Il faut dire qu'il t'a joué quelques mauvais tours. »

Van In ne répondit pas. Il trouvait qu'Hannelore Martens était un petit peu trop bien renseignée.

« Ne t'en fais pas, Pieter. Si tu règles cette affaire pour nous, les portes de la police judiciaire te seront grandes ouvertes. Je te le dis de la part de Van der Eyck », dit-elle en baissant la voix.

Agenouillée devant son lit, Bénédicte Degroof essayait de prier. Contrairement à son habitude, elle sursautait au moindre bruit. Elle entendit le léger grincement des semelles de Daniel lorsqu'il se pencha en avant. Le bruit du papier qui glissa sous sa porte la fit se recroqueviller sur elle-même.

Elle savait qui était cet homme. La nuit précédente, elle avait fait un mauvais rêve qui lui avait dévoilé son destin. Elle se concentra sur sa prière. Dieu ne l'avait jamais abandonnée. Quelques secondes plus tard, une porte se referma.

Bénédicte opposa plus d'une heure de résistance à la curiosité qui l'envahissait. Enfin, elle se leva, ramassa la lettre et l'ouvrit précipitamment.

Ma sœur,

Jésus ne dit-il pas : réconcilie-toi avec ton frère ou ta sœur et viens prier devant moi ?

Dans son discours sur la montagne, ne dit-il pas : allez visiter les malades ?

Ne traite-t-il pas les pharisiens d'hypocrites et de sépulcres blanchis ?

Ne dit-il pas qu'il n'y a pas de pardon pour le péché contre l'esprit ?

Mais dans ce cas, ma sœur, à quoi votre vie ici rime-t-elle ?

Vous vous êtes laissée aveugler par l'orgueil. Cet orgueil est votre héritage, l'héritage de votre famille frappée par la malédiction.

Vous arrive-t-il de penser à elle ? À celle que vous avez contribué à condamner ?

Ne vous a-t-elle pas défendue lorsque la bête immonde voulait vous posséder ?

N'a-t-elle pas volontairement pris votre place ?

Ce sont des questions, ma sœur, des questions dont vous connaissez la réponse, des questions qui dorénavant vous poursuivront.

Dormez bien, ma sœur.

Daniel

Les mains de Bénédicte tremblaient. Si la lettre avait été calomnieuse, elle aurait prié pour l'homme qui l'avait rédigée. Mais il n'écrivait malheureusement que la vérité.

Les seize années qu'elle avait passé entre les murs de cette abbaye avaient estompé ses blessures, mais la douleur affluait maintenant dans son cœur comme un raz de marée. En sanglotant, elle s'agenouilla au pied de son lit et pria une grande partie de la nuit.

10

Le jeudi matin, Laurent De Bock acheta de puissantes jumelles prismatiques chez Priem, un magasin d'articles de chasse en face de la place Simon-Stevin de Bruges. Il ignorait qu'au même moment Van In traversait la grand-place, mais de toute façon il s'en fichait : même si le flic avait eu une photo de lui, il est peu probable qu'il l'aurait repéré dans la foule.

Van In se faufila avec une patience infinie à travers la masse des touristes qui se déplaçaient à la vitesse d'un iceberg. La conversation de la veille avec Hannelore le poursuivait. D'une certaine manière, il se sentait honoré. Il aimait l'idée de travailler incognito, et il avait comme un pressentiment au sujet de l'affaire Degroof. Il avait la ferme intention d'étudier ce dossier de fond en comble et de tirer tout cela au clair.

Le matin, il s'était confié à Léo, qui lui avait promis de mener une enquête discrète auprès de la police judiciaire. L'archiviste du parquet était un vieil ami et Léo lui demanderait de mettre le turbo. S'il existait un dossier sur Degroof ou sur ses enfants, il en serait averti dans les prochaines heures.

En attendant, Van In voulait aller faire un tour au

greffe de l'état civil. Il essaierait ensuite de joindre Versavel pour se tenir au courant des éventuels développements.

Depuis quelques années, le service Population avait quitté les halles, au pied du beffroi, pour l'ancien palais de justice, sur le Burg. Le rez-de-chaussée était occupé par l'office du tourisme. Van In supporta la cohue avec résignation. Il n'y avait aucune raison de s'énerver. Après avoir présenté sa carte de police à l'employé de l'état civil, il passa derrière le guichet. Une jeune fille qui se promenait avec un plateau lui proposa même une tasse d'un infâme café.

Laurent De Bock gara la Golf qu'il avait louée la veille à Blankenberge sur l'accotement herbeux de l'avenue de l'Évêque. Il ouvrit un journal. À intervalles réguliers, il relevait la tête et observait à la jumelle une villa blanche, à deux cents mètres de là.

Après plus de trois quarts d'heure, alors qu'il allait quitter son poste d'observation pour ne pas éveiller les soupçons, il vit un enfant venir de la direction opposée sur son vélo. Laurent replia soigneusement son journal et surveilla attentivement le jeune garçon. Il devait avoir douze ou treize ans. À hauteur de la villa, il ralentit et s'enfonça dans une ruelle qui disparaissait derrière la maison. Cinq minutes plus tard, l'enfant réapparaissait en compagnie d'un gamin de son âge. Laurent mit le moteur en marche et s'approcha. Sur le siège du passager, il avait déposé une photo de Bertrand, le fils unique de Patrick Delahaye et de Charlotte Degroof. Lorsqu'il croisa les deux cyclistes, il reconnut l'enfant blond à l'allure sportive.

Juché sur un *mountain bike* brun, Bertrand portait un sac à dos en toile avec des lanières de cuir. Son ami avait fixé des rollers sur son porte-bagages au moyen d'un tendeur.

Laurent poussa un soupir de soulagement. Les informations concordaient : Bertrand faisait toujours du roller le jeudi et le samedi. Le vieil homme roula jusqu'au bout de l'avenue, fit demi-tour et suivit les deux enfants jusqu'au parc Baudouin. Il laissa s'écouler cinq minutes avant d'entrer boire un café dans la cafétéria de la patinoire convertie en piste de roller durant le mois de juillet.

De retour chez lui, Van In s'était installé au jardin pour étudier attentivement les informations qu'il avait rassemblées à l'état civil. Ludovic Degroof s'était marié en 1942 avec Elisa, baronne Heytens de Puyenbroucke. Cinq enfants étaient nés de cette union : Aurélie, Ghislain, Charlotte, Bénédicte et Nathalie. Ils n'avaient pas changé d'adresse durant toutes ces années : quai Spinola 58, à Bruges. Ludovic Degroof était docteur en droit et licencié en sciences économiques, la baronne avait étudié l'histoire.

À première vue, ces informations n'apportaient pas grand-chose. Van In se gratta l'oreille. Il parcourut à nouveau les documents. De toute façon, il ne s'était attendu à rien d'extraordinaire. Si la famille Degroof avait quelque chose à cacher, ce n'était pas les données de l'état civil qui allaient le lui révéler.

L'aînée des enfants, Aurélie, était née moins d'un an après leur mariage. Les autres étaient venus après la guerre : Ghislain en 1948, Charlotte en 1950, Bénédicte en 1951 et enfin Nathalie en 1960. Cela avait sans doute été un accident, car en 1960, Elisa de Puyenbroucke avait quarante ans, ce qui à l'époque était vieux pour entamer une grossesse. De tous les enfants, seuls Ghislain et Charlotte habitaient encore Bruges. Aurélie était domiciliée à Loppem, Bénédicte à Marche-les-Dames et Nathalie à La Panne.

Van In décida de s'intéresser d'abord à l'aînée, Aurélie. Comme il est difficile de se rendre à Loppem par les transports en commun et qu'il n'avait aucune voiture à sa disposition, il téléphona à Hannelore. Histoire de vérifier que le substitut souhaitait réellement l'épauler dans cette enquête.

« Hannelore ? Pieter Van In à l'appareil.

– Salut, Pieter ! Je peux faire quelque chose pour toi ? »

Il lui expliqua succinctement ses projets et, à son grand étonnement, elle n'hésita pas un seul instant.

« Je suis chez toi dans dix minutes », dit-elle avec enthousiasme.

Ce n'est que lorsqu'il eut raccroché que Van In comprit quels risques il prenait. Si Degroof venait à prendre connaissance de ce qu'il traficotait, il serait rétrogradé agent de quartier dès le mois de septembre. La situation n'était pas moins dangereuse pour Hannelore, évidemment. Que le procureur ait vent de sa désobéissance, et elle pouvait enterrer ses rêves de carrière sous trois mètres de sable.

Était-elle naïve au point de croire que tous les hommes politiques tenaient leurs promesses ? Car quelqu'un devait lui avoir promis quelque chose, sans quoi elle ne serait pas allée au front avec une telle vaillance. Et pourquoi le faisait-il, lui ? Était-ce pour impressionner une jolie femme, ou parce qu'il en avait marre de se faire marcher sur les pieds ? Les magazines féminins ne prétendaient-ils pas qu'une fois arrivée la quarantaine, les hommes étaient capables des choses les plus extravagantes ? Tout en méditant, il avait fermé la porte derrière lui, traversé l'impasse du Poisson-Gras et tourné dans la rue du Marais. Il n'attendit que quelques minutes.

« Tu ne perds pas de temps ! dit Hannelore pendant qu'il s'installait.

– Et toi, tu n'as pas froid aux yeux ! » répondit-il avec détachement.

Van In l'observa et approuva du regard. C'était la première fois de sa vie qu'il voyait un substitut en minijupe. Elle devait à n'en pas douter créer des embouteillages dans les couloirs du palais. Il fut sur le point de la complimenter, mais il se ravisa. Cela ne faisait que deux jours qu'ils se connaissaient, et qui savait comment les choses évolueraient ?

« Direction Loppem, commissaire ?

– Direction Loppem, madame le substitut ! »

L'ambiance fut tout de suite excellente. Hannelore conduisait sa Twingo comme un capitaine de ferry-boat : avec aisance et sans fioritures.

« Bon ! Nous sommes journalistes, dit-elle en riant. J'espère que tu as ton appareil photo. Tu connais la coquetterie des femmes. »

Quand elle vit l'étonnement de Van In, elle haussa

les épaules. « D'accord ! On fera sans ! Alors c'est toi qui parles, et moi je fais la secrétaire. »

Elle se faufilait dans la circulation sans perdre de temps. À l'église de Loppem, elle demanda son chemin à un vieil homme. Celui-ci secoua la tête devant leur ignorance : la Twingo était déjà engagée dans la rue qu'ils cherchaient. Encore un qui ne comprendrait jamais les gens de la ville.

Le numéro 11 était l'exemple type de la maison de campagne flamande du dix-neuvième siècle. Mélange disparate de style rural et urbain, elle se dressait au centre d'un jardin clos laissé à l'abandon. Hannelore rangea la voiture devant la grille en fer forgé rouillé.

« Belle baraque, tu ne trouves pas ?

– Pas mal, admit Van In. Mais pourquoi les riches entretiennent-ils toujours si mal leur propriété ? »

La grille grinça et refusa de céder. Van In dut pousser de tout son poids pour l'ouvrir. Lorsqu'ils s'engagèrent dans le chemin menant à la porte principale, tout resta silencieux dans la vaste demeure.

« Il n'y a pas un chat », fit remarquer Hannelore en précédant Van In.

Elle était certaine que Pieter était à mille lieues de l'enquête en ce moment précis. Aucun homme ne résistait à la tentation de mater ses jambes.

« Pas un chat », répéta Van In distraitement.

Les vitres étaient poussiéreuses, la peinture des volets et des châssis s'écaillait. Van In sonna, provoquant un grelot aigre.

« Tu es certain qu'elle habite ici ? »

Hannelore tira sur sa jupe. Van In hocha la tête, sûr de lui, et se remit à actionner la cloche avec un peu trop d'enthousiasme. Il sentit quelque chose craquer, et l'effroyable grelot s'arrêta net.

« La détérioration volontaire d'une propriété privée est un acte punissable par la loi, dit Hannelore presque sérieusement, alors que Van In regardait d'un air penaud la chaîne qu'il avait à moitié arrachée du mur.

– On pardonne beaucoup aux journalistes », grommela-t-il.

Hannelore écrasa son nez contre une vitre.

« Tu y vois ? » demanda Van In en se postant à côté d'elle et en essayant lui aussi de regarder à l'intérieur.

Il était difficile de distinguer quoi que ce soit dans la pénombre.

« Il n'y a pas grand-chose, conclut-elle en soupirant. Et ce qu'on aperçoit n'a plus servi depuis des années. »

Van In essaya une autre fenêtre, mais il ne vit rien d'autre que quelques fauteuils élimés et un buffet en triste état.

« Faisons le tour de la maison », proposa-t-elle.

Retourné à l'état sauvage, le jardin arrière disparaissait sous des herbes hautes de deux mètres d'où surgissaient çà et là des arbres fruitiers aux allures fantasques. Des volets branlants couverts de champignons et dont le bois pourrissait par endroits obturaient toutes les fenêtres. Cela expliquait la pénombre qui régnait à l'intérieur de la maison. Le revêtement de la cour était affaissé et envahi à quatre-vingts pour cent par les herbes folles.

« Si une fille Degroof habite ici, je m'engage à

demander le procureur en mariage dès demain matin ! laissa tomber Hannelore.

– En voilà des mystères, répondit Van In, alors qu'il se demandait in petto pourquoi elle ne voulait pas plutôt l'épouser, lui. Je propose une petite enquête de voisinage.

– Comme journaliste ou comme commissaire ? » demanda-t-elle.

Van In hésita.

« À la campagne, nous en apprendrons davantage si nous disons que nous sommes de la police. Au train où vont les choses, nous devrons sans doute prendre plus de risques. Et si nous allons suffisamment loin, De Kee et Degroof seront bien obligés de nous suivre.

– C'est toi le boss, Pieter, répondit-elle, avec une soumission feinte, et la façon dont elle prononça son prénom donna la chair de poule à Van In.

– C'est vraiment ce que tu penses ? demanda-t-il.

– Bien sûr que non ! » dit-elle en riant.

Il y avait une quincaillerie quelques maisons plus loin. Des poêles, des outils de jardinage et une collection farfelue de bibelots grotesques s'amoncelaient dans l'étalage. Van In poussa la lourde porte et entra dans le magasin, suivi d'Hannelore. Deux bonnes minutes s'écoulèrent avant qu'une femme corpulente n'apparaisse derrière le comptoir. Hannelore examinait une figurine en biscuit du plus grand kitsch qui représentait une bergère se reposant contre un arbre.

« Bonjour, puis-je vous aider ? » demanda la commerçante avec un large sourire.

Van In lui présenta sa carte de police, ce qui eut pour effet de la rendre visiblement nerveuse. Il la rassura :

« C'est juste pour quelques renseignements. »

Hannelore saisissait maintenant la figurine d'un berger tenant un pipeau. Elle affichait la plus totale indifférence. Heureusement, Van In ne s'en rendit pas compte.

« C'est au sujet du numéro 11, à quelques maisons d'ici.

– Oh ! dit la femme du quincaillier. Il serait temps que quelqu'un s'en occupe enfin ! Les voisins se plaignent auprès du bourgmestre depuis des années. Mais, à part envoyer quelqu'un pour tondre, il ne fait rien. Vous devriez voir ce qu'il s'y passe la nuit, monsieur ! poursuivit-elle avec une expression outrée. Le weekend, c'est plein de motos et de jeunes, vous voyez le genre. À se demander ce qu'ils font comme saloperies. Il est temps que quelqu'un arrête leur petit manège !

– La maison est donc inhabitée », dit subitement Hannelore sur un ton professionnel.

Elle replaça précautionneusement le berger sur le comptoir. Van In retrouvait l'autre Hannelore, la femme froide et inaccessible dont il avait fait la connaissance le dimanche à la bijouterie.

« Ça fait vingt ans que nous habitons ici, ma petite demoiselle, répondit la femme. Au début, ils venaient encore de temps en temps. Mais depuis dix ans, on n'a plus jamais vu personne.

– Et qui venait, à l'époque ? demanda Hannelore, qui ne se satisfaisait apparemment pas de son rôle de secrétaire.

– La doctoresse, son mari et le petit Bertrand, je crois que c'est comme ça qu'on l'appelle. M. Delahaye travaillait beaucoup dans son jardin. Vous auriez dû voir ça, ma petite demoiselle, un vrai bijou !

– Delahaye ? Est-ce que ce ne serait pas...

– Le beau-fils du vieux M. Degroof, acheva la femme. Madame Charlotte est ophtalmologue. Elle a opéré mon père de la cataracte. Elle est très bonne, c'est la meilleure de la région, je vous le garantis.

– À part M. et Mme Delahaye, personne d'autre n'a jamais habité la maison ? interrompit Hannelore.

– Pas que je sache, répondit la femme énergiquement. Et nous le saurions, n'est-ce pas ! dit-elle en faisant un clin d'œil.

– Évidemment, dit Van In, qui savait qu'à la campagne, il est impossible d'avoir des secrets pour ses voisins.

– Voulez-vous que j'appelle mon mari ? demanda la commerçante. Mais il ne pourra rien vous dire de plus que moi.

– Non merci, madame. Vous nous avez bien aidés. Nous ferons le nécessaire ! mentit Van In.

– Au revoir et encore merci ! dit Hannelore en écho.

– À propos, reprit Van In, alors qu'il avait déjà la main sur la poignée de la porte. Le service Population est-il installé ici, ou devons-nous aller jusqu'à Zedelgem ?

– Dieu merci, il est ici. Nous devons déjà courir à la ville pour tellement de choses ! »

Depuis la fusion des communes, la charmante maison communale de Loppem n'employait plus que trois fonctionnaires. Un homme d'une trentaine d'années interrompit son travail à l'arrivée de Van In et d'Hannelore. Ouvrant un tiroir de son bureau métallique, il y déposa furtivement un carnet de mots croisés.

« Puis-je vous aider ? » demanda-t-il en souriant.

Derrière ses lunettes rondes en écaille, il posait sur eux des yeux rieurs et honnêtes. Van In se présenta, mais, contrairement à la commerçante, le jeune employé ne broncha pas.

« La maison Degroof..., dit-il lentement. Personne n'a été tué, j'espère ?

– Non, absolument pas, répondit Van In. Puis-je compter sur votre discrétion ?

– Bien sûr, commissaire, dit l'employé, subitement tout ouïe.

– Une certaine Aurélie Degroof est venue récemment s'installer dans le centre de Bruges, et sa dernière adresse connue était rue de Lille 11. Or il semble que cette maison est inoccupée depuis des années. Nous nous demandions simplement si vous n'aviez pas une idée... »

Le jeune homme devint subitement blême. Cette dernière information le mettait visiblement mal à l'aise, et il regarda nerveusement autour de lui. Hannelore le gratifia d'un sourire affable.

« Vous êtes vraiment de la police ? demanda-t-il, soupçonneux.

– Vous avez un doute ? » répliqua Hannelore dans un savoureux patois.

Van In saisit sa carte de police et la montra à l'employé, qui fut manifestement convaincu.

« Je pense que vous êtes mal informés, reprit-il d'une voix traînante. Aurélie Degroof est internée depuis plus de vingt ans à l'institut psychiatrique de Sint-Michiels.

– Vous en êtes sûr ? demanda Hannelore.

– Si vous parlez bien de la fille aînée de Ludovic Degroof, sûr et certain, répondit-il d'un ton ferme. Mon père parle d'elle régulièrement. Elle venait souvent ici, l'été. Il s'occupait un peu de la maison et du jardin et ma mère allait faire la cuisine quand ils recevaient des invités.

– Vous voulez dire que ça fait plus de vingt ans qu'elle est folle ? »

L'employé se mordit la lèvre inférieure. Il n'était manifestement pas à son aise.

« Ils l'ont placée, admit-il. D'après mon père, c'était un coup monté. Il m'a souvent mis en garde contre la puissance de la famille Degroof. Le vieux aime casser les gens, ruiner des carrières. Mon père dit qu'il a forcé Aurélie à se séparer de son enfant et qu'à ce moment-là, elle a essayé de tuer le vieux, mais je n'en suis pas sûr, dit-il, faisant machine arrière. Écoutez, on raconte tellement d'histoires ! Je crois que personne ne sait ce qui s'est réellement passé. »

Hannelore redressa la bretelle de son soutien-gorge. Elle buvait du petit-lait. Un père qui fait placer sa propre fille et qui essaie d'étouffer l'affaire, voilà qui s'inscrirait parfaitement dans la stratégie de Van der Eyck. Pendant que Van In jurait ses grands dieux que cette information bénéficierait d'un traitement strictement confidentiel et que l'employé pouvait dormir sur ses deux oreilles, elle jubilait en silence.

« Qu'est-ce que tu en penses ? demanda-t-elle, rayonnante, lorsqu'ils furent sortis.

– Pour le moment, nous n'avons encore que des rumeurs, dit Van In prudemment. Et puis, cela s'est passé il y a si longtemps ! »

D'un autre côté, il devait bien admettre que ce type de drames déclenchait souvent des rancunes tenaces. La destruction des bijoux collait dans le tableau. L'absurdité du crime pouvait parfaitement s'expliquer par le comportement illogique et fantasque d'un être qui se laissait guider par la soif de vengeance.

« Ce n'est quand même pas Van der Eyck qui a monté ce coup-là ? ! » demanda Van In brusquement.

Hannelore tourna la tête dans sa direction, les sourcils froncés. Elle lui lança un regard stupéfait.

« D'où sortez-vous ça, commissaire ?

– Et pourquoi pas ? répondit-il calmement. Pas besoin de te faire un dessin, tu sais comme moi jusqu'où certaines personnes sont prêtes à aller pour réaliser leurs ambitions. »

Elle prit manifestement très mal cette dernière remarque. Détournant la tête, piquée au vif, elle se mit à regarder droit devant elle. Il ne lui fallut que quelques secondes pour trouver un argument qui mettrait à mal l'hypothèse de Van In.

« Van der Eyck n'aurait jamais laissé un message avec un palindrome en latin, vitupéra-t-elle. Et n'oublie pas que c'est moi qui lui ai parlé de l'affaire Degroof et que c'est ensuite qu'il a voulu en tirer parti.

– Tu ne m'avais pas raconté cette partie de l'histoire, dit Van In. C'est donc toi qui lui as soufflé cette idée.

– En effet. Je me suis appuyée sur tes conclusions. La vengeance me semblait un mobile logique.

– Donc, tu as immédiatement compris que cet étrange cambriolage chez Degroof devait cacher un secret peu avouable, voire un scandale, et que ton protecteur pouvait en profiter. »

Hannelore ne réagit pas. Elle continuait à regarder devant elle, l'air renfrogné. Van In comprit qu'il était allé un peu trop loin.

« Tu as peut-être raison, corrigea-t-il, conciliant. Il serait excessif de soupçonner Van der Eyck de ce genre de manipulations. Mais tu dois comprendre que je ne peux exclure aucune possibilité. C'est bien connu, les flics sont tous un peu paranos. »

Hannelore restait immobile comme une statue au volant de sa Twingo. Le silence qui suivit mit Van In sur les charbons ardents.

« Je suppose que nous allons rendre une petite visite à Aurélie Degroof ? »

Le commissaire se sentait démuni. Pourquoi les femmes le rendaient-elles toujours si nerveux ? Hannelore souffrait peut-être d'une grande vulnérabilité qui la poussait parfois à jouer les bravaches. Avec Sonia, cela durait toujours une éternité avant qu'il ne fasse le premier pas après une dispute. Les petites querelles faisaient boule de neige. À un certain stade, la moindre parole d'apaisement risquait d'être mal interprétée.

« Je suis désolé, dit-il en hésitant. Quand j'ai parlé des ambitions de certains, je ne te visais pas personnellement, Hannelore. »

Van In eut énormément de mal à prononcer ces paroles. Du plus loin qu'il se souvenait, c'était même la première fois de sa vie qu'il réussissait à s'excuser.

« D'accord, n'en parlons plus », dit-elle, magnanime. La peau de ses pommettes luisait comme de l'ivoire poli. « Mais à une condition ! À l'institut psychiatrique, c'est toi l'assistant ! »

Van In hocha la tête. Il se fichait complètement de savoir qui prenait les rênes de cette enquête.

Arrivés à la clinique psychiatrique Notre-Dame à Sint-Michiels, ils patientèrent un certain temps avant qu'on ne vienne leur ouvrir. Hannelore se présenta à l'infirmière vêtue d'un uniforme blanc immaculé. La trentaine, fluette, elle avait l'air tout sauf naïf. Quand on travaille dans un établissement de ce type, on n'échappe pas facilement à la tentation de jauger la santé mentale des gens.

Hannelore expliqua le motif de leur visite. L'infirmière l'écouta attentivement, mais demeura impassible lorsque le nom d'Aurélie Degroof fut prononcé. Il y avait à peine un an, deux hommes déguisés en infirmiers avaient fait une tentative d'enlèvement.

« Veuillez me suivre », dit-elle d'une voix froide.

Van In et Hannelore la suivirent dans un dédale de couloirs jusqu'à une petite salle d'attente.

« Je reviens tout de suite », dit-elle en refermant la porte sur elle.

Van In savait ce que ce « tout de suite » signifiait : au moins une demi-heure d'attente. Il prit donc le parti de s'asseoir et de chercher de la lecture dans la pile de revues froissées, tandis qu'Hannelore restait obstinément debout.

« Elle en met du temps, dit-elle après dix minutes.

– Et au palais, ça se passe comment ? » répondit-il en riant.

De temps à autre, des bruits de pas pressés résonnaient dans le couloir, mais personne ne s'arrêtait devant leur porte.

« Ça doit être affreux de rester enfermé ici plus de vingt-quatre heures, dit Hannelore en soupirant. L'endroit à lui seul a de quoi vous rendre fou.

– Ce ne serait peut-être pas une mauvaise idée d'y faire passer un stage de quelques semaines à tous les candidats à la magistrature », dit Van In.

Il n'avait pas pu s'en empêcher : c'était sorti malgré lui.

« Rien de personnel là non plus sans doute, dit-elle malicieusement.

– Je n'oserais pas, madame le substitut. »

La porte s'ouvrit au moment où ils éclataient de rire. Un homme grand et maigre, en blouse de médecin, leur jeta un regard interloqué.

« Ça vous plaît, ici ? » demanda-t-il, ironique.

Van In ne pouvait pas lui en vouloir. Il aurait réagi de la même manière. Heureusement, Hannelore se reprit avec un sang-froid exemplaire.

« Hannelore Martens. Je suis là au sujet d'un de vos patients, dit-elle gravement.

– Je suis le docteur De Boever, psychiatre en chef de la clinique. Puis-je vous demander pourquoi vous souhaitez vous entretenir avec Mme Degroof ? »

L'infirmière l'avait donc informé de la nature de leur visite. Se félicitant de ne pas devoir répondre à cette question, Van In étudiait attentivement un des nombreux tableaux qui ornaient les murs.

Hannelore ne fut pas prise au dépourvu. Il fallait qu'elle invente un prétexte, elle le savait, car officiellement, elle ne pouvait s'appuyer sur rien.

« Quelqu'un prétend qu'Aurélie Degroof a été placée ici à tort », lança-t-elle.

Van In retint son souffle. Le substitut jouait un jeu diablement dangereux.

« Je dois vérifier s'il existe des raisons fondées de revoir la procédure. »

Le docteur De Boever se gratta pensivement l'oreille. *Si ça marche*, se dit Van In, *je peins ma façade en bleu clair*.

Mais De Boever était un psychiatre aguerri et il avait eu l'occasion d'entendre les histoires les plus invraisemblables tout au long de sa carrière, même s'il s'était par la suite avéré que certaines d'entre elles étaient bel et bien conformes à la réalité.

« N'existe-t-il pas, comment dire, des canaux plus officiels pour cela ? suggéra-t-il prudemment.

– Bien sûr, docteur. Mais je suppose que vous connaissez la position de la famille Degroof. Et si je vous confie que la personne qui souhaite interrompre la mise sous tutelle est un membre de la famille, vous comprendrez que, dans ces circonstances, je choisisse une approche informelle. S'il s'avère que le conseil du médecin traitant est négatif, j'en avertirai le plaignant et je classerai l'affaire sans suite. Dans ce cas, il n'y aura aucune trace écrite des démarches entreprises. La personne en question m'a d'ailleurs fait sa requête oralement. »

Hannelore prononça sa longue tirade sur le ton léger et autoritaire qu'elle avait utilisé à la bijouterie. Pas un seul muscle de son visage ne l'avait trahie.

« C'est tout à fait compréhensible, madame », dit De Boever.

Van In abandonna l'aquarelle abstraite qu'il avait étudiée jusque-là pour se poster à côté d'Hannelore. Elle s'était montrée très astucieuse.

« Mais je crains de ne pas pouvoir vous aider, reprit le psychiatre. Les données médicales sont strictement confidentielles, et je ne suis délivré du secret médical que si je suis appelé comme expert devant le tribunal.

– Cela va de soi, docteur, rétorqua Hannelore. Je ne vous en demande pas tant. Je voudrais juste parler seule à seule avec Aurélie Degroof. Sous votre surveillance, bien entendu.

– Je crains de ne pas pouvoir non plus accéder à cette demande, madame. Aurélie Degroof est très faible et, dans son état, la moindre émotion peut lui faire beaucoup de tort. Cela fait plus de vingt-six ans qu'elle réside ici. En lui donnant un faux espoir, vous causeriez beaucoup de souffrance. En outre, je pense qu'elle ne comprendrait pas.

– Puis-je au moins la voir ? insista Hannelore. Ne fût-ce que par le trou d'une serrure... »

De Boever comprit qu'il ne pouvait pas tout lui refuser.

« Si vous y tenez », dit-il visiblement à contrecœur.

Il ne voyait pas vraiment l'intérêt, mais il pourrait sans doute se débarrasser de la magistrate s'il lui donnait satisfaction sur ce point.

« Aurélie se trouve pour le moment dans la salle de détente. Si vous me promettez de ne pas chercher à entrer en contact avec elle, je peux vous la montrer. »

Van In et Hannelore suivirent le docteur De Boever le long de couloirs pavés en damier. En chemin, ils croisèrent deux patients qui portèrent sur eux un regard brumeux et exténué. Dans l'escalier, Hannelore donna un coup de coude à Van In. Il faillit rater une marche. Il lut sur le visage de la jeune femme qu'elle voulait savoir ce qu'il pensait de tout cela. Passant son index sur sa gorge, Van In fit un geste explicite, à quoi Hannelore répondit en tirant la langue dans le dos du psychiatre.

Les événements des quarante-huit dernières heures auraient pu figurer dans un film de Peter Greenaway, songea Van In. Léo lui-même l'aurait difficilement cru s'il lui avait tout raconté par le menu. Une fois de plus, la réalité était plus incroyable que la fiction.

Un groupe de femmes d'un certain âge étaient confortablement installées dans une vaste salle du premier étage. La plupart regardaient fixement devant elles ou passaient le temps comme elles pouvaient. Une grande blonde d'environ quarante-cinq ans construisait des tours avec des blocs de bois avant de les détruire dans un bruit effroyable et de recommencer. Une autre nettoyait les feuilles des plantes vertes avec une éponge humide.

D'un signe de la tête, De Boever indiqua la direction de la fenêtre. Assise dans un fauteuil, une femme tricotait paisiblement. Le soleil l'enveloppait d'un halo jaunâtre. Le cliquetis des aiguilles à tricoter semblait ponctuer le temps comme le tic-tac d'un réveil. La femme leva les yeux de son ouvrage et sourit dans la direction des nouveaux venus.

Aurélie fut la seule patiente à réagir à leur présence. À presque cinquante et un ans, elle avait la peau lisse et soyeuse. Coiffée à la mode, elle n'était pas en chemise de nuit ou en robe de chambre, comme les autres pensionnaires, mais vêtue avec élégance. Son maintien exprimait la dignité et ses traits résolus indiquaient une réelle intelligence. Ses yeux disaient pourtant tout autre chose. Ils ne cadraient pas avec cette femme. Hannelore y lut un chagrin infini. Deux minutes plus tard, le docteur De Boever leur signifiait qu'il était temps de partir. Ils quittèrent très rapidement l'établissement.

« Cela ne m'étonnerait pas que le jeune homme de Loppem ait dit la vérité, dit Hannelore, impressionnée. Tu as vu ce qu'elle tricotait ? »

Van In n'y avait pas fait attention. Les hommes se fichent complètement de ce genre de choses.

« De la layette !

– Ah ! dit Van In. Il fut un temps où cette situation était assez fréquente dans les bonnes familles... On cachait les personnes encombrantes dans une institution sans trop se poser de questions. C'était une solution propre et définitive qui avait le mérite de sauver les apparences.

– Donc, tu penses comme moi ? demanda Hannelore pour la forme.

– Oui. Les grandes familles aux noms ronflants ont souvent beaucoup de linge sale à cacher.

– Je te dépose chez toi ? » demanda Hannelore alors qu'ils roulaient sous le viaduc de Bruges.

Elle le déposa devant l'église Saint-Jacques, à deux pas de l'impasse du Poisson-Gras.

« Tu viens boire un verre ? demanda Van In, plein d'espoir.

– Désolée, Pieter, mais j'ai un rendez-vous au palais à dix-sept heures trente.

– Dans ce cas, tu es franchement en retard ! Il est dix-huit heures cinq !

– Oui, je sais, mais un substitut peut se le permettre ! dit-elle en riant.

– Je t'appelle si j'ai du nouveau !

– Entendu ! cria-t-elle par la vitre ouverte. Mais il faut vraiment que j'y aille, maintenant ! »

Van In traversa l'impasse, plongé dans ses pensées. Après toutes ces années de routine et de docilité, comme c'était bon de ruer dans les brancards ! Il eut subitement envie de se mettre à siffloter, et nul doute qu'il l'aurait fait s'il avait su comment s'y prendre.

11

Lorsque Hannelore l'appela le vendredi matin sur le coup de neuf heures moins le quart, Van In fut pour le moins étonné. Elle avait de la chance qu'il soit déjà levé.

« Salut, Pieter, c'est moi ! Je ne t'ai pas réveillé, j'espère ? dit-elle d'une voix surexcitée. Je ne peux pas dire grand-chose au téléphone. Quelqu'un m'a donné un gros tuyau hier. Il faut que je vérifie. On se voit ce soir, de toute façon.

– Qu'est-ce qui se passe ?

– Désolée, Pieter, je dois régler cette bricole moi-même. Fais-moi confiance. Salut !

– Eh bien, merci ! » maugréa-t-il au moment où elle raccrochait.

Il aurait dû s'attendre à une embrouille de ce genre. Ce n'était pas la première fois qu'il se faisait avoir.

Plongé dans ses pensées, Van In sortit une Duvel du frigidaire et s'installa au jardin.

L'herbe était froide et humide, mais il ne voulait pas enfiler ses pantoufles. Les considérations les plus étranges lui traversaient l'esprit.

S'était-il fait entuber par un magistrat ivre d'ambition ? Y avait-il un complot ? Si oui, tout cela n'allait-il pas un peu trop loin ? Pourquoi le vieux Degroof avait-il si peur qu'on mène une enquête ? Qu'avait-il à cacher ? S'il avait laissé l'affaire suivre son cours, on ne parlerait déjà plus du cambriolage chez son fils. Et si c'était quelqu'un d'autre qui était visé ? Degroof s'attendait-il à d'autres coups fourrés ?

Trois Duvel et une centaine de questions plus tard, Van In s'assoupit dans sa chaise de jardin. Il dormit comme un bébé au soleil et rêva de Robin des Bois. Il était frère Tuck et il attendait ses potes sur la berge d'un ruisseau, en compagnie d'une barrique de vin du Rhin.

Assise en face d'une jeune femme qui remuait régulièrement une petite cuiller dans sa tasse de café, Hannelore sirotait un Campari soda. Son interlocutrice avait un visage classique, allongé, et la peau très brune. Ses cheveux teints au henné étaient noués en chignon et elle portait une minuscule robe de plage, sans soutien-gorge. Elle n'était pas vraiment belle, mais elle était à ce point dénudée que la plupart des hommes qui passaient devant la terrasse lui jetaient un regard furtif.

« Personne ne s'entend avec mon père, disait-elle d'une voix atone. Il veut dominer tout le monde. C'est pour ça que j'ai quitté la maison. Il fait une vie impossible à ma mère. Je le déteste. »

Elle déposa sa petite cuiller sur une serviette et but son café à grandes gorgées.

Hannelore sourit, mais n'interrompit pas la jeune femme.

« C'est pas étonnant que Bénédicte soit entrée au couvent ! Elle avait déjà bien assez encaissé comme ça. Charlotte, ah ça ! elle a toujours eu de la chance, celle-là ! Elle était bonne élève, alors ma mère l'a envoyée en pension. Quand elle est entrée à l'université, à Louvain, elle ne revenait pas plus de trois ou quatre fois par an à la maison. Sinon, il aurait essayé avec elle aussi.

– Tu veux dire que ton père embêtait Bénédicte ? »

Nathalie redressa la tête. Malgré les larmes qui commençaient à couler, ses yeux lançaient des éclairs de haine.

« Il a essayé de la violer, dit-elle en sanglotant.

– Et il a réussi ? demanda Hannelore.

– Elle dit que non. Aurélie l'a protégée.

– Alors il a couché avec Aurélie ? »

Nathalie leva sa tasse, mais la reposa immédiatement. Sa main tremblait comme si elle avait actionné un marteau pneumatique pendant une heure.

« Il allait dans sa chambre trois fois par semaine. C'était le prix qu'elle devait payer pour Charlotte.

– Et il lui a fait un enfant ?

– Oh non ! Il faisait trop attention ! Et puis, il y a plusieurs manières de ne pas tomber enceinte... »

Hannelore éprouvait de la compassion pour la jeune femme assise en face d'elle. Elle lui caressa le bras et lui prit la main.

« Plus tard, ça a été le tour de ma belle-sœur, dit-elle en pleurant. Mais elle au moins, elle s'est fait grassement payer.

– Tu veux dire Anne-Marie ? » demanda Hannelore, étonnée.

Nathalie hocha la tête.

« Il couche avec tout ce qui passe ! Et quand il n'a pas assez de victimes à se mettre sous la dent, il va chez les putes.

– Est-ce que par hasard ton père aurait arrangé le mariage entre Ghislain et Anne-Marie ?

– Qu'est-ce que tu crois ? ! Ghislain est homo. Mon père n'a jamais pu l'accepter, répondit Nathalie d'une traite, comme si elle voulait se débarrasser une fois pour toutes du fardeau qui pesait sur ses épaules.

« Mais moi, il ne m'a pas eue, dit-elle, solennelle. Je me suis tirée à temps ! Les mecs veulent toujours la même chose, et ça fait longtemps que je le sais. Je déteste les hommes ! Tu les vois pas me reluquer, ces braves pères de famille ? ! Je m'habille comme ça exprès. Pour qu'ils se sentent mal à l'aise et que leur femme les engueule, ces pauvres chéris, parce qu'ils matent mes nichons ! »

Hannelore pensa à Van In. Le témoignage amer de Nathalie la déroutait. Elle n'avait pas beaucoup d'expérience avec les hommes.

Elle alluma une cigarette et en proposa une à Nathalie.

« Non, merci. Pas de tabac.

– Tu as encore des contacts avec ta mère ?

– Elle m'envoie du fric de temps en temps.

– Beaucoup d'argent ? »

Nathalie ne répondit pas. Hannelore elle-même trouva qu'elle avait été un peu loin.

« Mille francs ? Dix mille francs ? »

Jusque-là, les informations de Van der Eyck s'étaient vérifiées. Il fallait qu'Hannelore continue à creuser cette histoire d'argent.

« Ma mère me comprend, dit Nathalie d'une voix rauque.

– Combien coûte un gramme d'héroïne aujourd'hui ? »

Nathalie secoua la tête et prit son sac à main.

« Si tu pars maintenant, tu peux faire une croix sur les vingt mille francs que j'ai préparés pour toi. Ta mère ne t'envoie plus d'argent ? »

Nathalie lui jeta un regard haineux. Hannelore avait pris un risque calculé, et elle avait gagné. Nathalie déposa son sac et resta assise.

« Tu voulais faire chanter ta famille parce que ta mère ne t'envoyait pas assez d'argent ? »

Nathalie éclata d'un rire hystérique, ce qui eut pour effet d'attirer les regards inquiets de plusieurs passants.

« Moi, faire chanter ma famille ? ! Mon père ne cracherait pas un centime. Et qui croirait une junkie ? Toi, tu croirais une droguée ?

– Même si tu avais menacé d'en parler à la presse ? murmura Hannelore. Ton père est un catholique très en vue, chevalier de l'ordre de Malte et bienfaiteur de Pro Vita. Sa réputation serait sacrément mise à mal si les gens apprenaient qu'il a couché avec une de ses filles !

– Tu crois que je n'y ai pas pensé ? répondit Nathalie, la rage au cœur. Tu crois que je ne sais pas que tu travailles pour la justice ? »

Hannelore sursauta.

« La prochaine fois que tu te fais passer pour une journaliste, prends au moins la peine de donner un faux nom ! Dans l'annuaire, il n'y a qu'une seule Hannelore Martens, et comme par hasard, elle est substitut du procureur du roi. C'est même imprimé en gras.

– Bon, dit-elle en soupirant. C'est vrai, je suis substitut du procureur. Je suis là pour t'aider.

– Il n'y a qu'une manière de m'aider, dit Nathalie, agressive. Aboule le fric que tu m'avais promis et fous-moi la paix ! »

Hannelore hocha la tête.

« Je tiens toujours parole. Mais dis-moi encore une chose. Comment se fait-il qu'après son mariage, Aurélie soit revenue chez tes parents et pourquoi ton père l'a-t-il placée dans un institut psychiatrique ?

– Il faut demander à mes sœurs. Je n'avais que sept ans à l'époque.

– Elles n'en ont jamais parlé ? »

Nathalie secoua la tête.

« Non, il n'en a jamais été question. »

Hannelore avait l'impression que la jeune fille disait la vérité. Il était quasi certain qu'elle n'avait rien à voir avec l'étrange attaque de la bijouterie de son frère, mais l'essentiel n'était pas là. Toutes ces révélations sur Degroof étaient graves, et c'était justement ce que cherchait Van der Eyck.

« Mais ne te fais aucune illusion, je n'irai jamais répéter ça devant un tribunal, dit Nathalie, interrompant brusquement le cours des pensées d'Hannelore. Ma mère ne survivrait pas à un procès. Et, de toute façon, cela ne servirait à rien. Aucun juge n'oserait condamner mon père, et je pense qu'aucune de mes sœurs ne témoignerait contre lui. »

Hannelore n'avait pas envie d'expliquer à la cadette des filles Degroof qu'une bonne rumeur pouvait faire plus de dégâts qu'un procès.

« Tu bois encore quelque chose ? » demanda-t-elle.

Nathalie croisa les jambes avec un air de défi.

« Si vous n'avez plus de questions à me poser, madame le substitut, j'aimerais être payée pour mes services et me tirer.

– Puis-je reprendre contact avec toi si j'ai du nouveau ? demanda Hannelore.

– Si tu paies, tu peux me contacter aussi souvent que tu veux. »

Hannelore sortit l'enveloppe de son sac à main et la fit glisser sur la table. Sans les compter, Nathalie Degroof prit les billets, se leva et s'éloigna dans la direction des dunes.

Hannelore fit signe au serveur et commanda un nouveau Campari soda. La caresse du soleil sur ses cuisses était si agréable... Elle décida de prolonger son séjour sur la côte de quelques heures. Van In ne l'attendait de toute façon pas avant vingt et une heures.

À treize heures trente, quand Léo Vanmaele lui téléphona, Van In était toujours plongé dans un profond sommeil. Il lui fallut une éternité avant d'émerger. En jurant, il tituba jusqu'à la porte coulissante du jardin et entra dans la salle à manger. Il avait la bouche sèche comme du liège d'avoir trop ronflé et la tête en coton.

« Pieter, c'est Léo, ici. J'ai quelque chose sur

Degroof. En 1968, il a fait placer l'aînée de ses filles dans un asile. Il n'y a rien là de condamnable, bien sûr, mais c'est peut-être un indice utile.

– Mon cher Léo, c'est vraiment très aimable à toi. Mais figure-toi que par le plus grand des hasards, j'y suis allé hier, répondit Van In d'une voix lasse.

– Tu rigoles ? On a travaillé hier jusqu'aux petites heures pour te dénicher cette information ! Tu aurais pu me faire signe !

– Désolé, Léo. Je laisse tomber.

– Quoi ? !

– Je ne fais plus confiance à cette bonne femme. Elle pense un peu trop à ses propres intérêts.

– Qu'est-ce que tu racontes ?

– De Kee a raison. Je réserve un voyage pour Tenerife dès lundi. J'en ai ma claque. »

Léo connaissait Van In depuis près de vingt ans. Il avait souvent un coup de blues, mais ça ne durait jamais longtemps. C'était une force de la nature. Après chaque dépression passagère, il renaissait tel le phénix de ses cendres.

« Et si je passais te voir ce soir ?

– Bah ! Si tu veux... », répondit Van In sans grand enthousiasme.

Peu avant dix-sept heures, Hannelore remonta dans sa Twingo et reprit la direction de Bruges via les routes secondaires. Elle ferait d'abord un rapport à Van der Eyck, puis à Van In. Elle regrettait qu'ils n'aient pas pu interroger Nathalie ensemble, mais la jeune fille avait exigé qu'elle vienne seule au rendez-vous. Van In comprendrait, elle en était sûre.

Une fois son travail bouclé, Léo se rendit chez Van In. Célibataire, il n'avait de comptes à rendre à personne, et depuis que Sonia et Pieter étaient séparés, il passait souvent la soirée en virée avec son vieux pote. Il rangea sa voiture jaune canari dans la rue du Marais, non loin du presbytère, pour réapparaître au même endroit, cinq minutes plus tard, en compagnie de Van In.

Céline, la patronne du *Vlissinghe*, salua les deux hommes par leur prénom. Pendant qu'ils prenaient place à une petite table dans un coin calme, elle commença à remplir deux verres de Duvel à la pompe.

« Tu n'avais pas l'air joyeux, joyeux, tout à l'heure, commença Léo. Ne me dis pas que tu en pinces pour cette gamine, avec ses chichis ! »

Van In tirait la tête.

« Qu'est-ce que tu vas chercher ? J'ai déjà donné, merci. Van In n'est pas un âne, répondit-il en jouant les durs.

– Alors, qu'est-ce qui se passe ? »

Céline déposa les Duvel en chantonnant. La veille, elle s'était acheté une nouvelle voiture : de quoi lui donner un moral d'acier pour toute la semaine.

« Fais-nous quelques tartines au beurre et au fromage, ma petite Céline, dit Léo. Je n'ai rien avalé depuis ce matin.

– Idem pour moi, ajouta Van In.

– Est-ce que tu vas finir par me dire ce qui se passe ou est-ce qu'on va continuer à boire nos Duvel comme deux cons ? ! reprit Léo, quand Céline fut repartie.

– D'accord, d'accord ! Sinon, tu vas continuer à radoter... »

Van In expliqua donc à Léo la campagne de dénigrement que l'opposition cherchait à mettre en place à l'encontre de Degroof et l'étrange découverte qu'il avait faite la veille avec Hannelore.

« Et ce matin, cette donzelle téléphone pour me dire qu'elle a reçu un gros tuyau et qu'elle part enquêter toute seule !

– Et tu ne la crois pas ?

– Tu la croirais ? »

Léo caressa le ventre pansu de son verre.

« Cette donzelle, comme tu l'appelles, aurait-elle une liaison avec Van der Eyck ? » demanda Léo.

Van In blêmit.

« Ah ! Tu en as gros sur la patate !

– *Benson im Himmel*, arrête avec tes histoires !

– Je voulais seulement te dérider, dit Léo en dodelinant de la tête. On peut quand même rigoler, non ? Ah ! Voilà la petite Céline avec des munitions. Commençons par manger, cela nous mettra de bonne humeur. »

Céline avait bien fait les choses. Elle avait déposé sur la table une énorme pile de tartines beurrées et un demi-kilo de fromage en tranches épaisses.

« Tu as gagné au Loto ? » demanda Léo en couvant des yeux le repas royal qu'elle leur avait préparé.

Céline esquissa une petite courbette.

« J'ai acheté ma nouvelle voiture, dit-elle.

– Ah ! LA nouvelle voiture ! s'exclama Léo.

– LA nouvelle voiture ! répéta-t-elle, rayonnante.

– Oh, là, là ! Tu entends ça, Pieter ? ! La petite Céline a enfin acheté son Espace ! Et je te parie que nous en avons bien payé la moitié, pas vrai, Céline ?

– Pourquoi crois-tu que je régale mes meilleurs clients avec une pyramide de tartines au fromage ? ! » dit-elle dans un grand sourire.

Un jeune couple venait d'entrer dans le café, et Céline se hâta de les servir. Elle chantonnerait tout au long de la soirée.

Léo attaqua les tartines, tandis que Van In se contentait provisoirement de sa Duvel.

« Tu venais de dire qu'Hannelore avait peut-être une liaison avec Van der Eyck, dit Van In, la mine déconfite, au moment où Léo s'apprêtait à mordre à belles dents dans sa deuxième tartine.

– Mais c'était une blague ! Évidemment, tout est possible, reprit-il en faisant la grimace. Miss Martens ne t'a pas caché qu'elle avait de l'ambition. Et nous sommes les derniers à croire à l'incorruptibilité de l'appareil judiciaire et à l'irréprochabilité de la classe politique ! »

Van In alluma la cigarette avec laquelle il jouait depuis une dizaine de minutes.

« Évidemment, dit-il, l'air sombre. Il n'empêche qu'il y a un certain nombre de choses qui me contrarient.

– Bon, vas-y, dis ce que tu as sur le cœur, l'encouragea Léo.

– Eh bien, dimanche, je me laisse aller à dire que

l'étrange casse de la bijouterie est peut-être le début d'une série d'actes de vengeance à l'encontre de Degroof. Je mentionne cette hypothèse dans mon rapport. »

Léo l'écoutait attentivement en faisant un sort à sa deuxième tartine.

« Cette conclusion qui m'est dictée par mon intuition, un substitut inexpérimenté la répète à un homme politique qui lui promet vraisemblablement sa protection et une promotion. Deux jours plus tard, dans le plus grand secret, se tient une réunion où les participants redessinent tout le paysage politique brugeois, en se basant apparemment sur un fait divers et quelques hypothèses non fondées. Je ne peux pas avaler ça, dit Van In fermement. D'après moi, Van der Eyck en sait plus long que nous ne le pensons sur cette affaire et il est certain que les actes de vengeance perpétrés à l'encontre de Degroof vont connaître l'escalade. Les politiques essaient d'exploiter la situation. Chacun tente de traîner son adversaire dans la boue avant les élections. »

Léo avait fini de manger. Il avait encore eu le temps d'ingurgiter une double tartine, qu'il avait fait passer avec une longue gorgée de bière.

« Tu ne crois tout de même pas que...

– Imagine que les cambrioleurs aient averti Van der Eyck avant de passer à l'action, parce qu'ils visent le même objectif que lui, à savoir faire tomber Degroof au moyen d'une campagne de dénigrement dans la presse ! N'oublie pas que Degroof est devenu fou furieux quand il a entendu l'appel à témoins que j'ai fait passer sur Radio Contact !

– Tu ne crois pas qu'il aurait été plus simple de donner directement le dossier à la presse ou à un adversaire politique ? Pourquoi auraient-ils monté une opération aussi complexe ? Pour attirer l'attention ? Admets que c'est franchement tortueux comme modus operandi ! laissa tomber Léo, qui ne manquait pas d'esprit critique.

– C'est aussi ce que j'ai pensé dans un premier temps, enchaîna Van In. Mais si le dossier Degroof est tellement explosif qu'aucun journal n'osera en parler sans avoir de sérieuses preuves à sa disposition, cette approche alambiquée présente de nombreux avantages. Et même si la presse était disposée à publier le dossier, il y a de fortes chances pour que Degroof lui cloue le bec. Ne dit-on pas qu'il l'a dans sa poche ? Sans compter que les gens ne sont pas idiots ! Lorsqu'un scandale éclate autour d'une personne haut placée avant les élections, ils sont doublement méfiants. Il n'est pas rare que les électeurs préfèrent voter pour celui qu'ils considèrent comme la victime, le bouc émissaire. Pense à Clinton ! Les aveux de Monica Lewinsky juste avant les élections ne l'ont pas empêché de rester président ! Par contre, si tu t'en prends à quelqu'un à travers la presse d'une manière indirecte, tu as beaucoup plus de chances d'atteindre ton objectif.

– Mais pour ça, il faut vraiment faire parler de lui, dit Léo, qui commençait à voir où Van In voulait en venir.

– Exactement ! Il faut créer une tension qui aille crescendo ! La manœuvre doit avoir suffisamment d'ampleur pour bénéficier de l'attention de la presse nationale et même internationale. Et si, à partir de là, il y a une fuite, personne ne pourra arrêter l'hémorragie !

– Si on suit ce raisonnement jusqu'au bout, on peut très bien imaginer que Degroof sait parfaitement qui l'attaque, dit Léo. Le carré des Templiers est peut-être un signe qu'il est le seul à décrypter, mais les malfrats le tiennent si bien en leur pouvoir qu'il fait l'impossible pour arrêter l'enquête et étouffer toute forme de publicité.

– Oui, dit Van In. Ou alors, nous sommes tous les deux paranos.

– Et Martens ? N'en saurait-elle pas davantage ? »

Van In haussa les épaules.

« Je ne pense pas. Je l'ai peut-être jugée trop vite. Ce matin, elle m'a demandé de lui faire confiance.

– Tu ne veux pas qu'on dise du mal d'elle, hein ? ! plaisanta Léo.

– Arrête de radoter ! Prends plutôt une tartine et tais-toi. Si tu ne manges pas, tu vas encore nous faire une crise d'hallucinations. »

Léo prit Van In au mot et recommença à manger de bon cœur. Son appétit était légendaire.

« Tu peux toujours l'interpeller », dit-il entre deux bouchées.

Van In tripota son sous-bock imprégné de bière. Depuis le début de leur discussion, le café s'était peu à peu rempli, et il avait l'impression que les gens de la table d'à côté les écoutaient attentivement.

« Je pense qu'il vaut mieux attendre, dit-il d'une voix étouffée. Mais je suis sûr d'une chose. Je me fiche totalement de cette affaire.

– Bientôt tu vas me répéter que tu abandonnes ! commenta Léo.

– J'ai dit ça ? »

Léo regarda Van In d'un œil amusé.

« Je veux dire que c'est fini pour aujourd'hui, balbutia Van In à contrecœur.

– Bien ! » dit Léo en riant sous cape.

Van In sortait déjà de sa énième dépression. Léo leva la main.

« Ma petite Céline ! Mets-nous encore deux Duvel, s'il te plaît, et ajoute quelques tartines pour Van In. Cette andouille meurt de faim ! »

12

« *O Fortuna, velut Luna, statu variabilis...* »

Les *Carmina Burana* faisaient trembler l'ancestrale maison sur ses fondations. Le bouton du volume du vieil ampli Sansui était réglé sur neuf et Van In gisait de tout son long sur le canapé, totalement absorbé par sa musique préférée.

Carl Orff était selon lui la seule musique qui ne s'écoutait vraiment bien qu'à fond. Il avait les yeux fermés et il rythmait la cadence en remuant la tête. Il jouissait de toutes ses fibres de la chaleur divine qui remplissait sa poitrine et de chaque étincelle qui électrisait ses épaules.

Il lui fallut un certain temps avant d'entendre, sous les percussions, les coups frappés à la porte d'entrée. De mauvaise humeur, il quitta le canapé. Diminuer le volume sonore : il détestait ça, mais lorsqu'il le fit enfin, il eut l'impression qu'on donnait des coups de bélier dans sa porte.

« Nom de Dieu, ça va pas la tête ? ! » hurla-t-il, hors de lui.

Le bruit s'interrompit net.

« Pieter ! Pieter ! »

Il reconnut sa voix immédiatement. C'était Hannelore qui faisait tout ce ramdam !

« Tu as oublié tes cigarettes ? » demanda-t-il laconiquement en ouvrant la porte.

Hannelore était belle à croquer dans son jean et son chemisier blanc. Miss Belgique pouvait aller se rhabiller : face à Hannelore, elle n'avait aucune chance.

« On a enlevé le petit-fils Degroof ! cria-t-elle en essayant de couvrir la musique, car le volume sonore était quand même encore réglé sur cinq. Ton hypothèse était la bonne, Pieter ! Tu avais raison !

– Vraiment ? demanda-t-il, méfiant.

– Et Degroof cache en effet un très vilain secret ! Mais tu n'étais pas là hier soir. J'ai poireauté devant chez toi pendant trois quarts d'heure, dit-elle en reprenant son souffle. Je t'avais pourtant promis des explications.

– Eh bien, c'est dommage pour Degroof, répondit Van In froidement, attentif à ne pas montrer trop vite son enthousiasme. Dommage, Miss, mais je suis en vacances. Entre, je vais faire du café. Tu as l'air d'avoir soif.

– Tes vacances sont finies, riposta-t-elle du tac au tac. De Kee a téléphoné personnellement au procureur. Il veut que tu prennes le relais de Deleu dans l'enquête sur l'enlèvement. »

Van In avait du mal à cacher sa satisfaction.

« Tiens, Deleu... Voilà qui m'étonne ! Kétounet craindrait-il que son beau-fils chéri salope l'enquête ? Ou cherche-t-il un bouc émissaire au cas où on pédalerait dans la choucroute ?

– Seigneur, arrête ! Je te raconterai la suite dans la voiture ! »

Même s'il feignait de ne pas être du tout d'accord, Van In était heureux comme un gamin. *Non seulement j'ai raison, mais en plus, Hannelore a besoin de moi ! Quel triomphe ! Au diable les doutes et les questions ! Cette fois, j'irai jusqu'au bout !*

« Van der Eyck a donc obtenu ce qu'il voulait, dit-il en souriant, alors qu'ils montaient dans la Twingo.

– Tu as encore deux chances, dit vivement Hannelore.

– Le ministre de l'Intérieur, alors ! »

En cherchant vainement le dispositif de verrouillage de sa ceinture de sécurité, Van In effleura involontairement la cuisse d'Hannelore. Ce contact lui procura une sensation particulièrement agréable.

« Non, pas le ministre de l'Intérieur. »

Hannelore roulait dans les petites rues du centre à soixante à l'heure. Elle venait d'entrer dans la rue du Marais.

« Vas-y, dis-le. J'abandonne.

– Tu avais deux chances, Pieter. »

Au coin de la rue du Fossé-aux-Loups et de la rue du Haut-Sablon, Hannelore grilla la priorité à un autobus. Le chauffeur en colère freina à bloc et un des ados qui se bécotaient sur la banquette arrière s'en tira avec une lèvre en sang.

« Tout de même pas le roi ? ! » s'exclama Van In en feignant l'indignation.

Hannelore éclata de rire. Elle ne comprenait pas pourquoi il se montrait soudain si puéril.

« C'est le vieux Degroof qui a demandé que tu reprennes la direction de l'enquête !

– Tu te paies ma tête.

– Tu ne dis plus *Benson im Himmel* ?! » demanda-t-elle très à propos.

Elle se tourna vers Van In et lui adressa un large sourire.

« Regarde devant toi ! » cria Van In alors qu'ils frôlaient une camionnette.

Filip De Leeuw venait d'emprunter le tunnel du Zand lorsqu'il vit la manœuvre de la Twingo. Le chauffeur de la camionnette sortit un poing furieux par sa vitre ouverte. Posément, De Leeuw poussa sa BMW de quarante à quatre-vingts à l'heure, alluma son gyrophare et brancha la sirène. Il rattrapa le chauffard pas plus loin que la porte aux Baudets.

Furieux, De Leeuw sortit en trombe de son véhicule et posa un poing ganté sur la portière avant de la Twingo arrêtée au feu rouge et qui vibrait comme un ressort tendu.

« Regarde-moi donc qui voilà ! dit Van In en remarquant le visage rougeaud de De Leeuw dans l'encadrement de la vitre.

– Eh bien, fais quelque chose ! » s'exclama Hannelore, sidérée.

En soupirant, Van In pencha la tête en avant pour donner à De Leeuw la possibilité de le reconnaître. Hannelore abaissa sa vitre.

« Belle poursuite, Filip, dit Van In, bon enfant. Mais madame le substitut est pressée. Elle est sur une affaire d'enlèvement. »

De Leeuw en eut le souffle coupé. Cela lui permit

de ravaler juste à temps quelques noms d'oiseaux. Derrière eux, un concert de klaxons lui apprit que le feu était passé au vert.

« Vous allez encore loin ? demanda De Leeuw.

– Avenue de l'Évêque », répondit Van In.

De Leeuw fit demi-tour et, d'un geste autoritaire, stoppa net les coups d'avertisseurs avant de plonger dans sa BMW.

« Suivez-moi ! » cria-t-il.

Hannelore se frotta les mains et appuya sur le champignon.

« Quel talent ! commenta Van In. Je n'en connais pas beaucoup qui font cet effet-là à De Leeuw. »

La villa blanche du couple Delahaye-Degroof se trouvait vers le milieu de l'avenue de l'Évêque.

« Quand a-t-on appris l'enlèvement ? » demanda Van In, alors que la Twingo s'engageait dans la rue.

Hannelore fut contente qu'il aborde enfin le sujet, car elle commençait à se lasser de ses gamineries.

« Il y a une heure ou deux. Le gamin fait du roller tous les jeudis et tous les samedis au parc Baudouin.

– C'est là qu'il a été enlevé ?

– Probablement. Nous n'avons pas encore beaucoup de détails. »

Hannelore rangea la Twingo à une centaine de mètres de la villa. Des dizaines de véhicules stationnaient déjà devant. Entre les voitures de police, on distinguait une camionnette blanche avec une antenne parabolique sur le toit.

« Ils sont aussi rapides que les flics, dit Hannelore

en jetant un œil au véhicule de VTM, la chaîne privée de la télévision flamande.

– La Flandre n'est pas plus grande qu'un mouchoir de poche, et les journalistes locaux sont branchés jour et nuit sur nos émetteurs ! »

La Saab Turbo vert olive de Deleu était garée un peu plus près de la maison. Une Mercedes 500 SEL étincelait juste devant. Un jeune homme coiffé d'une casquette de chauffeur et en manches de chemise fumait une cigarette. Le tableau était assurément très réussi. En s'approchant, Van In et Hannelore virent que six agents tentaient de tenir la foule des curieux à distance. De nombreux citoyens devaient disposer à n'en pas douter d'un radar, car les curieux arrivaient souvent sur les lieux des catastrophes plus rapidement que les secours.

Deux gendarmes étaient postés devant la porte d'entrée de la villa. Ils exigèrent que Van In et Hannelore présentent leur carte, alors que, juste avant, les policiers les avaient reconnus. La guerre des polices battait toujours son plein. Enfin, Van In et Hannelore purent pénétrer à l'intérieur.

La porte d'entrée était ouverte. Dès le seuil, une désagréable sensation de froid glissa sur les épaules de Van In, comme si la maison sentait que ses habitants étaient frappés par une profonde tragédie.

La villa était une ode à la lumière et à l'espace, et pourtant il y régnait une atmosphère oppressante. Elle avait été bâtie selon un plan en U autour d'un jardin intérieur. La barre horizontale du U était un espace immense regroupant la salle à manger, le salon et la cuisine. L'absence de mur intérieur permettait d'avoir constamment vue sur le jardin intérieur aménagé dans le plus pur style japonais.

Hannelore eut d'abord l'attention attirée par les magnifiques tableaux accrochés aux murs. Elle reconnaissait des Magritte et des Permeke, elle qui avait toujours cru que les œuvres de ces peintres ne se trouvaient plus que dans les musées.

Van In se concentrait sur les gens. Il compta une dizaine de personnes. Versavel se tenait à côté de Deleu devant la grande vitre presque invisible qui séparait la maison du jardin intérieur. Lorsqu'il aperçut Van In et Hannelore, Versavel laissa Deleu en plan et se dirigea vers eux. Van In serra son énorme paluche. Deleu regarda furtivement dans leur direction, mais ne bougea pas d'un pouce. Pour donner l'impression qu'il était occupé à quelque chose d'important, il aborda un jeune capitaine de gendarmerie qui venait de réquisitionner par radio plusieurs hommes du service technique.

Versavel ressemblait à un Chippendale en uniforme et sentait bon le savon Sunlight.

« *We meet again*, dit-il sur un ton enjoué en serrant la main d'Hannelore.

– Heureuse de vous revoir, brigadier Watson. »

Versavel accepta le compliment avec une grimace.

« Je pensais que tu étais en vacances ! dit-il à Van In.

– Oui, j'*étais* en vacances.

– En tout cas, je suis content de vous voir arriver, parce qu'avec Deleu, l'enquête piétine. Je pense que même Degroof l'a envoyé paître.

– Le vieux Degroof ?

– Oui, le vieux, soupira Versavel. Il est arrivé il y a une demi-heure avec son chauffeur et tout porte à croire qu'il a l'intention de prendre la direction des opérations.

– Il va falloir que quelqu'un lui explique que ce n'est pas une bonne idée, pas vrai, Pieter ? lâcha Hannelore.

– Faudra bien, répondit Van In, prêt à en découdre. Allons faire la connaissance de ce triste sire. »

Ludovic Degroof se tenait dans le jardin, de l'autre côté de la porte en verre coulissante. De loin, il avait l'allure d'une statue de bronze. Il mesurait au bas mot un mètre quatre-vingt-cinq et parlait en brassant l'air de ses mains.

Patrick Delahaye était un petit homme nerveux qui n'écoutait son beau-père que d'une oreille.

Degroof s'exprimait en français, mais il passa poliment au néerlandais lorsque Van In et Hannelore se présentèrent.

« Ah ! C'est donc vous le commissaire Van In ! dit-il jovialement. On m'a beaucoup parlé de vous ! »

Van In savait ce que signifiaient ce regard pénétrant et cette voix impétueuse. L'homme qu'il avait devant lui avait l'habitude qu'on lui obéisse au doigt et à l'œil.

Moi aussi, j'ai beaucoup entendu parler de vous, faillit-il répondre, mais il se ravisa.

Le regard vide, Delahaye restait en retrait. Un sourire triste flottait sur son visage. Van In remarqua que les yeux du vieux Degroof brillaient de convoitise lorsqu'il serra la main d'Hannelore.

« Les kidnappeurs vous ont-ils déjà contacté ? » demanda Van In sans tourner autour du pot.

C'est Degroof qui répondit, alors que Van In s'était adressé à Delahaye.

« Mon beau-fils a reçu un fax à seize heures dix, dit-il en tendant une photocopie du message à Van In après avoir fouillé dans sa poche. Je l'ai fait faire dans ma voiture, ajouta-t-il en voyant le regard interrogatif du commissaire adjoint. Patrick a d'abord cru à une mauvaise plaisanterie. Mais je suis heureusement parvenu à le convaincre du contraire. Il ne faut jamais prendre un enlèvement à la légère, pas vrai, commissaire ? »

Van In hocha distraitement la tête. Il était déjà occupé à lire la lettre des ravisseurs avec Hannelore.

Votre fils a été enlevé il y a une heure.

La nature de la rançon vous sera communiquée aujourd'hui, ainsi que la manière dont vous devrez répondre à nos exigences.

R O T A S
O P E R A
T E N E T
A R E P O
S A T O R

« C'est tout ? »

Van In ne dit pas un mot à propos du carré des Templiers, pas plus que Degroof.

« La gendarmerie fait l'impossible pour repérer le fax d'où cette lettre a été envoyée. D'après le capitaine D'Hondt, elle aura trouvé le numéro d'ici une demi-heure, dit Degroof. Il n'y a rien d'autre à faire que d'attendre que ces misérables nous recontactent. Nous avons décidé de leur donner la rançon, quel qu'en soit le montant. Le bien-être de mon petit-fils a l'absolue priorité. C'est aussi le souhait le plus clair de ma fille et de mon beau-fils, *n'est-ce pas*, Patrick ? »

L'air hébété, Delahaye hocha la tête. Van In eut l'impression qu'il était sur le point d'exploser.

« Je pense que je vais rejoindre Charlotte. Je vous prie de m'excuser. »

Si un dos pouvait exprimer le chagrin et l'abattement, c'était bien celui de Delahaye. Le pas traînant et les épaules voûtées, il s'engouffra dans l'aile gauche de la maison, qui était réservée aux chambres à coucher.

« J'attends le procureur d'un instant à l'autre. Il faudra que quelqu'un parle à la presse », dit encore Degroof.

Hannelore ne comprenait pas comment il pouvait se montrer si détaché dans de telles circonstances.

« Vous pouvez peut-être vous en charger, monsieur Degroof, proposa Van In. L'appel d'un membre de la famille permet parfois d'infléchir les ravisseurs. Pendant ce temps, je vais faire le point avec le commissaire Deleu. Nous pourrons ensuite dresser un plan d'action provisoire.

– Parfait ! répondit Degroof.

– Le mieux serait d'arranger une éventuelle conférence de presse avec le capitaine D'Hondt. »

Degroof ne regimba pas. Au contraire, il semblait même reconnaissant lorsqu'il s'éloigna en direction du capitaine de gendarmerie qui surveillait attentivement la façon dont deux techniciens installaient un enregistreur à bandes de l'autre côté de la pièce.

« Bon débarras, murmura Van In.

– Cet homme me donne la chair de poule. Tu as vu comme il m'a regardée ? »

Van In grommela quelque chose qui pouvait aussi bien vouloir dire oui que non. Si les regards de Degroof l'embêtaient à ce point, il espérait qu'elle ne s'était pas aperçue de ce qui se passait dans sa tête à lui.

« Je me demande où se cache Deleu.

– Il est parti chercher des cigarettes, marmonna une voix connue dans le dos de Van In.

– Bon sang, Versavel ! On a failli t'oublier, toi ! Tu avais disparu sans laisser de trace et je me demandais...

– Tu sais pourtant bien que Versavel s'évanouit dans la nature dès que se pointe une grosse légume, dit-il en riant.

– Tu es venu avec Deleu ?

– Non, je suis arrivé le premier, avec Pol Verscheure. Il est resté dehors.

– C'est un drôle de hasard, brigadier. Vous êtes de garde jour et nuit ? demanda Hannelore.

– Il faut attendre le grade d'inspecteur pour avoir le droit de se reposer sur ses lauriers, madame le substitut, répondit Versavel.

– Bon, ça suffit, les enfants ! coupa Van In. Ceci est un enlèvement. Au travail ! »

Versavel sortit son calepin de la poche de poitrine de sa chemise impeccablement repassée et rendit compte en style télégraphique :

« Appel de Mme Delahaye à seize heures cinquante et une.

– C'est tard, commenta Hannelore. Le fax est entré à seize heures dix.

– Nous pourrons l'interroger sur ce point. Continue, Guido.

– Brigadier Versavel et agent Verscheure sur place à dix-sept heures une. Après une audition sommaire, je demande de l'assistance. Elle arrive à dix-sept heures trente-quatre sous la direction du commissaire Deleu. Il informe la gendarmerie. Arrivée du capitaine D'Hondt à dix-sept heures quarante-huit. Arrivée presque simultanée de Ludovic Degroof et, finalement, du commissaire adjoint Van In et du substitut Martens à dix-huit heures treize.

– C'est tout ? demanda Van In.

– Dans une affaire pareille, personne ne se préoccupe de l'avis d'un brigadier, dit-il.

– Bon, dans ce cas, il est temps de coordonner les choses. Guido, tu essaies de tenir la presse et le public à l'écart. Demande au service technique d'installer les barrières de sécurité et de tout boucler hermétiquement. Si quelqu'un n'obéit pas, tu me l'envoies. Est-ce qu'on a envoyé un homme au parc Baudouin ?

– Le capitaine D'Hondt y a envoyé une demi-caserne, dit Versavel d'un air jaloux. Ils vont bientôt rentrer avec tous les honneurs.

– Maintenant, je comprends pourquoi De Kee voulait absolument que nous venions ici, dit Hannelore.

– Et moi qui pensais que c'était Degroof qui avait exigé ma présence !

– C'est ce qu'a dit De Kee, mais faut-il le croire ? demanda-t-elle avec un brin d'espièglerie dans la voix.

– Petite peste ! »

Hannelore haussa les sourcils.

« Pourquoi ne s'est-il pas déplacé ? reprit Van In. Il va y avoir des caméras. D'habitude, il adore ça ! Viens, Hannelore. Allons interroger la mère. »

Van In et Hannelore prenaient la direction de l'aile des chambres à coucher, aidés par un plan de la maison dessiné à la hâte par Versavel, lorsque quelqu'un appela le commissaire. Le capitaine D'Hondt venait à leur rencontre à grandes enjambées.

« M. Degroof m'apprend que vous prenez la direction des opérations », dit-il avec une nuance claire de soupçon dans la voix.

Van In confirma d'un hochement de la tête. La collaboration entre la police communale et la gendarmerie demeurait délicate. Ce serait finalement le procureur qui déterminerait à qui revenait de diriger l'enquête, mais la manière dont le capitaine D'Hondt lui parlait indiquait qu'il était au courant des liens qu'entretenaient le procureur Lootens et Ludovic Degroof.

« Provisoirement, ajouta Van In avec diplomatie. Je viens d'apprendre que vos hommes étaient en train de passer les environs du parc Baudouin au peigne fin. C'est bon. Je n'ai pas l'intention d'y envoyer des renforts. »

Cette réponse plut à D'Hondt. C'était un officier de la jeune génération et, s'il y avait une chose qu'il détestait, c'était bien le manque d'efficacité. L'infatué Deleu ne l'inspirait pas, et des rumeurs pas piquées des vers circulaient sur le compte de Van In.

« Les gars de Belgacom ont mis la ligne de téléphone et de fax sur écoute. Si les ravisseurs rétablissent le contact, nous pourrons les localiser en trente secondes. À propos, on a retrouvé le vélo du gamin il y a cinq minutes.

– Dans les environs ? demanda Van In.

– Pas vraiment, répondit D'Hondt en s'humectant les lèvres. Deux collègues de la brigade d'Oostkamp l'ont trouvé sur une route de campagne entre Oostkamp et Loppem. Comme j'avais donné l'alarme, ils ont immédiatement signalé leur découverte. »

Un à zéro, pensa Hannelore, qui prenait son pied. Versavel avait légèrement sous-estimé le jeune capitaine de gendarmerie.

« Nous supposons que les ravisseurs se sont débarrassés du vélo à cet endroit. M. Degroof est certain qu'il s'agit de celui de son petit-fils, à cause de la marque et de l'autocollant Greenpeace. Mais nous pourrons mieux en juger d'ici un quart d'heure, quand on nous apportera l'engin.

– Un grand merci pour ces informations, capitaine. Nous nous revoyons tout à l'heure. »

D'Hondt tourna les talons et se dirigea vers Degroof, qui était de faction à côté du fax. L'honneur du capitaine était sauf. Il pouvait retourner à son travail la tête haute.

« Quel homme sympathique, ce capitaine, dit Hannelore, taquine, sans parvenir à faire réagir Van In. Je trouve que vous apprenez vite, Pieter Van In, dit-elle en riant. Je te dois encore une explication au sujet de ce qui s'est passé hier, car, à en juger par ton comportement dans la voiture, tu en as eu gros sur la patate.

– Laisse tomber. J'ai déjà oublié. À partir de maintenant, je croirai tout ce que tu me diras !

– Ah, c'est ça ! Tu pensais que je te menais en bateau et que je travaillais pour mon compte ! »

Van In inclina la tête.

« Cela ne se reproduira plus, Hannelore.

– Parfait. Je te raconterai tout ce soir, quand nous serons rentrés chez toi, à condition que tu aies un stock suffisant de Duvel !

– D'accord, si nous rentrons à une heure décente. Maintenant, allons voir Charlotte Degroof ! »

La maison était conçue en sorte que toutes les chambres de l'aile gauche et de l'aile droite donnent sur le jardin intérieur, comme dans les villas de l'Antiquité romaine. L'architecte s'était inspiré de Pompéi. Les chambres étaient accessibles en suivant un couloir qui longeait le mur extérieur.

Lorsque Van In frappa à la première porte, la voix de Delahaye dit « Entrez ! » depuis la deuxième chambre. Van In et Hannelore se dirigèrent donc vers la deuxième porte et entrèrent dans la chambre du couple.

Charlotte Degroof était allongée sur le lit. Son mari avait le regard fixé sur le jardin intérieur auquel il consacrait tout son temps et qui ne lui inspirait plus qu'une royale indifférence.

« Excusez-moi, dit Van In. Mais je crains que nous ayons vraiment besoin de votre aide. »

Charlotte fit mine de se redresser, mais Van In l'en dissuada.

« Je vous en prie, restez couchée, madame. »

Charlotte Degroof était une très belle femme. Ses cheveux coupés court lui donnaient un air juvénile. Van In avait peine à croire qu'elle avait presque quarante-six ans.

« Vous avez appelé la police, dit-il en guise d'introduction.

– Nous avons d'abord cru à une plaisanterie, dit Delahaye à la place de sa femme. Bertrand nous a déjà fait le coup plusieurs fois.

– Vous avez donc douté de l'authenticité du fax, dit Van In, comprenant pourquoi ils avaient tant tardé à appeler la police.

– L'année passée, il a donné une carte à des amis sur laquelle il avait écrit qu'il partait à la découverte du vaste monde, dit Charlotte doucement. Ses amis nous l'ont envoyée depuis Rome, alors que nous étions convaincus qu'il campait avec les scouts en Campine. »

Cette anecdote la fit sourire.

« Son père, complètement paniqué, s'est précipité jusqu'au camp de scouts. Bertrand n'avait pas bougé de là.

– Qu'est-ce qui vous a convaincus qu'il ne s'agissait pas d'une blague ?

– Quand j'ai appelé papa et que je lui ai lu le texte, il nous a implorés d'en parler à la police. C'est lui qui a demandé que vous soyez chargé de l'enquête. Vous connaissez bien papa ?

– Oui, nous nous connaissons, mentit Van In.

– Et il y a ce texte en latin. Vous savez ce que cela veut dire ? demanda Delahaye.

– Nous l'avons déjà vu chez votre beau-frère, monsieur Delahaye, répondit Van In laconiquement.

– Il y a donc un lien entre cette histoire ridicule et l'enlèvement de notre Bertrand ? »

Van In hocha la tête.

« Malheureusement, nous n'avons pas réussi à comprendre la véritable signification de ce texte. Mais une chose est sûre : cette énigme en latin est la preuve qu'il ne s'agit pas d'une blague que vous jouerait votre fils. »

Disant cela, Van In balayait le dernier doute. Étrangement, cela eut pour effet d'apaiser Delahaye. Il s'assit près de Charlotte, sur le lit, et lui prit la main.

On frappa à la porte. C'était Deleu, et il n'avait pas l'air de bonne humeur.

« Le procureur veut vous parler de toute urgence, Van In, dit-il d'une voix autoritaire.

– Vraiment ? » demanda Van In, feignant l'incrédulité.

Deleu en fut estomaqué.

« Dans ce cas, vous voulez bien continuer à prendre la déclaration de monsieur et madame ? Je reviens dès que j'ai fini. »

Deleu semblait sur le point d'exploser lorsque Van In et Hannelore quittèrent la pièce. *Attends un peu, salopard*, pensa-t-il en bouillonnant de colère contenue.

Lootens, le procureur du roi, était à peu près aussi grand que Ludovic Degroof. Les deux hommes s'entretenaient avec le capitaine D'Hondt sur la terrasse couverte.

« Le procureur veut parler à monsieur, quel honneur ! » railla Hannelore.

Van In haussa les épaules, mais, malgré sa nonchalance de façade, son pouls était plus rapide qu'à l'accoutumée.

Après l'échange des formules de politesse habituelles, tous les regards convergèrent vers le procureur. Van In savait par Hannelore que Lootens appartenait à la clique de Degroof : il était riche, de droite et catholique, dans cet ordre.

« Le capitaine D'Hondt vient de m'informer des mesures qui ont déjà été prises, dit Lootens d'une voix nasillarde. J'ai personnellement décidé de lancer une procédure d'alerte à l'échelle nationale. »

Il était dix-neuf heures, et l'enlèvement avait eu lieu quatre heures auparavant. Les ravisseurs avaient eu tout le temps de s'installer bien au chaud dans leur planque. Autant essayer de lutter contre l'explosion d'une centrale nucléaire avec un seau d'eau.

« Nous disposerons d'un moment à l'autre des déclarations des témoins, affirma le procureur avec l'assurance qui caractérise les hauts fonctionnaires. En collaboration avec la police, la gendarmerie est en train d'interroger toutes les personnes qui auraient pu voir ou entendre quelque chose. » Il parlait comme un tribun. « Mais je crains que nous ne puissions pas faire grand-chose d'autre que d'attendre que les ravisseurs se manifestent à nouveau », conclut-il, très imbu de sa personne.

Les mâchoires serrées, Degroof regardait fixement devant lui. Une grosse veine palpitait sur son front. Il était impossible à quiconque d'évaluer le degré de souffrance que lui causait l'enlèvement de son petit-fils.

« Il me semble dès lors opportun de nous concentrer provisoirement sur l'aspect pragmatique des choses, poursuivit le procureur sur le même ton neutre. Il est indispensable que nous coordonnions nos efforts. »

D'un geste théâtral, il consulta sa montre.

« D'ici une heure, le professeur Beheyt, de la faculté de psychologie appliquée de l'université de Gand, devrait nous avoir rejoints. »

Van In connaissait cet expert. Il s'était rendu utile quelques années auparavant à l'occasion de l'enlèvement du fils d'un baron ouest-flandrien du textile. Les autorités belges avaient peu d'expérience en matière d'enlèvements, et Beheyt avait fait de l'excellent boulot à l'époque.

« Vous collaborerez donc avec lui, dit Lootens à Van In et à Hannelore. Le capitaine D'Hondt ici présent s'occupera des contacts avec le ministère de l'Intérieur et des éventuelles interventions sur le territoire national. »

Lootens ignorait manifestement que, depuis le début de l'année, la police communale était désormais habilitée à agir en dehors de sa zone en cas d'urgence.

« Il est évident que la task-force – il prononçait *tasqueforce* – agit sous ma supervision. Personne ne parle à la presse sans mon autorisation et personne ne prend de décision sans m'en avertir. C'est compris ?

– Oui, monsieur le procureur », dit Hannelore, récalcitrante.

Lootens n'y prêta heureusement pas attention. L'émancipation des femmes ne lui disait rien qui vaille. Il appartenait à la génération de magistrats qui espérait ne jamais voir le jour où une femme serait nommée au poste de procureur. Van In tenta de détourner l'attention sur lui.

« Monsieur le procureur, dit-il, le ventre noué, selon les informations que nous avons récoltées, le substitut Martens et moi, il est très probable que les ravisseurs soient les deux hommes qui se sont attaqués à la bijouterie de Ghislain Degroof dimanche passé. Or nous disposons d'une description précise de ces deux hommes. »

Lootens perdit un peu de sa contenance. Le visage de Ludovic Degroof parut s'animer un instant.

« C'est justement pour cela que nous vous confions l'enquête, commissaire Van In ! Le cambriolage de dimanche chez mon fils était trop banal pour gaspiller notre énergie. Mais un enlèvement, c'est autre chose, n'est-ce pas ?! »

Van In comprit d'où venait le vent. Degroof devait avoir une raison sérieuse pour scinder les deux affaires.

D'Hondt, qui ne semblait pas au courant, ne laissa rien voir, conservant l'impassibilité proverbiale de la gendarmerie.

« Bien sûr », répondit Van In en feignant de se soumettre et en tentant de sonder le visage impénétrable du vieux Degroof.

« Je pense donc que chacun sait ce qu'il a à faire. »

Comme personne ne réagissait, le procureur mit fin à la réunion en tournant le dos à ses interlocuteurs et se lança dans une conversation en français avec Degroof.

« Je demande à Versavel d'aller chercher des sandwiches et un casier de bières, dit Van In. Quelque chose pour vous, capitaine ? »

Le gendarme se raidit et lança un regard abasourdi à Van In.

« Un Coca suffira, dit-il, très sérieux.

– Bien, et un Cola pour le capitaine D'Hondt ! Maintenant, allons voir ce que Deleu fait de bon », dit Van In en adressant un clin d'œil à Hannelore.

Par la fenêtre, il constata que la foule était de plus en plus compacte. Heureusement, les barrières de sécurité tenaient le coup.

Versavel vit le signe que lui adressait Van In et accourut tel un chien fidèle. Van In compta trois ou quatre équipes de télévision autour de la maison. Une vingtaine de policiers leur barraient l'accès à la porte principale. On avait annoncé que le procureur donnerait une conférence de presse à dix-neuf heures quarante-cinq, et non à dix-huit heures quarante-cinq, comme Ludovic Degroof l'avait d'abord déclaré.

Le journaliste de VTM fumait cigarette sur cigarette. Il était en contact téléphonique permanent avec sa rédaction, à Vilvorde. Malgré ses supplications, la police ne cédait pas. Pas un seul membre de la presse ne pouvait franchir les barrières avant dix-neuf heures trente. Versavel était le flic idéal dans ce type d'occasion.

Un journaliste de la chaîne publique de télévision but en douce une gorgée d'une petite bouteille plate qu'il gardait dans sa poche. Il était aux anges : la BRTN serait la première à diffuser dans les foyers des images exclusives de l'enlèvement au beau milieu du journal de dix-neuf heures trente.

13

Au moment où Daniel Verhaeghe envoyait le premier fax, Laurent garait le Ford Transit blanc devant le chalet, à la périphérie de Namur. Il était seize heures dix.

Bertrand Delahaye gisait sur le plancher de la camionnette, dissimulé sous un plaid. L'effet du chloroforme commençait à se dissiper. Lorsque Laurent le sortit du véhicule, l'enfant poussa des gémissements. Ce ne serait pas une mince affaire de porter ce corps inerte dans la maison. Laurent sentait le sang battre dans ses veines. Un voile noir passa devant ses yeux. Il décida de souffler un peu.

Il n'avait rien à redouter des curieux. Le chalet se trouvait à l'extrémité d'un chemin privé et il était de surcroît caché à la vue par une haie de sapins. Laurent s'assit à l'arrière de la camionnette, le temps de laisser le malaise se dissiper. Puis, il sortit de la cabine un sac en tissu dans lequel il avait rangé la seringue et l'Haldol. Les mains tremblantes, il introduisit une double dose de calmant dans la seringue et piqua Bertrand dans le bras. L'enfant était encore à demi conscient, mais il se débattit à peine quand Laurent le traîna dans la maison. Ce travail lui prit une bonne dizaine de minutes. Le vieil homme déposa l'enfant sur le lit, le menotta à contrecœur et ferma soigneusement la porte de la petite chambre derrière lui. Haletant, il se laissa tomber dans un vieux fauteuil qui sentait le moisi. Il était en nage.

Tant que leurs exigences ne seraient pas satisfaites, il ne bougerait pas de là. Il y avait des provisions pour une semaine, et Daniel pouvait toujours l'appeler en cas d'imprévu. Laurent était convaincu qu'il n'y avait qu'un risque infime qu'on découvre leur planque. Le chalet lui appartenait et, si tout se déroulait selon les plans, l'affaire serait terminée dès le lundi.

Tout en marmonnant une prière, il tenta d'imaginer par quels sentiments Degroof passait au même instant.

Ludovic Degroof était assis seul à la table de la cuisine de sa lugubre maison du quai Spinola. Une heure auparavant, sa fille lui avait téléphoné pour lui annoncer l'enlèvement. De ses yeux gris, il fixait le va-et-vient du cognac dans son verre.

Il se sentait comme Eichmann dans sa cage de verre au tribunal de Jérusalem. Il savait que le dénouement était proche.

Lorsque, deux semaines plus tôt, il avait reçu une lettre où on lui annonçait qu'il allait payer pour ses méfaits, il ne s'était pas vraiment inquiété. C'était une lettre anonyme, mais il en connaissait l'expéditeur. Le carré des Templiers était la signature d'Aquilin Verheye. Les deux amis n'avaient-ils pas passé des nuits et des nuits à en parler ?

Il savait aussi pourquoi Aquilin voulait le faire payer. Mais il ne comprenait pas pourquoi il fallait que ce soit maintenant. Ils étaient vieux tous les deux, et cinquante ans, c'était un laps de temps suffisant pour panser toutes les blessures.

Il n'avait pas pour autant pris le contenu de la lettre à la légère.

Il n'avait pas appelé la police, car alors tout aurait été révélé. Parce qu'il avait l'habitude de se débrouiller tout seul, il avait engagé un détective privé pour retrouver Aquilin. Une enquête de routine que l'homme avait acceptée sans problème.

Degroof ignorait ce qu'Aquilin savait réellement et de quelle manière il entendait utiliser ses informations pour assouvir sa vengeance. Si le détective le localisait, Degroof tenterait d'acheter son silence. Si cela ne marchait pas, il le ferait éliminer. Il avait les contacts qu'il fallait. L'argent n'était pas un problème.

Pourquoi ce vieux fou avait-il été assez stupide pour signer au moyen du carré des Templiers ?

Puis, le cambriolage grotesque dont Ghislain avait été victime avait effrayé Degroof : il avait compris qu'Aquilin cherchait à attirer l'attention de la presse. Il avait donc tout fait pour que De Kee arrête l'enquête. De toute façon, le détective retrouverait bientôt la trace d'Aquilin, ce n'était plus qu'une question de temps. Et Degroof voulait à tout prix éviter qu'on aille remuer le passé.

Il s'était mis à boire depuis la veille. Car depuis qu'il avait reçu le rapport du détective, il ne comprenait plus rien. Si l'homme qui le menaçait n'était pas

Aquilin Verheye, il était vraiment dans de beaux draps.

Daniel Verhaeghe attendit vingt et une heures avant de se rendre une nouvelle fois au fax public, à côté du tea-room Vienna, dans la rue des Flamands. Il y avait beaucoup de monde dans l'établissement et des dizaines de badauds faisaient encore du lèche-vitrine dans l'agréable galerie commerçante. Daniel composa le numéro de Delahaye et glissa une feuille dans l'appareil.

Au central téléphonique, le maréchal des logis Lobelle qui surveillait la ligne de Delahaye avec un employé de Belgacom réagit immédiatement.

« Combien de temps ? demanda-t-il.

– Ça dépend », répondit l'employé qui s'était précipité sur son clavier.

En attendant, Lobelle appela la villa des Delahaye.

« On le tient ! s'exclama l'employé après une vingtaine de secondes. Rue des Flamands, le fax public dans la nouvelle galerie commerçante ! »

Daniel Verhaeghe flânait déjà sur la grand-place lorsque des voitures de police et de gendarmerie convergèrent toutes sirènes hurlantes vers la rue des Flamands. Avant que les imposantes forces de l'ordre n'aient bloqué le quartier, il plongeait son mouchoir dans la grande fontaine du Zand. Le stress lui donnait tellement chaud que le mouchoir mouillé grésilla presque sur son front.

Le capitaine D'Hondt lisait le fax au fur et à mesure qu'il sortait de l'appareil. Il avait enquêté sur des histoires plus folles les unes que les autres durant sa carrière, mais celle-ci les dépassait toutes.

Van In et Hannelore, qui essayaient de réconforter le couple Delahaye, accoururent, suivis du vieux Degroof. Le procureur Lootens était parti. Peu de temps après la conférence de presse, il s'était excusé et avait donné à Van In le numéro de téléphone du restaurant gastronomique *De Karmeliet*, dans la rue Longue, où il avait, dit-il, un rendez-vous urgent.

« Ce sont plus que probablement des petits plaisantins, dit D'Hondt en essayant de calmer les esprits. Tenez, lisez ça ! »

Il tendit le fax à Van In. Avant de lire la première ligne, celui-ci aperçut le carré des Templiers à la place de la signature.

« J'ai pas l'impression, grommela-t-il.

– Oh ! Seigneur ! » sanglotait Charlotte Degroof.

Son époux vint près d'elle et lui prit la main.

Hannelore lut le fax par-dessus l'épaule de Van In :

Votre fils est sain et sauf. Il ne lui arrivera rien si vous suivez nos instructions à la lettre. Nous voulons qu'une chose soit claire : il n'y aura pas de négociations au sujet de la rançon. Toute tentative de ralentir la procédure serait fatale à Bertrand.

Si vous voulez le revoir sain et sauf, voici ce que nous attendons de vous : le lundi 18 juillet à huit heures précises, vous devrez transporter les toiles mentionnées ci-après sur le Zand (suivait une liste de vingt tableaux). À neuf heures, Patrick Delahaye devra gratter au moyen d'un racloir une bande d'au moins dix centimètres sur chacune d'entre elles. Ensuite, il les entassera devant la grande fontaine et y boutera le feu.

Le public devra être averti de cet événement par la radio et la télévision. Le matin de l'autodafé, il devra avoir librement accès au Zand. La distance entre la première rangée du public et Patrick Delahaye ne sera pas supérieure à dix mètres.

Si ces conditions ne sont pas suivies à la lettre ou en l'absence de public ou d'intérêt des médias, Bertrand perdra la vie. Ceci est notre dernier contact.

Le carré des Templiers figurait à la place de la signature.

« *Benson im Himmel !* » grommela Van In dans le silence général.

Il tendit le fax à Delahaye. Celui-ci devint blanc comme un linge à la lecture des exigences des ravisseurs et s'appuya sur Charlotte, qui le dépassait d'une tête.

Van In avait évidemment remarqué que tous les murs de la villa étaient décorés de tableaux, mais il n'avait pas vu qu'il s'agissait de Delvaux, de Permeke, de Mondriaan, de Peire, de Magritte et d'Appel. Il y avait même une œuvre de Gustave Klimt, qui valait à elle seule plusieurs dizaines de millions.

« Ce n'est pas vrai ! cria Delahaye. Charlotte, dis-moi que c'est une blague ! »

Il était hors de lui. Son épouse passa un bras derrière son épaule pour le soutenir.

« Si je puis me permettre, monsieur Delahaye, dit résolument D'Hondt, je pense qu'il ne faut pas prendre ce message au sérieux. Aucun ravisseur n'a jamais exigé la destruction de tableaux valant une telle fortune. »

Il semblait si confiant que Delahaye releva la tête, plein d'espoir. Un faible sourire se dessina sous la moustache du gendarme.

« Détrompez-vous, dit Van In pour la deuxième fois. Ce fax vient bel et bien des ravisseurs. »

Van In n'avait pas jugé utile de mettre D'Hondt au courant. Le capitaine lui lança un regard meurtrier.

« Ah oui ? dit-il avec condescendance.

– Le commissaire a parfaitement raison ! »

Tout le monde avait reconnu la voix autoritaire de Ludovic Degroof.

« Le capitaine D'Hondt n'a manifestement pas encore été informé de tous les faits, sans quoi il ne défendrait pas cette thèse. »

D'Hondt resta imperturbable, mais son ego en prit un fameux coup.

« Comment pouvez-vous en être tellement certain ? demanda Delahaye à son beau-père, refusant de laisser s'évanouir son dernier espoir.

« Écoute bien ce que je te dis, mon garçon, dit Degroof en essayant de mettre de l'empathie dans sa voix. Les tableaux, ça se remplace. »

Van In vit Hannelore chuchoter quelque chose à l'oreille de Charlotte.

« Excusez-moi », dit subitement une voix à la porte d'entrée.

Tout le monde tourna la tête dans cette direction. Van In reconnut immédiatement le petit homme poussiéreux.

« Professeur Beheyt ! Je suis content de vous voir ! Les ravisseurs viennent de prendre contact. »

Versavel fit entrer l'expert et resta à l'intérieur.

Adelbrecht Beheyt semblait sorti tout droit d'une bande dessinée. Vêtu d'un costume trois-pièces antédiluvien qui lui seyait mal, il gardait constamment une main dans la poche de sa veste, dans une pause qui lui conférait à n'en pas douter une certaine dignité. La soixantaine, il était assez petit, mais deux yeux vifs et intelligents brillaient derrière ses lunettes d'écaille. Bon nombre de ses étudiants pouvaient témoigner de son irascibilité et de son sens de l'honneur exacerbé, mais à l'ordinaire, c'était un homme charmant.

« Comme je suis arrivé tard, j'ai préféré commencer par réserver une chambre d'hôtel », dit-il.

Ce qui fait qu'il est encore plus tard sur les lieux, pensa Hannelore, qui avait du mal à suivre sa logique.

Beheyt parlait d'une voix chaude et avec un accent hollandais qui trahissait le fait qu'il enseignait depuis plus de dix ans à l'université de Leyde.

« Vous n'auriez pas dû, professeur ! Vous pouviez dormir chez moi sans problème, dit Degroof en hôte attentif, oubliant son rôle de grand-père inquiet.

– Je vous remercie beaucoup, monsieur...

– Degroof, Ludovic Degroof, le grand-père de Bertrand, l'enfant qui a été kidnappé. »

Les présentations se firent dans les cinq minutes qui suivirent, dans le respect de l'étiquette.

Van In prit sur lui de briefer Beheyt. Le professeur l'écouta attentivement avant de demander à lire le fax. Une fois que Charlotte le lui eut tendu, il prit tout son temps pour étudier les exigences des ravisseurs. Il eut l'intelligence de ne pas tirer de conclusion immédiate.

Un silence irréel s'était installé dans la grande pièce. Chacun reprenait espoir.

« Je propose que nous allions nous asseoir dans un endroit tranquille pour discuter et réfléchir tous ensemble à une éventuelle stratégie », dit Beheyt, relativisant les choses.

Son approche était la bonne. Même Patrick Delahaye se mit à respirer à nouveau.

« Et si je préparais du café ? » proposa Charlotte.

Elle semblait soulagée. Pour elle, l'affaire était entendue. Lundi, ils brûleraient les tableaux sur le Zand, et Bertrand rentrerait à la maison.

« Avec un petit cognac ? » demanda-t-elle à mi-chemin entre le salon et la cuisine.

Van In acquiesça pour tout le monde.

Dans le salon immense, chacun trouva un fauteuil. Comme personne ne le renvoyait, Versavel prit également place. Il avait envie d'un bon café.

« Je pense qu'il est temps de recouper toutes nos informations. »

Van In prit la parole, et cela lui fit plaisir de constater que Beheyt l'acceptait spontanément. Il fit un compte rendu circonstancié de tous les événements depuis l'étrange cambriolage du dimanche à la bijouterie. Il laissa délibérément quelques détails de côté, comme les rumeurs qui couraient sur le vieux Degroof et la pression qu'il avait exercée pour que l'affaire soit classée sans suite. Il ne lui échappa pas que Degroof approuvait régulièrement de la tête. Il se dit que le vieux renard avait joué le tout pour le tout. En insistant auprès du procureur et de De Kee pour que ce soit lui qui reprenne l'enquête, Degroof limitait les chances de voir éclater le scandale.

« Remarquable ! dit Beheyt, lorsque Van In eut terminé son exposé des faits. À première vue, je suis tenté de suivre le commissaire Van In lorsqu'il dit que nous avons ici affaire à un règlement de comptes personnel. La nature des exigences des ravisseurs fait penser à un acte de vengeance. Leur but n'est manifestement pas d'obtenir un gain matériel. »

Le capitaine D'Hondt était fou de rage, parce que Van In lui avait jusque-là dissimulé certaines données capitales. Hannelore se demandait si elle devait parler de ce qu'elle avait découvert la veille, mais Van In n'avait pas mentionné non plus leur petite excursion à Loppem et elle se disait qu'il devait avoir ses raisons.

Charlotte pénétra dans la pièce chargée d'un plateau sur lequel elle avait déposé du café, des tasses et une bouteille d'Otard. Elle était restée vingt bonnes minutes dans la cuisine. Hannelore vit à ses yeux qu'elle avait pleuré.

Lorsque chacun se fut servi de café et de cognac, Beheyt prit la parole :

« Le carré des Templiers indique que nous avons plus que vraisemblablement affaire à un grand romantique. Le style et le lexique utilisés dans le fax m'incitent à penser que la personne qui l'a écrit a suivi des études supérieures. Je crois qu'elle n'est plus de première jeunesse, et cela colle avec ce que j'ai entendu par ailleurs. Je suis frappé par cette collaboration entre un homme âgé et un plus jeune. Il me semble que ce vieil homme cherche à se venger en raison d'une chose qui s'est produite il y a bien longtemps et que le jeune est peut-être ce qui l'a poussé à passer à l'action. »

Le capitaine D'Hondt prenait note furieusement. Un nouveau silence oppressant s'abattit sur la pièce.

« Une chose me frappe, intervint Charlotte d'une manière tout à fait inattendue. Le jeune homme qui a détruit les bijoux chez mon frère se mettait des gouttes dans les yeux. C'est bien ce que vous m'avez dit, commissaire ? »

Elle était ophtalmologue, et il était logique que ce type de détail retienne son attention.

« Et il est très grand. Tous les témoignages concordent sur ce point. »

Des regards étonnés convergeaient vers elle.

« Vous avez parfaitement retenu ce que je vous ai dit, madame », dit Van In sur le ton d'un enseignant qui donnerait un bon point à son meilleur élève.

Charlotte comprit qu'il ne voulait pas la blesser en lui demandant quel rapport il pouvait bien y avoir entre ces deux éléments.

« Eh bien, dit-elle avec un rire gêné, cela peut paraître insensé, mais si je ne me trompe pas, la combinaison de ces deux éléments peut être symptomatique d'une maladie des yeux.

– C'est vrai, Charlotte ? »

Ludovic Degroof s'assit sur le bord de son fauteuil.

« Est-ce une maladie fréquente ? demanda Van In, conscient qu'il ne pouvait pas continuer à l'ignorer.

– Je ne pense pas, dit Charlotte en explorant les recoins de sa mémoire à la recherche du nom de cette maladie. C'est un syndrome. Le syndrome de... »

En pensée, elle passa en revue toutes les lettres de l'alphabet pour éveiller le souvenir du nom oublié. Les autres la laissèrent réfléchir.

« Ne faites pas attention à moi, dit-elle lorsqu'elle se rendit compte que tout le monde se taisait. Continuez, je vous en prie. Cela me reviendra, c'est peut-être tout à fait sans intérêt.

– Je pense que nous devrions suivre l'exemple de Mme Delahaye et convoquer notre mémoire. Nous n'avons pratiquement aucun indice. La moindre idée peut avoir son importance », dit gravement Beheyt.

Hannelore regarda Van In avec insistance, mais il demeura muet.

« Les ravisseurs se déplacent sans doute dans un break Mercedes de couleur sombre. S'est-on suffisamment intéressé à cet élément ?

– Avez-vous une idée du nombre de breaks Mercedes en circulation en Belgique ? » dit Van In maladroitement.

Sentant le regard perçant que Charlotte lui jeta, il se reprit : « Mais vous avez raison. Je pense que le capitaine D'Hondt s'occupe de cet élément. »

D'Hondt déposa prudemment sa tasse sur une table basse afin que le tremblement de ses mains passe inaperçu.

« Je viens d'apprendre cette information de la bouche du commissaire Van In, dit-il. Jusqu'à présent, la gendarmerie n'a pas eu connaissance des rapports ni des p.-v. liés à l'affaire Ghislain Degroof. Et dans le cas qui nous occupe aujourd'hui, nous n'avons aucun témoignage. Rien ne nous dit que le rapt de l'enfant s'est effectué dans une Mercedes. Mais nous pouvons bien sûr ajouter cet élément au signalement, dit-il en haussant le ton.

– Le capitaine a tout à fait raison, répondit Van In en prenant un malin plaisir à lancer une nouvelle salve. N'oublions pas que les ravisseurs sont désormais bien en sécurité dans leur planque. Et qu'ils n'ont certainement pas garé leur voiture devant chez eux. »

La pluie s'était mise à tomber. Les camionnettes de la BRTN et de VTM étaient prises en tampon entre les discrètes Renault Espace de la télévision locale. Une équipe de Tros-Aktua, la télévision néerlandaise, était arrivée une heure auparavant.

Van In était sûr d'une chose : si on communiquait les exigences des ravisseurs au grand public, l'avenue de l'Évêque deviendrait vite trop petite. Tout enlèvement était déjà en soi sensationnel, mais un enlèvement dont la demande de rançon consistait à faire brûler sur la place publique une collection de tableaux valant plusieurs millions de francs belges attirerait jusqu'à CNN !

Versavel avait renvoyé la plupart des policiers chez eux. Les deux derniers agents restés sur place cherchèrent la protection de leur combi. La poignée de curieux encore présents respectaient les barrières de sécurité, et la presse n'espérait aucune information pour le moment. De rares passants montraient du doigt les fenêtres éclairées de la villa.

Personne ne prêta attention à un jeune homme maigre qui s'arrêta un instant devant la maison. Ni les policiers, ni les journalistes qui papotaient en petits groupes ne remarquèrent son sourire moqueur. Daniel Verhaeghe fut content de humer l'atmosphère tendue qui régnait sur les lieux. Il sentit l'adrénaline affluer dans sa frêle aorte. Défier la mort, qui était devenue son amie, faisait monter en lui une excitation proche de l'extase.

Cinq minutes avant de prendre l'antenne, un journaliste trouva l'enveloppe collée au ruban adhésif sur une portière de la Mercedes blanche de la BRTN.

Au beau milieu du journal, le téléphone sonna chez les Delahaye. Le capitaine D'Hondt fut le premier auprès de l'appareil. Il alluma l'enregistreur Nagra avant de décrocher. Charlotte ferma les yeux et son mari resta pétrifié sur son siège, tandis que tout le reste de l'assistance faisait cercle autour du capitaine.

Van In avait les yeux fixés sur le va-et-vient de la pomme d'Adam du gendarme. La voix du procureur était si puissante que tout le monde percevait chacune de ses paroles :

« Qu'est-ce que cela signifie, D'Hondt ? Quel est le trou-du-cul qui a averti la presse et pourquoi Van In ne m'a-t-il pas appelé ? Il est là ? »

D'Hondt tendit le combiné à Van In avec un mauvais sourire. Van In ne pouvait pas lui en vouloir. C'était sa faute. Il avait complètement oublié d'appeler Lootens lorsqu'ils avaient reçu le fax annonçant les conditions des ravisseurs.

« Bonsoir, monsieur le procureur.

– Vous avez suivi le journal de la BRTN ? ! » hurla Lootens.

Hannelore courut au salon et alluma la télévision. Le présentateur terminait son billet : « ... en guise de rançon, les ravisseurs exigent que soit brûlée en public une collection de tableaux d'une valeur estimée à plusieurs millions de francs et appartenant à Patrick Delahaye, le père de l'enfant kidnappé. C'étaient les principales informations de ce journal. »

Lootens continuait à vociférer. Van In fut heureusement sauvé par Degroof, qui lui fit comprendre qu'il allait calmer le procureur.

« Monsieur le procureur, je vous passe Ludovic Degroof. »

Van In saisit son mobilophone et lança l'alarme. Cinq minutes plus tard, toute la Flandre-Occidentale était sur le pied de guerre. La plus grande chasse à l'homme de toute l'histoire de Bruges commençait.

Dix minutes suffirent à la gendarmerie pour bloquer toutes les sorties de la ville.

Avant même que la première patrouille ne se mette en marche, Daniel Verhaeghe était confortablement installé dans sa chambre du *Park Hotel*, situé sur le Zand, à cinquante mètres à peine du commissariat. Les gyrophares bleus des dizaines de voitures de police qui patrouillaient sous sa chambre lui donnaient un air de discothèque.

C'était le dernier endroit où ils iraient chercher, avait dit Laurent. Personne ne soupçonnerait un handicapé, personne non plus ne chercherait un criminel dans les environs immédiats du crime qu'il vient de commettre. Daniel flatta le fauteuil roulant dans lequel il était assis dix minutes auparavant lorsqu'il avait regagné son hôtel et se posta à la fenêtre.

Le correspondant tenait encore à la main le papier qu'il venait de lire à l'antenne lorsque Van In l'assaillit. Les autres journalistes formèrent aussitôt un cordon de sécurité autour de leur collègue.

« Comment avez-vous reçu cette information, nom de Dieu ? ! hurla Van In. Pourquoi ne nous avez-vous pas avertis ?

– On ne passe pas, ordre de la police ! » répondit le journaliste du tac au tac.

Même les journalistes hollandais avaient du mal à se retenir d'éclater de rire.

« L'enveloppe était collée à la portière de la camionnette de reportage.

– Quand cela s'est-il passé ? Qui est venu jusqu'ici ? Personne n'a rien remarqué ? »

Van In lançait les questions comme des fusées d'orgues de Staline.

« Ces deux-là n'ont apparemment rien vu non plus ! » dit un journaliste hollandais en indiquant les deux policiers qui venaient de sortir de leur combi et qui marchaient dans leur direction, sans se douter de rien.

Les rires fusèrent.

Van In crut que sa tête allait exploser. Mais il comprit juste à temps qu'il se ridiculiserait définitivement s'il faisait un scandale.

Un caméraman de VTM plus futé que les autres tenta d'immortaliser la scène, mais Versavel l'en empêcha juste à temps. Il écrasa sa grosse paluche sur l'objectif tandis que, de l'autre, il empoignait l'homme qui fit mine de protester.

« Je peux facilement te casser le bras et dire ensuite que c'était un accident », siffla-t-il.

Il ne laissait paraître aucun signe de colère. Au contraire, il souriait. Versavel était une star à son entraînement hebdomadaire de *power training*. Il saisissait maintenant le bras du caméraman à deux mains comme s'il s'agissait d'une simple bûche.

« Bon, messieurs ! Votre attention, s'il vous plaît ! »

Van In essayait de juguler la montée d'adrénaline. L'heure n'était pas aux chamailleries. Il devait récolter un maximum d'informations.

« Avez-vous vu un vieil homme et un grand échalas traîner dans les parages ?

– Qu'est-ce qu'il dit ? demanda un Hollandais à son voisin.

– T'as pas vu ce drôle de type d'environ deux mètres qui regardait la maison il y a une demi-heure ? Il est resté là à lanterner, et puis il s'est éloigné. Tu l'as pas vu, Rolf ? »

Une mer de rides apparurent sur le front du dénommé Rolf, qui se gratta le lobe de l'oreille pensivement.

« Non, j'ai rien vu. Mais si tu l'as vu, ça doit être vrai. »

Les deux Hollandais étaient sur le point de se lancer dans une discussion sans fin.

« Donc, vous n'avez vu personne à proximité des véhicules de la BRTN, interrompit Van In, impatient.

– Je buvais une tasse de café, répondit le Hollandais, l'air de dire qu'il ne fallait pas non plus trop en demander.

– Mon collègue va venir prendre votre déposition dans un instant, dit Van In au premier, quand il comprit qu'il n'en tirerait rien de plus. En tout cas, merci.

– Y a pas de quoi. Ciao ! »

Si le Hollandais avait bien évalué le temps qui s'était écoulé, le grand échalas ne devait pas être très loin. Van In courut au petit trot jusqu'à la villa et s'entretint avec D'Hondt. Celui-ci avait reçu confirmation par radio que toutes les voies sortant de Bruges avaient été bouclées dans un rayon de trente kilomètres. Les véhicules qui quittaient la ville étaient tous fouillés de fond en comble.

« S'il n'est pas en voiture, il est resté en ville, dit Van In. Tous les hommes ont été réquisitionnés. S'il se balade quelque part, nous mettrons forcément la main dessus.

– Sauf s'il se planque, objecta D'Hondt.

– En tout cas, il ne manque pas de culot, intervint Hannelore.

– Le pire, c'est que nous perdons notre temps, bordel de Dieu ! Si au moins nous avions un indice, un seul petit indice ! » vitupéra Van In.

Beheyt était tranquillement resté au salon. De son écriture anguleuse, il terminait de dresser le profil des ravisseurs. Le fait que l'un d'eux soit revenu sur le lieu du crime l'étonnait au plus haut point.

« Ce garçon est bien imprudent, si vous voulez mon avis, dit l'expert, lorsque Van In s'assit près de lui avant d'avaler une grande rasade de cognac. Si nous partons de l'hypothèse que les ravisseurs ne sont pas plus de deux, le vieil homme est seul avec Bertrand. Il faut qu'ils soient très sûrs d'eux pour prendre un tel risque. D'autant plus que la présence du plus jeune à Bruges est totalement inutile.

– Rien n'est le fait du hasard, pas plus que rien n'est inutile dans cette affaire. C'est seulement une impression que nous avons, répondit Van In d'une voix sourde. Honnêtement, je ne crains pas vraiment pour la vie de l'enfant. L'objectif des ravisseurs est ailleurs.

– Vous avez des soupçons dans ce sens, commissaire ?

– Peut-être, répondit Van In, qui se maudissait soudain d'avoir été si bavard. Mais nous en reparlerons.

– J'espère que vous vous rendez compte que nous travaillons en équipe, commissaire, dit Beheyt sèchement.

– Bien sûr, professeur. Mais, je vous en prie, ne tenez pas trop compte des élucubrations d'un policier surmené. »

Beheyt adoucit son regard, pour montrer qu'il acceptait les excuses du commissaire. En son for intérieur, Van In poussa un soupir de soulagement.

« Alors, professeur ? Encore une tasse de café ? »

Hannelore arrivait à point nommé. Van In aurait voulu l'embrasser.

« Volontiers. Je suis en train de terminer les profils

des ravisseurs. Demain, nous les étudierons à tête reposée.

– Le capitaine D'Hondt m'a dit qu'environ cinq cents hommes étaient actuellement mobilisés. D'après les derniers rapports, Bruges ressemble à une ville assiégée. Je me demande s'ils le trouveront, dit Hannelore, non sans excitation.

– J'en doute », répondit Van In.

Il se servit un nouveau cognac et alluma sa première cigarette. Il se rendit subitement compte que Deleu avait disparu. Avec l'agitation, personne n'avait remarqué qu'il était rentré au commissariat.

Van In se creusa les méninges dans l'espoir de trouver au moins une démarche à entreprendre. Ce ne fut que lorsqu'il allait allumer sa deuxième cigarette qu'une idée lui traversa l'esprit. Il bondit de son siège et courut vers D'Hondt, qui se trouvait au téléphone. Hannelore le suivit.

« Je voudrais parler au dispatching de De Lijn », dit-il.

D'Hondt ne posa aucune question. Par radio, il demanda qu'on lui communique le plus rapidement possible le nom et le numéro de téléphone du directeur régional de la compagnie d'autobus. S'il était vrai que les gendarmes ne se départaient jamais d'une certaine arrogance, cela ne retirait rien à leurs qualités professionnelles.

Trois minutes plus tard, Van In avait les informations demandées. Lorsque D'Hondt eut le responsable en ligne, il s'exprima avec une rigueur et une force de persuasion que Van In lui envia un peu. En cinq minutes, il obtenait les coordonnées du dispatching.

Marc Ballegeer connaissait le nom de quasi tous les chauffeurs. Sans hésiter, il sut que c'était Michel Devos qui était de service sur la ligne Bruges-Courtrai.

« Il n'a rien fait de mal, j'espère ? » demanda Ballegeer, inquiet. Devos était un excellent collègue, avec qui il s'entendait particulièrement bien.

« Absolument pas, le rassura D'Hondt. Mais nous voulons de toute urgence lui demander quelques renseignements.

– Tant mieux », dit Ballegeer, soulagé.

Michel Devos se souvenait très bien d'avoir embarqué un jeune homme très grand vers quinze heures trente à Oostkamp.

D'Hondt nota les réponses du chauffeur dans un système de sténo de son invention.

Le jeune homme mesurait environ deux mètres, il s'était cogné la tête au sommet de la porte accordéon, il parlait le brugeois avec l'accent de quelqu'un qui ne vivait plus à Bruges depuis longtemps, il était très maigre, il portait des lunettes aux verres épais, un jean délavé, un T-shirt verdâtre et une veste en jean. Devos l'avait observé dans son rétroviseur. À part lui, le bus était désert. Juste avant de descendre à la gare, il s'était mis des gouttes dans les yeux.

D'Hondt remercia le chauffeur et lui demanda de passer à la gendarmerie le lendemain matin dès neuf heures pour faire sa déposition.

« Je règle tout avec M. Ballegeer », dit-il encore avant de raccrocher. Puis, à l'intention de Van In : « Bravo, commissaire ! J'aurais dû y penser. Le vélo de Bertrand a été retrouvé à Oostkamp et vous êtes parti de l'idée que notre homme n'avait pas de véhicule à sa disposition. Très intelligent ! »

Pendant que D'Hondt diffusait la description précise du suspect par radio, Van In se rendit à la cuisine. Trois paires d'yeux le regardèrent anxieusement.

« De bonnes nouvelles ? » demanda Delahaye, plein d'espoir. Il n'était plus que l'ombre de l'homme que Van In avait rencontré sept heures auparavant.

Van In les informa, tout en insistant sur le fait qu'il ne fallait pas nourrir de faux espoirs.

« La seule chose dont nous soyons certains, c'est que ce jeune homme se trouve pour le moment à Bruges. Avec un peu de chance, nous pourrons le repérer d'ici lundi. Je vais donner l'ordre de continuer à chercher, mais je crains que nous ne puissions plus faire grand-chose aujourd'hui. »

Le vieux Degroof voulut protester, mais Charlotte posa une main sur son épaule.

« M. Van In a raison, papa. Je pense que nous devrions tous essayer de prendre un peu de repos. »

C'était une femme forte. Elle avait digéré la mauvaise nouvelle. Comme son père, elle était dotée d'un grand pragmatisme.

« Une patrouille restera postée devant votre porte toute la nuit, et un gendarme sera de faction auprès du téléphone. »

Van In demanda à Beheyt et à D'Hondt d'être au commissariat le lendemain matin à sept heures précises. D'ici là, il ne les appellerait que s'il avait du neuf.

Il trouva étrange qu'aucune des personnes présentes ne s'insurge. Mais pourquoi l'auraient-elles fait ?

Aucune n'avait l'expérience d'un enlèvement. Beheyt était consulté en qualité d'expert, mais en fin de compte, il n'avait jamais négocié qu'un seul kidnapping. Le calendrier serré et l'étrangeté de la rançon donnaient un tour très inhabituel à toute cette affaire.

Van In savait, de par la littérature qu'il avait lue, que la plupart des enlèvements se résolvaient durant les négociations qui entouraient la remise de la rançon. Or il ne pouvait en être question ici.

Autrement dit, ils étaient tous aussi inexpérimentés les uns que les autres.

« Vous me déposez, madame ? demanda-t-il lorsqu'ils furent dehors.

– À votre service, Sherlock Holmes », répondit Hannelore laconiquement.

14

« Pourquoi n'as-tu pas parlé d'Aurélie ? » demanda Hannelore, alors que Van In leur servait deux Duvel.

Van In prit l'air dépité.

« Je pensais que c'était toi qui avais quelque chose à m'annoncer. Mais non, madame devait vérifier un gros tuyau !

– Je ne pouvais pas faire autrement, Pieter, dit Hannelore en rougissant. On m'avait demandé de venir seule !

– Et je dois te croire, bien sûr.

– Tu crois ce que tu veux.

– Bon, reprit Van In. Ce n'est pas si grave. »

Il ouvrit la baie vitrée et passa le nez dehors.

« Il ne pleut plus. On peut s'installer au jardin, si tu veux. Tu pourras tout me raconter à ton aise. »

Hannelore était trop fatiguée pour lutter et, de toute façon, elle ne pensait pas que Van In avait voulu la blesser.

« Eh bien, allons-y ! De toute façon, nous ne dormirons pas beaucoup cette nuit. »

Van In prit un torchon pour essuyer deux chaises de jardin.

« Van der Eyck m'a appelée jeudi soir, commença-t-elle lorsqu'ils furent assis à la table du jardin. C'est lui qui m'a donné l'idée.

– Quelle idée ?

– De prendre contact avec Nathalie Degroof. Van der Eyck savait qu'elle avait quitté le domicile familial à l'âge de dix-sept ans.

– Il savait ça comme ça ?

– Désolée, Pieter. Mieux vaudrait que je te raconte tout. Commençons par le commencement. Tu as une cigarette ? »

Van In lui tendit son paquet et un briquet.

« Tu en veux une aussi ? »

Il secoua la tête.

« J'essaie de moins fumer. Parfois, quand je monte les escaliers, je sens une douleur dans la poitrine et je déteste les hôpitaux. »

Hannelore aspira une longue bouffée, inhala profondément et expira un nuage invisible.

« Cela fait des mois que Van der Eyck cherche un scandale à se mettre sous la dent pour casser le parti démocrate-chrétien avant les élections. Cela a bien marché en Italie avant les municipales, pourquoi pas en Belgique ? Et l'actualité montre que son raisonnement est tout à fait logique. L'affaire des hélicoptères Agusta a décapité le parti socialiste et, si on décide de gratter un peu plus loin, il n'y aura bientôt plus de mandataire socialiste !

– Et ce que la juge Ancia a fait dans l'affaire Agusta, tu veux le faire avec Degroof ?

– Ne ris pas, Pieter ! Donne-moi un corps de police qui n'est pas corrompu et je...

– Oh oui, dit Van In, empressé. Je te donne le mien !

– Les hommes ! Vous ne pensez qu'à ça !

– Désolé, tu l'as cherché.

– C'est chaque fois ce que vous dites, protesta-t-elle.

– Promis, je ne t'interromps plus, Hannelore. Je n'ai pas envie de m'embarquer dans un débat féministe.

– Où en étais-je ?

– Tu en étais restée à Van der Eyck qui cherchait un scandale à se mettre sous la dent.

– Cet homme est fasciné par le pouvoir. Il donnerait son œil gauche pour devenir bourgmestre, poursuivit Hannelore. J'ai fait sa connaissance à une réception de Nouvel An. Je venais de terminer mes études de droit, je n'avais pas de travail et, en bonne fille d'ouvrier, je ne rêvais que d'une chose : rééquilibrer la balance de la Justice. J'avais bu plusieurs verres de mousseux. Cela faisait un bon quart d'heure que nous bavardions quand il m'a fait comprendre qu'il pouvait éventuellement arranger quelque chose pour moi.

– Et ce nain part à la recherche d'un petit scandale dans le parti adverse », laissa tomber Van In, sarcastique, mais sans vraiment penser ce qu'il disait.

Avant d'être nommé commissaire adjoint, il avait lui aussi rendu quelques petits services.

« Van der Eyck m'a téléphoné trois mois plus tard. Un nouveau substitut allait être nommé. C'était au tour de son parti, le VLD, de proposer un candidat et j'en avais marre de remplir des grilles de mots croisés.

– Personne n'est parfait », répondit Van In avec philosophie.

Il se déchaussa et posa ses jambes sur une chaise.

« On devient vieux ! »

Il descendit sa chaussette droite et entreprit de se masser le pied.

« Tu te demandes sans doute pourquoi je te raconte tout ça. »

Van In était content d'être penché sur son pied. Cela lui donnait un prétexte pour ne pas regarder Hannelore dans les yeux.

« Quand je t'ai vu pour la première fois, dimanche dernier, j'ai senti comme une... comment dire...

– Comme une parenté ?

– Exactement ! dit-elle, soulagée. Toi aussi, peut-être ?

– On pourrait appeler ça comme ça, marmonna-t-il entre ses dents.

– Ce que je voulais dire... »

Hannelore s'interrompit pour prendre une cigarette. Van In attendait. Il n'en croyait pas ses oreilles.

« Je vous aime bien, Pieter Van In. Et ne croyez pas que je dis ça à tous les hommes que je rencontre !

– Heureusement, répondit-il maladroitement.

– Bon, laisse-moi prendre ce pied récalcitrant en main ! »

Hannelore approcha sa chaise et déposa le pied gonflé de Van In sur sa cuisse.

« Ce n'est pas rose tous les jours, au palais. Les hommes ne pensent qu'à me séduire et, si je ne marche pas dans leur jeu, ils me méprisent !

– Waow ! Ça fait du bien ! dit Van In en soupirant d'aise. Quelles mains expertes !

– J'ai appris ça durant mes études. Il fallait bien les payer.

– Ne me dis pas que tu... »

Il avait bondi de sa chaise. Hannelore éclata de rire.

« Du calme ! Je bossais dans une boîte très chic, près d'un centre de remise en forme. La plupart des clients étaient des sportifs et je portais constamment un long pantalon, une sorte d'uniforme d'infirmière.

– ... Avec une blouse transparente ? Aïe ! Ça fait mal, bordel ! »

De toutes ses forces, Hannelore appuyait des deux pouces sur l'enflure.

« Ça t'apprendra à être jaloux ! »

La fatigue cédait peu à peu la place à une merveilleuse félicité. Van In pensa à Sonia et à toutes ces années où cette délicieuse sensation lui avait manqué.

« Ce n'est pas évident pour un policier de faire des avances au ministère public, dit-il, soudain mi-sérieux.

– Alors, cela restera entre nous.

– Ce sera notre secret ! Génial ! Pourquoi n'y avais-je pas pensé plus tôt ? »

Il but une gorgée de bière. Aucune Duvel ne lui avait jamais paru aussi bonne.

« Mais avant de jouer des violons, j'attends toujours ta petite histoire. »

Hannelore interrompit brusquement son massage.

« *Benson im Himmel !* J'avais presque oublié ! répondit-elle en riant.

– Un instant, Miss ! Quand j'ai mal au pied, j'ai du mal à écouter. »

Hannelore saisit le pied en question et reprit son massage avec zèle.

« Ah ! Les hommes ! »

Van In écouta attentivement le récit circonstancié qu'elle lui fit de sa rencontre avec Nathalie.

« Le gros dégueulasse, dit-il lorsqu'elle eut fini. Mais nous ne savons toujours pas avec certitude si l'un ou l'autre de ces éléments a un rapport avec notre enquête. C'est pour cela que j'ai préféré ne pas parler d'Aurélie ce soir. De toute façon, les grandes familles ont souvent quelque chose à cacher derrière leur belle façade.

– Quelle est ton intention ? »

Son verre dans une main, Hannelore caressait le pied de Van In de l'autre. Il n'avait pas l'intention de protester, tant que son pied restait posé sur la cuisse de la jeune femme.

« Je pense que je vais confronter Ludovic Degroof aux faits, sans prendre de gants. Entre quat'z'yeux, bien entendu. »

Hannelore se mordit la lèvre.

« Comprends-moi bien. Je crois préférable de lui laisser croire que je suis le seul à posséder ces informations. À ses yeux, je ne suis qu'un flic minable. Il sait pertinemment bien que, s'il lâche quelque chose pendant notre petite conversation, sa déclaration ne pourra jamais être utilisée valablement devant un tribunal. »

Elle hocha la tête, soulagée.

« Et devant témoin il ne lâchera rien, encore moins s'il s'agit d'un substitut.

– Ça me semble logique. Mais pourquoi crois-tu qu'il y a un lien entre le comportement incestueux de Degroof et l'enlèvement de son petit-fils ?

– Plusieurs éléments me semblent étranges, à commencer par le cambriolage absurde dont son fils a été victime. C'est pour cette raison que j'ai avancé l'idée que l'opération visait peut-être la famille dans son ensemble et non Ghislain Degroof personnellement. S'ils ne sont pas fous, le mobile des auteurs de ce casse ne peut être que la vengeance. Mais une vengeance contre quoi ? J'ai d'abord pensé que la clé résidait dans l'énigme en latin, mais je doute fort que nous trouvions quelque chose de ce côté.

– Une fausse piste délibérée ?

– Oui et non. On peut prendre ce texte comme on veut. Je pense plutôt que le carré des Templiers est utilisé en guise de signature.

– Une signature que seul le vieux Degroof pourrait comprendre... Tu veux dire qu'il connaît les malfrats ?

– Je pense, dit Van In. C'est aussi pour cela que je n'ai pas parlé. Le procureur ne m'aurait pas cru, et D'Hondt et Beheyt non plus. Et je parie que toi aussi, tu as du mal à me suivre...

– Oui, dit-elle en souriant. Mais personne ne t'empêche d'essayer de me convaincre. Si Degroof connaît les ravisseurs, au nom du ciel, pourquoi tient-il sa langue ?! Ils ont kidnappé son petit-fils et ils menacent de le tuer !

– Il croit peut-être que tout va rentrer dans l'ordre

s'ils paient la rançon, enfin, s'ils la brûlent. Je ne sais pas... Je pense que les ravisseurs veulent toucher le vieux Degroof et qu'ils appliquent la même tactique que Van der Eyck. Et je crois que c'est un pur hasard si les deux affaires se croisent. C'est d'ailleurs à cause des manipulations de ton protecteur que j'en suis arrivé à cette idée.

– Mais s'ils ont connaissance de faits compromettants, pourquoi n'en parlent-ils pas à la presse ?

– C'est ce que je me suis demandé. J'ai étudié la question avec Léo avant-hier. Et Van der Eyck ? Pourquoi ne s'adresse-t-il pas à la presse ? Non, leur comportement est parfaitement logique ! Le monde regorge de scandales. Les journaux en sortent un par jour... et les lecteurs les oublient tout aussi sec. Il faut préparer le public. La dissolution de l'or a attiré l'attention des gens sur le nom de Degroof. L'enlèvement de son petit-fils, même pas une semaine plus tard, va attirer la presse du monde entier. Ils ont merveilleusement bien calculé leur timing : en une semaine, ils présentent le potage, l'entrée et le plat de résistance. Les journaux vont absolument vouloir suivre toute l'affaire.

– Exactement ce que prévoyait Van der Eyck. Si quelqu'un expose son linge sale au grand air, Degroof sera décapité impitoyablement.

– C'est pour ça que je pensais que Van der Eyck était partie prenante du complot, ou à tout le moins qu'il en était informé.

– Mais dans ce cas, il n'aurait pas eu besoin de nous, je te l'ai déjà dit, répondit Hannelore. Van der

Eyck a simplement de la chance que quelqu'un poursuive les mêmes intérêts que lui. Je crois que tu fatigues, Pieter.

– Possible, admit-il. Mais j'ai encore un truc à te dire. Je mettrais ma main au feu que les coupables ont un complice au sein même de la famille.

– Pourquoi pas ? Je n'y comprends plus rien. Nous sommes peut-être complètement à côté de la plaque.

– Oui, dit Van In. Il est grand temps de changer de sujet.

– D'accord avec toi. Et si tu me faisais visiter ta merveilleuse maison ? »

« Essaie de dormir un peu, mon chéri. Ça ne sert à rien de te torturer l'esprit. Tu le sais très bien !

– Alors, dors, toi ! répondit Patrick Delahaye, de mauvaise humeur.

– Veux-tu que je te chauffe une tasse de lait ? demanda Charlotte en prenant appui sur un coude et en cherchant l'interrupteur de la lampe de chevet. De toute façon, il nous dédommagera pour les tableaux. Pourquoi continues-tu à t'en faire ? D'ici cinq ans, tu auras reconstitué ta collection.

– Ce n'est pas le problème, répondit-il sombrement. Pourquoi ne demandent-ils pas d'argent ? Qu'est-ce que ça leur rapporte, nom de Dieu, que je brûle mes toiles ? Et ils ne nous ont donné aucune garantie que...

– Arrête ! l'interrompit Charlotte. Je ne veux pas

entendre parler de délai ou de manœuvre dilatoire. Seigneur, pense à ton fils ! »

Patrick Delahaye cligna des yeux lorsque Charlotte alluma la lampe de pied. Il frotta son début de barbe d'un air ennuyé. Il avait fait l'impasse sur son habitude de se raser avant d'aller dormir.

« Ne m'en veux pas, Lotte. Tu as raison. C'est stupide de ma part de chercher une autre solution. Mais je trouve ça terrible qu'ils me forcent à le faire moi-même. »

Du bord du lit, Charlotte lui envoya un baiser de la main. Elle ne portait qu'un vieux T-shirt, selon une mode qu'elle avait conservée depuis l'époque de ses études.

« Ajoute un peu de whisky pour moi ! » cria-t-il, alors qu'elle prenait la direction de la cuisine.

Au fil des innombrables lavages, le T-shirt de Charlotte avait passablement rétréci et, lorsqu'elle quitta la chambre, Patrick fut saisi par le besoin de se blottir contre elle. Ils n'avaient plus fait l'amour depuis des mois. Cela le calmerait peut-être. En tout cas, cela avait toujours eu cet effet-là sur lui.

Charlotte remplit un poêlon de lait. La plaque à induction réagit immédiatement. Ils n'avaient pas de micro-ondes. Elle détestait ce genre de gadgets. En fouillant le bar, elle trouva un reste de Teacher Highland Cream. Elle en versa une bonne rasade dans une grande tasse décorée de petites fleurs. Elle se souvint qu'il devait lui rester un morceau du massepain qu'elle avait acheté pour une bonne œuvre une semaine auparavant. Le sucre lui ferait du bien, elle n'avait rien avalé depuis la veille.

Patrick but goulûment son grog. Il y avait tellement de whisky que le lait était tiède. Charlotte soufflait prudemment sur sa tasse tout en grignotant un bout de massepain.

« Tu en veux aussi ? »

Elle était assise sur le lit, les jambes croisées, la tête tournée vers son mari.

« Mais qu'est-ce que tu manges au beau milieu de la nuit ? !

– Du massepain. J'ai faim, pas toi ?

– Non, laisse.

– Attends un peu... Du massepain ! Je viens de me rappeler ! C'est pour ça que je n'arrivais pas à dormir !

– Quoi ?

– Du massepain ! Le syndrome de Marsan ! Un des ravisseurs. . On va pouvoir le retrouver ! Il est certainement sur une liste !

– Mais de quoi parles-tu ? ! » demanda-t-il, étonné.

Il avait presque tout oublié de la conversation de la veille.

« Le grand échalas, le ravisseur, ce jeune qui a pris le bus à Oostkamp et qui a communiqué la nature de la rançon à la presse !

– Désolé, mais je ne comprends rien. »

L'alcool bu sur un estomac vide agissait à une vitesse surprenante.

« Deux témoins le décrivent comme un jeune homme exceptionnellement grand. Il porte des lunettes à verres épais et se met constamment des gouttes dans les yeux. Cela pourrait coller parfaitement. Il a peut-être déjà été opéré plusieurs fois. D'autant plus que le syndrome de Marsan, d'après mes souvenirs, est une maladie extrêmement rare. On doit pouvoir le retrouver ! dit-elle, euphorique.

– Je pensais que tu étais formellement opposée aux médecins qui posent un diagnostic sans même voir le patient, laissa tomber Patrick, sceptique.

– Mais il y a une chance, une chance infime que ça marche ! Je m'en fiche. J'appelle Van In !

– À deux heures et demie du matin ? !

– S'ils retrouvent les ravisseurs, tu ne seras pas obligé de foutre le feu à tes chères toiles ! » dit-elle, furieuse.

Van In et Hannelore étaient à présent assis dans la cour, au bord de la Reie. Il avait dit quelques mots à propos de son divorce et avait montré la maison à la jeune femme.

Hannelore était tombée sous le charme de la salle avec son plafond à voussettes. Elle avait bien dû admettre que Van In – à moins que ce ne fût son ex ? – avait vraiment du goût.

« Après le divorce, Sonia a pris tous les meubles. C'était la seule solution si je voulais garder la maison. »

Il a du goût, avait pensé Hannelore.

« C'est moi qui ai maçonné la cheminée. »

Contrairement aux autres, cette pièce était bien rangée.

« Belle armoire, avait dit Hannelore en indiquant une antique commode. Un achat ?

– Oui, à un couple en instance de divorce qui n'arrivait pas à se mettre d'accord sur la répartition du mobilier.

– Ironie du sort !

– Attention à la marche », dit Van In en entrant dans le salon.

Hannelore se laissa tomber dans un fauteuil et y disparut presque complètement.

« Caoutchouc mousse rembourré, expliqua-t-il.

– Cher ?

– Assez, oui. Je ne peux pas m'en empêcher. Le beau est une drogue, chez moi. »

Deux minuscules haut-parleurs Bose étaient accrochés au plafond.

« Où se trouve le reste ? »

Van In indiqua l'armoire.

« Je vais bientôt mettre les *Carmina Burana* pour toi... »

Hannelore s'arracha au Ligne Roset et traversa la pièce. Le mur qui faisait face à l'armoire contenant la chaîne hi-fi était entièrement occupé par une bibliothèque en hêtre massif. La jeune femme laissa glisser un doigt sur le dos des livres.

« Un amateur d'art et un intellectuel, dit-elle, légèrement moqueuse. Eco, Dante, Ruysbroeck, Jung... Qu'est-ce que tu fiches dans la police ?

– N'exagère pas. Faut pas nous confondre avec les gendarmes. C'est eux qui ne savent ni lire ni écrire ! »

Ils rirent un peu, et c'est alors seulement que Van In se rendit compte à quel point il se sentait détendu en compagnie d'Hannelore.

« Viens, terminons la visite guidée. »

Il évita délibérément la chambre à coucher – elle ne posa aucune question – et la conduisit dans la cuisine.

« Désolé pour le capharnaüm. Tu sais comment sont les célibataires.

– Je m'en fiche complètement. Moi aussi, je vis seule. Tu devrais voir ma cuisine ! »

Elle se tenait devant le grand miroir de la cheminée. Elle se plaça de profil et s'observa exactement comme Van In avait coutume de le faire.

« Waow ! C'est un Martens !

– Tu connais ? demanda Van In, étonné.

– Je suis allée à une exposition la semaine dernière, par le plus grand des hasards, et j'avais juste assez d'argent pour m'acheter un petit miroir de toilette.

– Oui, grommela-t-il. Je ne te dirai pas jusqu'où je me suis mis dans le rouge pour avoir celui-là !

– Je ne vois pas comment tu aurais pu faire autrement, à moins d'être un ripou.

– Si c'était vrai ! »

Il lui prit la main.

« L'escalier est dangereux, dit-il pour s'excuser en entamant la descente.

– Comme elles sont mignonnes, ces fenêtres ovales ! Elles sont d'origine ?

– Tout est d'origine, ici. Attends d'avoir vu la cave ! »

L'escalier aboutissait près de la porte de la cave. Une autre porte donnait sur le jardin.

« Nous sommes sous la salle à voussettes ? demanda Hannelore en regardant la voûte chaulée. Cette maison doit bien dater du quinzième siècle, dit-elle, émerveillée.

– C'est probable. L'impasse du Poisson-Gras date de 1434. Pas mal comme nom, tu ne trouves pas ? D'un côté, il y a cinq maisons-Dieu pour les nécessiteux. De l'autre, c'est chez moi.

– Difficile d'appeler ton chez-toi une maison-Dieu, objecta-t-elle.

– Bien sûr, s'empressa de dire Van In. Personne ne sait avec certitude pourquoi elle a été construite en pareil voisinage. Elle appartenait peut-être à un marchand de poisson.

– Logique, étant donné le nom de la ruelle !

– Mais va faire admettre ça à un historien ! Ces gens-là ne se contentent pas de telles évidences. Ils veulent des preuves !

– Exactement comme nous », dit-elle en souriant.

De la cave, ils étaient arrivés dans le jardin. C'était une longue bande étroite entre le muret de la rivière et un haut mur aveugle.

Le silence de cette nuit d'été, le ciel étoilé et le doux babil de la Reie transformaient ce jardin nu en un lieu idyllique. Hannelore n'espérait qu'une chose : que le matin ne vienne jamais.

« J'ignorais que la rivière coulait le long de la maison. Pourtant, c'est logique. Là où il y a des pêcheurs, il y a de l'eau.

– Pas vraiment. Je n'ai pas l'impression qu'il y ait jamais eu grand-chose à pêcher ici. Je crois plutôt que les poissons étaient acheminés jusqu'ici via la Reie. Cette ruelle coïncide parfaitement avec le vieux rempart de 1127 et... »

À la première sonnerie du téléphone, ils se figèrent tous les deux.

« Heureusement que nous ne dormions pas », dit Hannelore en souriant.

Sans l'écouter, Van In se ruait à l'intérieur de la maison. La jeune femme le suivit.

« Téléphoner à tous les hôpitaux ? » disait Van In lorsqu'elle entra dans le salon.

Avant qu'il ne puisse ajouter : « Vous savez combien d'hôpitaux il y a en Belgique ? », Charlotte précisait : « Vous pouvez commencer par les hôpitaux universitaires. Si ça ne marche pas, nous prendrons contact avec les autres.

– En admettant que le jeune ravisseur soit bien atteint du syndrome de Marchand, répondit Van In avec un certain scepticisme.

– Marsan, avec un *s*. »

Van In comprit qu'il ne pouvait pas refuser ouvertement sa requête.

« Je demande à mes hommes de s'en occuper dès demain sept heures. Si nécessaire, nous solliciterons l'aide des corps de police des régions où se trouvent les hôpitaux, via le ministère de l'Intérieur. Oui, il ne faut négliger aucune piste. Je m'en occupe, dit-il d'une voix décidée. Maintenant, essayez de dormir quelques heures. Nous avons beaucoup de travail qui nous attend demain matin, je veux dire tout à l'heure. »

Hannelore interrogea Van In du regard.

« Ça va devenir fatigant si les parents se mettent aussi à jouer les détectives, dit-il en soupirant, avant de l'informer de l'idée de Charlotte Delahaye.

– Tu crois que cela peut donner quelque chose ? »

Van In haussa les épaules.

« Les grands dadais à lunettes courent les rues, dans ce pays. »

Bertrand Delahaye se réveilla avec un horrible mal de tête. Dans sa précipitation, Laurent lui avait administré une dose de cheval.

La première chose qu'il vit à travers l'affreuse lucarne fut un ciel étoilé en train de pâlir. Il était couché sur un lit, et ce lit n'était pas le sien, pensa-t-il anxieusement. Ce n'était pas non plus sa chambre.

L'enfant voulut se lever, mais une torpeur de plomb s'abattit sur lui. Il entendit un cliquetis métallique. On aurait dit qu'il était attaché au matelas. Il fit trois vaines tentatives, puis se redressa avec difficulté. Il effectua quelques pas vacillants avant d'être subitement retenu par une main invisible. Son bras était attaché à quelque chose, il avait mal au poignet. Il était désespéré. Il ne savait pas très bien s'il devait se remettre au lit ou rester debout.

Impossible de réfléchir. Pourtant, il ne paniquait pas. Il comprenait vaguement que quelque chose de grave lui était arrivé, mais il s'en moquait éperdument.

La chaîne était solidement fixée au mur. Il tira dessus plusieurs fois, mais dut s'arrêter, à cause de son mal de tête. Résigné, il s'assit au bord du lit.

Ses yeux s'habituaient à l'obscurité. Les paupières baissées, il inspecta la pièce. Le lit mis à part, elle était vide. Les murs étaient tapissés de bois et le sol recouvert d'un tapis rectangulaire. Lorsqu'il se releva et qu'il contourna le lit, il se heurta à un w.-c. chimique semblable à celui que ses parents utilisaient pour le camping. D'énormes coups de marteau retentissaient dans sa tête.

Il fallait qu'il aille se rasseoir. Il enregistra tout mentalement, sans réfléchir. À présent, il avait perdu toute notion du temps. Il gisait sur le lit, amorphe, regardant dans le vide. Un rai de lumière filtrant sous la porte attira subitement son attention. Quelqu'un arrivait d'un pas traînant. Bertrand entendit la clé tourner dans la serrure. Étrangement, il n'avait pas peur.

« Je t'apporte des biscuits et de la limonade, mon garçon », dit Laurent en entrant. Tu vas rester ici deux jours, mais sois rassuré. Tes parents sont au courant. »

Laurent déposa une bouteille et un paquet de biscuits sur le sol, à portée de Bertrand.

« Tu ne dois pas avoir peur. Il ne t'arrivera rien du tout.

– Vous voulez bien allumer, alors ? demanda Bertrand. Il fait tout noir. »

Laurent actionna l'interrupteur. La lumière provenait d'une ampoule de quarante watts à peine, mais Bertrand cligna des yeux.

L'enfant se leva et avança en direction des vivres. Le vieil homme chauve avait l'air inoffensif.

« Si tu veux, nous pouvons jouer une partie de dames ou d'échecs, proposa Laurent. Sauf si tu veux encore dormir. »

Bertrand releva la tête. Cette proposition était si étrange qu'il ne comprenait plus rien.

« Vous m'avez kidnappé ! Je vous ai vu dans la camionnette de gendarmerie. Je vous reconnais ! »

Il s'empara des biscuits et de la limonade et se hissa sur le lit.

Immobile, Laurent approuva du regard la façon dont le jeune garçon avalait rapidement ses provisions.

Les coups de marteau faiblissaient depuis qu'il avait mangé. L'effet de la dernière dose d'Haldol s'estompait. La première émotion qui pointa fut la colère, une colère aveugle.

« Je veux partir d'ici ! hurla Bertrand. Vous n'avez pas le droit de m'enfermer ! »

Il empoigna la bouteille et la brandit d'un air menaçant.

« C'est ma seule bouteille de limonade, dit Laurent calmement. Si tu la lances, tu devras boire de l'eau toute la journée.

– Pourquoi vous n'en avez pas acheté plus ? ! » hurla l'enfant.

Il baissa la main. L'étiquette était rédigée en français et cette boisson était bien meilleure que celles qu'il avait à la maison.

« J'ai aussi du chocolat, dit Laurent. Si tu as encore faim, je peux t'en apporter. »

Bertrand déposa la bouteille sur le sol, tout près du lit. La gentillesse du vieil homme l'irritait. Ce n'était pas l'idée qu'il se faisait d'un kidnappeur.

« C'est du Côte d'Or ? demanda-t-il avec insolence.

– Oui, mais c'est un hasard, dit le vieil homme en souriant. Attends, je reviens tout de suite. »

Durant l'absence de son ravisseur, Bertrand examina son poignet. Il était enveloppé d'une bande de mousse protectrice. Longue d'environ deux mètres, la chaîne se terminait par un anneau en fer forgé solidement fixé au mur du fond, qui, contrairement aux autres, était en pierre. La force d'un taureau n'aurait pas suffi à l'en arracher.

Le vieil homme revint avec du chocolat et une boîte rectangulaire.

« J'ai pris le jeu d'échecs, dit-il presque en s'excusant.

– Comment savez-vous que je joue aux échecs ? » demanda Bertrand avec méfiance.

Laurent haussa les épaules.

« Comme ça. Mais si tu ne veux pas jouer, je m'en vais. »

S'il acceptait, Bertrand bénéficierait d'un peu de compagnie. Mais si le vieux quittait la pièce, il pourrait essayer de retirer la bande de mousse et de glisser sa main à travers la menotte. Le kidnappeur n'avait pas l'air très costaud. Sans entraves, Bertrand pensait avoir de bonnes chances de le prendre par surprise et de s'enfuir.

Laurent avait compris que Bertrand réfléchissait au moyen de se libérer. Il était tranquille, l'enfant n'y arriverait jamais.

« Vous êtes sûr que dans deux jours je rentre chez moi ? demanda Bertrand en hésitant.

– Tout à fait sûr, fiston.

– Alors, je veux bien jouer, mais je prends les blancs.

– Pas de problème, fiston. Tu veux bien que je vienne m'asseoir à côté de toi ? Sinon, je dois aller chercher une table et un tabouret, et j'ai un peu mal au dos. »

Laurent avait frôlé la hernie discale lorsqu'il avait hissé l'enfant en dehors du Transit.

Bertrand s'empara de l'échiquier et des pièces. Laurent se laissa tomber sur le lit. Son genou droit craqua comme une branche morte.

15

Lorsque Van In déboula au sommet de l'escalier, Beheyt, D'Hondt et Hannelore l'attendaient déjà. Il était sept heures cinq. Hannelore n'avait pas dormi plus que lui, mais elle paraissait fraîche comme une rose.

« Bonjour ! » dit-il gaiement.

C'est tout juste si Beheyt releva la tête. Il farfouillait nerveusement dans une épaisse liasse de papiers. Debout près de la fenêtre, D'Hondt répondit au salut de Van In d'un geste vague.

« Belle journée, n'est-ce pas, commissaire ? dit Hannelore, enjouée.

– Connaît-on déjà avec exactitude l'endroit où le jeune Bertrand a été enlevé ? demanda Van In, qui s'avisait que les autres restaient muets.

– Quelque part dans les environs du parc Baudouin. Enfin, c'est ce qu'on suppose. Plusieurs de ses amis l'ont encore vu sur la piste de la patinoire vers treize heures trente, dit Beheyt sans lever la tête. L'appel à témoins que nous avons fait diffuser à la radio n'a pas encore suscité la moindre réaction. La BRTN et VTM nous ont promis de réaliser une édition spéciale du journal à huit heures.

– Cela donnera peut-être quelque chose », dit D'Hondt, glacial.

Un étage plus haut, au téléphone, De Kee écoutait patiemment les vitupérations du commandant de district de la gendarmerie. Le gendarme ne décolérait pas. Van In était un incapable, il menait l'enquête n'importe comment... Franchement ! Il était tout de même de notoriété publique que la gendarmerie avait l'expérience et le savoir-faire nécessaires pour les missions délicates et que c'était toujours à elle et à la police judiciaire qu'on confiait les enlèvements !

De Kee le laissa vider son sac avant d'essayer de tempérer.

« Je crains que la décision n'ait été prise à un échelon plus élevé, Jacques, dit-il d'une voix doucereuse. Le procureur Lootens s'est chargé personnellement de la task-force. C'est lui qui a confié la direction de l'enquête à Van In. Cela vous consolera peut-être de savoir qu'il n'a pas nommé de juge d'instruction.

– Ça ne m'étonne pas, marmonna le commandant de district. C'est un secret de polichinelle, Lootens et le juge d'instruction Creytens ne peuvent pas se voir en peinture. »

De Kee sourit. Les officiers de police adoraient dire du mal des magistrats.

« Je ne peux que vous conseiller de prendre contact avec le procureur Lootens. J'ai cru comprendre qu'il passait la journée à Knokke. Mais personne ne vous empêche de venir ici. Nous faisons le point à huit heures. Vous serez le bienvenu. »

Un sourire hypocrite sur les lèvres, De Kee raccrocha. Le téléphone se remit à sonner presque aussitôt.

« Monsieur le bourgmestre, quel plaisir de vous entendre ! »

S'enfonçant dans son fauteuil, De Kee savoura les premiers rayons de soleil de la journée.

Van In avait l'impression de parler aux chaises :

« Le brigadier Versavel vient de m'apprendre que personne n'a signalé quoi que ce soit d'anormal dans les alentours du parc Baudouin. Si mes renseignements sont exacts, la gendarmerie a entendu près de quatre cents personnes dans le voisinage. »

D'Hondt tripota nerveusement sa cravate pour libérer sa pomme d'Adam.

« Les auditions se poursuivent, dit-il. Il y a forcément quelqu'un qui a vu quelque chose.

– Si nous partons du principe que c'est là que l'enfant a été kidnappé, fit sobrement remarquer Hannelore. Et le vélo ?

– M. Vanmaele l'a démonté jusqu'à l'os. Résultat : néant. Notre seule certitude est qu'il s'agit bien du vélo de l'enfant, répondit D'Hondt, découragé. Je suppose que la traque du jeune ravisseur n'a rien donné non plus, ajouta-t-il avec condescendance.

– J'avais essayé de vous dire de ne pas trop espérer de ce côté hier soir, capitaine, répliqua Van In, que la fatigue rendait irascible.

– À première vue, les ravisseurs ont pris des risques considérables. Mais nous devons regarder la vérité en face : toute l'opération a été préparée avec une minutie extrême. Le grand échalas est en sécurité dans une bonne planque, croyez-moi. Il ne faut pas sous-estimer le cerveau qui est derrière tout cela.

– Je suis entièrement de votre avis ! »

Beheyt se réveillait.

« Selon le profil que j'ai établi, en me basant notamment sur les deux fax, le plus vieux des ravisseurs est très certainement universitaire. Il doit être ingénieur ou mathématicien. Je ne serais pas étonné si on me disait que c'est un statisticien ou un spécialiste en calcul de probabilités. Je pense aussi que c'est quelqu'un qui vit reclus à la campagne depuis plusieurs années. Je ne crois pas qu'il soit capable de recourir à la violence. »

Van In hocha la tête : ils étaient sur la même longueur d'ondes. D'Hondt, par contre, ne comprenait pas d'où Beheyt tenait toutes ces informations.

« Je ne suis pas voyant, reprit l'expert. Cette méthode de profilage vient des États-Unis. Le FBI organise des formations à l'intention des services de police étrangers. J'en reviens, et je dois bien admettre qu'au départ, j'étais aussi étonné que vous.

– Dans quelle mesure ce profil est-il fiable ? demanda Van In.

– Dans la majorité des cas, les résultats sont corrects dans les grandes lignes, mais c'est sans doute un peu plus facile avec des Américains. Les Européens sont, disons, moins prévisibles.

– Qu'est-ce qui vous permet de croire que le plus âgé est mathématicien ou statisticien ? demanda Hannelore. Car si cette hypothèse est exacte et si nous partons du principe que cet homme a plus de septante ans, nous pouvons téléphoner aux universités du royaume. Je pense que ces disciplines attiraient peu de monde dans les années quarante.

– Cela me semble en effet une très bonne idée, mademoiselle, dit Beheyt. Mais pour répondre à votre question, la méthode utilisée lors du cambriolage et de l'enlèvement montre que les risques ont été chaque fois parfaitement calculés. Sans cela, ils auraient commis ne fût-ce qu'une bévue, selon la loi des probabilités. Prenez l'affaire de la bijouterie. Ils commettent leur forfait avant minuit, dans un lieu éclairé. Comme s'ils savaient que personne ne les verrait ! »

Après avoir farfouillé dans ses dossiers, Beheyt en extirpa quelques feuilles.

« Le couple de Hollandais et l'autre témoin ont décrit le vieil homme d'une façon très différente. Le seul élément concordant, ce sont les longs cheveux gris du malfaiteur âgé. Or la plupart des hommes de plus de septante ans portent des cheveux courts, quand ils n'ont pas le crâne dégarni ou qu'ils ne sont pas carrément chauves. Cette chevelure grise est un détail trop visible. Je suis presque certain que cet homme était déguisé. De la même manière, la barbe du jeune homme, qui est unanimement mentionnée par les témoins, était très vraisemblablement un postiche. »

Beheyt regarda autour de lui d'un air triomphant.

« Il y a ainsi un tas d'indices. Je voudrais dès lors féliciter le commissaire Van In parce qu'il avait intuitivement tiré un certain nombre de ces conclusions.

– Merci, professeur. »

Van In décida de revoir son jugement au sujet de l'expert. Hannelore était rayonnante. D'Hondt se rongeait les ongles.

« Je donne immédiatement l'ordre à mes hommes d'appeler les universités, dit Van In avec enthousiasme.

– Et s'il vit à la campagne, nous pouvons peut-être enquêter du côté des locations récentes de logements isolés, dit D'Hondt, qui voulait montrer qu'il était encore là.

– D'après le professeur, il habite à la campagne depuis longtemps. S'il séquestre l'enfant chez lui, il est quasi impossible de localiser l'endroit sans disposer de l'identité du ravisseur, dit Van In avec arrogance. Il y est sans doute seul avec le gamin, et il ne mettra probablement pas le nez dehors dans les jours qui viennent. Si la maison semble habitée, personne ne s'inquiétera.

– C'est peut-être une bande, personne ne le sait. »

D'Hondt était nerveux, et les gens nerveux disent souvent des âneries.

« Tout à fait exclu ! » trancha Beheyt.

Van In évoqua alors l'hypothèse de Charlotte Degroof.

« Versavel et ses hommes sont occupés à téléphoner aux hôpitaux universitaires. J'ai mis cinq hommes sur les autres hôpitaux.

– Depuis quand avez-vous connaissance de cet élément ? demanda D'Hondt.

– Depuis cette nuit, capitaine.

– Et vous ne nous en parlez que ce matin ? ! Nous avions pourtant convenu de nous appeler directement si nous avions du nouveau !

– Je vais faire quelques photocopies », dit Beheyt, qui n'avait aucune envie d'être pris entre deux feux.

Pour lui, la situation était particulièrement frustrante. En tant qu'expert, sa marge de manœuvre était limitée. Il devait se borner à émettre des hypothèses et à attendre. Peut-être était-il allé trop vite en besogne. Il n'y aurait pas de négociations avec les ravisseurs, de sorte que sa mission était pratiquement terminée. Le reste était du ressort des enquêteurs.

En tout cas, s'il devait choisir entre le peu orthodoxe Van In et le fier capitaine de gendarmerie, il prenait sans hésiter le premier.

« Comptez-vous aller chez les parents aujourd'hui ? » demanda Hannelore pour détendre l'atmosphère, car elle sentait D'Hondt à cran.

Le gendarme comprit et se détourna d'un air boudeur.

« Deleu y est, ajouta-t-elle.

– Alors, il faudra bien y aller, dit Van In en souriant. Ces pauvres gens ont assez de problèmes comme ça... »

Dans le couloir, Versavel faillit entrer en collision avec Beheyt.

« On a une info ! cria-t-il avant d'avoir ouvert complètement la porte. On a au téléphone un témoin potentiel de l'enlèvement. Tu peux le prendre ici. »

Van In se précipita sur le combiné.

Pour la deuxième fois en moins d'un quart d'heure, le témoin entreprit de dire ce qu'il avait vu.

La veille, vers quatorze heures, il roulait sur le périphérique lorsque, une centaine de mètres avant les feux de signalisation, il avait vu une Ford Transit de la gendarmerie garée sur la piste cyclable. Il avait ralenti, croyant à un contrôle de vitesse. À son grand étonnement, il avait vu un gendarme arracher la bande orange caractéristique des véhicules de gendarmerie et la froisser. Le témoin avait alors remarqué que le combi n'était pas équipé d'un gyrophare, pas plus qu'il n'arborait le logo de la gendarmerie ni le numéro d'appel d'urgence. Intrigué, il avait surveillé la camionnette dans son rétroviseur. Au moment où elle démarrait, le témoin avait remarqué un vieil homme habillé en civil à l'avant. Le véhicule l'avait dépassé juste après les feux.

« Le gendarme portait-il des lunettes ? demanda Van In.

– Oui.

– Et il était très grand », répéta Van In, à qui le témoin donnait une description du grand échalas.

Beheyt allait être content : il ne portait pas de barbe.

Le témoin n'avait malheureusement pas noté la plaque d'immatriculation du faux combi. Mais il fut formel quand Van In lui demanda s'il y avait une troisième personne à bord.

« Non, il y avait seulement le vieil homme et le gendarme », répondit-il, sûr de lui.

Après avoir remercié le témoin, Van In se tourna vers les autres.

« Nous savons au moins comment ils sont partis.

– Si ce témoignage a réellement un rapport avec l'enlèvement ! »

Van In mourait d'envie de gifler D'Hondt. Pourquoi fallait-il qu'il soit toujours aussi contrariant ?

« Vous pouvez le vérifier très rapidement, capitaine. À moins que les patrouilles de la gendarmerie n'aient l'habitude de trafiquer leur véhicule quand elles sont de service ?

– Écoutez-moi bien, Van In. Personnellement, je trouve que vous menez cette enquête d'une manière qui manque à tout le moins de professionnalisme. Mais bon, il faudra bien s'y faire. Par contre, ce que je n'accepte pas, ce sont vos affronts à l'adresse de la gendarmerie !

– Mes affronts ! répondit Van In. Le meilleur gendarme sera toujours plus con que n'importe quel policier ! »

D'Hondt serra les mâchoires. Hannelore le voyait prêt à exploser. Il avait les joues en feu.

« Messieurs, messieurs ! Un peu de respect, je vous prie ! » dit une voix.

De Kee se tenait dans l'embrasure de la porte. Avec son costume rayé, il semblait tout droit sorti des *Incorruptibles*.

« Nous avons malheureusement d'autres chats à fouetter ! »

Van In chercha les yeux d'Hannelore. Il ne put s'empêcher de sourire en voyant le regard en coin qu'elle jetait à De Kee. D'Hondt se raidit et hocha la tête.

« C’est mieux », dit De Kee, ravi.

Beheyt arriva sur ces entrefaites, un tas de photocopies sous le bras.

« La réunion se poursuit ici ? demanda-t-il gaiement.

– Pourquoi pas ? répondit De Kee. Le procureur s’est excusé et le colonel Verriest devrait déjà être là. »

Van In soupira. Il détestait les réunions, et tout avait déjà été dit.

« Asseyons-nous », proposa-t-il sans entrain.

Il n’y eut pas d’autre incident. D’Hondt se tenait sagement en retrait. Van In fit une nouvelle fois le topo des événements de la semaine écoulée, à la demande expresse de De Kee. Puis, il proposa de diffuser à la presse le signalement de Legrand, le nom qu’ils avaient donné au grand échalas.

« Il y a de fortes chances qu’il assiste au spectacle de demain », conclut Van In.

Tout le monde semblait d’accord, et Van In était content que la partie la plus ennuyeuse de la journée touche à sa fin.

« Excellent ! dit Beheyt. Mais permettez-moi une petite remarque. Selon moi, le jeune homme que le commissaire Van In a baptisé Legrand est un être dépressif et particulièrement déséquilibré. Je serais tenté de croire que le vieux a organisé l’enlèvement pour lui offrir un spectacle vivant et lui remonter le moral. »

De Kee se passa la main dans les cheveux. D’Hondt eut un regard de pitié pour l’expert. Seul Van In eut l’air intéressé.

« Qui sait, professeur ? Dans cette affaire, tout est possible. Mais je crains que les exigences des ravisseurs ne changent pas d'un pouce, même si nous arrêtons Legrand avant demain.

– En tout cas, je fais rechercher le Ford Transit », dit D'Hondt avec fermeté.

Le capitaine de gendarmerie était trop obstiné pour comprendre que, dans cette affaire peu commune, il risquait de faire chou blanc avec la méthode traditionnelle.

Van In n'avait plus aucune envie de le lui réexpliquer. Après avoir souhaité une bonne journée à la cantonade, il sortit du bureau. Dans le couloir, il se heurta à Versavel.

« Du neuf du côté des hôpitaux universitaires ? demanda-t-il.

– C'est dimanche. Quand par miracle nous trouvons un médecin, il se retranche derrière le secret médical. Ils n'accepteront de collaborer que si nous leur donnons un nom.

– Et les autres hôpitaux ? »

Versavel secoua la tête.

« Tu penses vraiment que ça peut apporter de l'eau au moulin ?

– Il y a peu de chances, Guido, mais continue, et n'oublie pas de tout noter ! »

Versavel hocha la tête. Il savait d'expérience que le réflexe du policier est de s'entourer d'un rempart de paperasseries quand une affaire risque de tourner mal.

« Qu'est-ce que tu vas faire, maintenant ?

– Aller voir les parents. Il y a des tas de choses à régler pour la remise de rançon, et je voudrais encore sonder le vieux Degroof, répondit Van In, un mystérieux sourire aux lèvres. Et puis, il faut que j'aille les délivrer des griffes de Deleu.

– Ils ont déjà assez de soucis comme ça, dit Versavel en riant.

– Ah ! Guido ! Encore une chose ! ajouta Van In en se retournant. Tu veux bien occuper D'Hondt ? Dis-lui qu'il sera chargé du maintien de l'ordre demain, sur le Zand.

– Ok, boss, compte sur moi. »

Van In leva la main en signe d'adieu et s'éloigna.

« Hé ! Pieter ! Tu oublies quelqu'un ! » cria Versavel dans son dos.

Hannelore arrivait à petits pas pressés, dans sa mini-jupe en fourreau.

« Incroyable ! Le commissaire se la joue solo ! pesta la jeune femme. Tu ne pouvais pas m'attendre une minute ? Tu es déjà lassé de ma compagnie ?

– Chut ! murmura-t-il, un doigt sur la bouche. N'oublie pas que nous avions convenu de faire semblant de rien en public, dit-il en souriant.

– Je te suis pour le boulot. C'est parfaitement clair.

– Bien, alors, allons-y ! Sinon, D'Hondt va avoir la même idée. »

Van In dut demander l'aide d'un agent pour se frayer un chemin dans l'avenue de l'Évêque. Comme il l'avait imaginé, ce quartier bourgeois était maintenant plein à craquer de voitures de télé, d'antennes paraboliques, d'équipes de cameramen et de photographes. Il y avait aussi pas mal de curieux.

Du jour au lendemain, les voisins avaient été hissés au rang de vedettes internationales, car, hormis leurs témoignages, les journalistes n'avaient pas grand-chose à se mettre sous la dent. Patrick et Charlotte Delahaye avaient suivi le conseil du professeur Beheyt et refusé de parler à la presse.

Lorsque Van In et Hannelore furent enfin arrivés à hauteur de la villa, ils furent assaillis par une horde de journalistes.

« Tu vas voir, ils vont te proposer un contrat, dit Van In à Hannelore. Tu es aussi jolie que la juge Ancia.

– Aussi jolie ! dit-elle, scandalisée. Tu ne penses pas ce que tu dis ! Le professionnalisme n'a rien à voir avec l'apparence. La juge Ancia fait son boulot, moi aussi ! »

Ils se frayèrent un chemin à travers une forêt de caméras et de micros. Une fois passées les barrières de sécurité, Van In respira. Il plaignait les célébrités qui doivent affronter ce cirque tous les jours.

« Je me demande ce que nous réserve demain », dit Hannelore.

Contrairement à Van In, elle paraissait prendre un certain plaisir à la situation.

Charlotte Delahaye les avait vus arriver. C'est elle qui leur ouvrit la porte.

« Entrez, commissaire. Entrez, madame », dit-elle, comme si elle recevait des hôtes à dîner. Usée nerveusement, elle était livide. Elle avait beau s'être maquillée à la hâte, elle avait l'air d'un zombie. « Mon mari nous rejoindra tout à l'heure. Il se repose encore un peu », ajouta-t-elle mécaniquement.

La maison baignait dans un vide impersonnel, comme si le désespoir s'était matérialisé. La déco intérieure faisait songer ce matin-là à une pâle imitation d'une photo de la revue *Habitat*.

« Je n'ai malheureusement pas grand-chose à vous annoncer, madame, dit Van In.

– Les hôpitaux ? » dit-elle en vacillant.

Elle s'était accrochée à cette idée comme un bébé gorille à sa mère de substitution.

« Nous sommes toujours en train de les appeler, madame, mais, s'il vous plaît, n'attendez pas trop de ce côté-là. Ces salauds ne nous laissent pas beaucoup de temps pour enquêter. »

Il était inutile de dire à la mère que le manque de concertation leur avait fait perdre un temps précieux.

« Le commissaire Deleu est-il encore là ? demanda Van In pour détourner la conversation.

– Il est avec papa dans le jardin. J'allais justement faire du café. Je vous propose une petite tasse ?

– Volontiers, madame. »

Van In avait de la compassion pour Charlotte Degroof, mais aussi de l'admiration pour la grâce avec laquelle elle portait son fardeau. Le premier jour après un enlèvement, lui avait expliqué Beheyt, les parents sont plongés dans une sorte d'ivresse. La vraie douleur vient plus tard. L'expert avait fait la comparaison avec quelqu'un qui perd un doigt accidentellement. Il voit d'abord le sang, puis il se rend compte qu'il s'est coupé un doigt, et ce n'est que dans un troisième temps qu'il a mal.

« Il reste du cognac, ajouta Charlotte avec un sourire triste.

– Pourquoi pas, madame », dit Van In jovialement.

En la regardant s'éloigner en direction de la cuisine, Van In vit qu'elle ne portait pas de soutien-gorge. Il se maudit pour les pensées triviales qui l'assaillaient d'une façon incontrôlable.

« Madame Delahaye !

– Oui, commissaire ?

– Votre père est-il là depuis longtemps ?

– Papa a passé la nuit ici. »

Il y avait un léger étonnement dans la voix de Charlotte, et Hannelore aussi se demanda pourquoi Van In avait posé cette question incongrue.

Les baies vitrées qui donnaient sur la terrasse et le jardin intérieur étaient grandes ouvertes. Une légère brise soulevait les rideaux. Une odeur reconnaissable entre toutes de gazon coupé et d'essence entrait dans la maison. Delahaye avait tondu la pelouse à cinq heures et demie du matin, et aucun voisin n'avait osé protester.

Van In et Hannelore venaient d'arriver sur la terrasse lorsque Patrick Delahaye ouvrit la porte vitrée de sa chambre. Sa mise tranchait radicalement avec celle de la veille. Il portait un pantalon de jogging usé jusqu'à la corde et un T-shirt de l'entreprise qu'il dirigeait et dont il était actionnaire. Il n'était pas rasé.

Pieds nus, il s'avança vers Van In et lui serra mollement la main. Cet homme semblait sur le point de faire une crise de nerfs. *Quand il se réveillera, il aura bien besoin des conseils du professeur Beheyt*, songea Van In, *sans quoi il ne sera jamais capable de remettre la rançon qu'on exige de lui pour sauver son fils.*

Le vieux Degroof était assis sur un tabouret, droit comme un I. Il portait une cravate au nœud impeccable.

« Madame, commissaire », dit-il en esquissant un léger signe de tête.

Deleu prenait des notes avec zèle et c'est à peine s'il salua Hannelore et Van In, qui se demanda ce que diable il pouvait bien écrire aussi fiévreusement.

Ayant pris place à côté de Degroof, Van In se frotta pensivement le nez. *Par où commencer ?* Pour la énième fois, il se répétait que les flics de Bruges étaient vraiment trop peu expérimentés dans ce type d'enquête.

Le public croit toujours que la police met en action des systèmes ingénieux pour résoudre les affaires criminelles. Dans les films et les feuilletons policiers, les méchants laissent des indices derrière eux, quand ce n'est pas un témoin capital qui se manifeste à la dernière minute. Mais la réalité est tout autre. Si on n'a pas la chance avec soi, il faut souvent de longs mois d'enquête minutieuse avant d'arriver à quelque chose.

Or, des quarante-huit heures dont Van In disposait au départ, la moitié était déjà écoulée.

Dans les affaires d'enlèvement, la réussite de l'enquête dépend souvent d'un tuyau reçu du milieu. La procédure est simple. La police organise des descentes au petit bonheur la chance jusqu'à ce que l'un ou l'autre type louche ait la lubie de passer un petit coup de fil anonyme qui éclairera tout. Pourquoi ? Parce que les vrais criminels n'aiment pas les enlèvements. Et parce que les descentes dans les cafés et les bordels du milieu sont mauvaises pour le commerce : entre le fric et la solidarité, les truands choisissent en général le premier.

Mais Van In ne disposait d'aucun indice qui lui permette d'établir un lien entre l'enlèvement du jeune Bertrand et le crime organisé. Non, les ravisseurs travaillaient en solo. C'était même la seule chose dont il était sûr et certain.

« Vous avez terminé de prendre les dépositions de monsieur et de madame ? » demanda-t-il soudain d'une voix autoritaire.

Degroof lui-même haussa les sourcils. Deleu regarda Van In comme une hyène avide d'achever sa proie.

« Puis-je les voir ? » demanda Van In, qui tournait volontiers Deleu en ridicule, mais qui agissait surtout avec cette brusquerie parce qu'il ignorait comment aborder le vieux Degroof.

Hannelore sentit le regard brûlant du chef de clan sur son corps. Elle savait que sa blouse était transparente au soleil.

Deleu grommela quelque chose d'incompréhensible et s'empara de son luxueux porte-documents qui était posé sur une chaise.

« Votre silence donne à penser que l'enquête n'a pas progressé », dit Degroof sèchement.

Benson im Himmel, on ne peut rien lui cacher, pensa Van In. Il s'empara des papiers de Deleu.

« Je ne peux malheureusement pas dire le contraire, monsieur Degroof. C'est pour cette raison que je suis ici. Je pense qu'il est plus avisé de commencer par régler la question de la remise de la rançon. Si nous découvrons quelque chose d'ici demain, nous pourrons toujours adapter nos plans.

– Bien, dit Degroof. Alors, allons-y. »

Van In parcourut les premières lignes du procès-verbal. Deleu avait lanterné, comme à son habitude.

« Mme Delahaye arrive d'un moment à l'autre. Je préférerais que les deux parents soient là pour commencer. »

Degroof sursauta comme s'il avait reçu une décharge électrique. Delahaye regarda Van In d'un air incrédule : son beau-père n'était pas quelqu'un qu'on remettait ainsi à sa place. Mais Van In ne pouvait pas faire marche arrière. Il avait pris une grande décision durant la nuit. S'il avait raison, le vieux chanterait bientôt un ton plus bas. Et s'il avait tort, il était bon pour faire la circulation dès le surlendemain.

Un silence de plomb tomba sur la terrasse pendant que Van In parcourait la prose insipide de Deleu. Comme il s'y attendait, il n'y avait pas grand-chose à en tirer.

Pendant les vacances, Bertrand se rendait tous les jeudis et tous les samedis à la patinoire du parc Baudouin. En juillet, elle était transformée en piste de roller par mesure d'économie. Le jeudi après-midi, Bertrand était accompagné d'un ami, tandis que le samedi matin, il y allait seul et rentrait généralement vers quatorze heures. Il lui arrivait de rester un peu plus longtemps parti, de sorte qu'aucun de ses parents ne s'était inquiété. Le reste du procès-verbal décrivait les événements survenus entre la réception du premier fax et l'arrivée de la police. L'hypothèse selon laquelle Bertrand jouait un tour à ses parents et avait tout manigancé lui-même était infirmée par le témoignage d'un automobiliste qui avait signalé le faux combi de la gendarmerie et donné une description précise de Legrand.

Bertrand était couché sur le lit. Il avait retiré son T-shirt, il faisait une chaleur suffocante dans le chalet. Le vieil homme était parti chercher une bouteille de limonade depuis une dizaine de minutes. L'enfant commençait à se demander ce qu'il pouvait bien fabriquer si longtemps.

Ils en étaient à leur quatrième partie d'échecs. Bertrand trouvait son adversaire très fort. Il étudia les pièces. Si le vieux continuait à jouer comme ça, Bertrand le mettrait échec et mat en quatre coups. C'était suspect, il avait l'impression qu'on le laissait gagner. Il réfléchit à une stratégie. Quoi que fasse le vieux, il était échec et mat. C'était trop beau.

L'échiquier capta encore l'attention de Bertrand pendant un bon quart d'heure. Ensuite, il commença à s'agiter. Par frustration, il tira sur la chaîne. La mousse protectrice lui irritait la peau, et son poignet enflait sous l'effet de la chaleur. Désespéré, il se jeta sur le lit. Les larmes aux yeux, il fixa les nuages à travers la lucarne.

Il fallait absolument éviter de paniquer. Il décida de

compter jusqu'à cent. Si personne ne venait, il se mettrait à crier.

Tout en comptant, il guettait le moindre bruit dans la petite maison. Le vieil homme était peut-être tombé endormi... Ou parti faire des courses... Mais dans ce cas, pourquoi n'avait-il rien dit ?

Dans le lointain, Bertrand entendit un camion démarrer. Le vent bruissait dans les arbustes, des moineaux pépiaient dans la gouttière. Mais, à l'intérieur, tout était étrangement silencieux : aucun bruit de pas, aucun grincement de porte, aucun choc de vaisselle. Bertrand but la dernière gorgée de limonade tiède. Avec la chaleur, elle était devenue infecte. À septante-huit, il cessa de compter. Il se leva, se plaça le plus près possible de la porte et se mit à hurler, les mains en porte-voix.

« Monsieur ! Réveillez-vous ! Monsieur ! Ré-veillez-vous ! »

Il attendit un peu, puis recommença plusieurs fois de suite, toutes les trente secondes.

Mais il n'y eut aucune réaction.

Bertrand était en nage. Il avait si mal à la gorge qu'il ne produisait plus que des chuchotements. Tremblant de fureur, il monta sur le lit pour tenter d'arracher la chaîne. Il tira si furieusement qu'il glissa et que sa tête heurta le mur. Il s'enfonça dans l'oreiller en sanglotant.

Lorsqu'il eut pleuré tout son soûl, Bertrand se rassit. Il avait hérité du caractère de sa mère. Aucun problème n'est insoluble, lui avait-elle répété à maintes reprises. Il ne faut jamais se décourager. Il tenta de réfléchir posément. Un regard à sa montre le fit sursauter : il était neuf heures moins dix. Le chalet était probablement loin de toute civilisation. Les kidnappeurs choisissent toujours un lieu isolé pour y enfermer leur victime.

Brrrr... Victime, quel mot lugubre ! Bertrand tint bon jusqu'à la moitié de la matinée, mais comme l'angoisse, la panique prend par surprise l'homme le plus aguerri pour le réduire à néant. Le calme relatif avec lequel l'enfant avait vécu les premières heures de sa détention s'expliquait essentiellement par les fortes doses d'Haldol qu'il avait reçues, mais il l'ignorait. Maintenant, il perdait les pédales et grelottait de peur. Le vieil homme l'avait abandonné, et qui sait quand il reviendrait ? Il avait peut-être voulu le punir pour son impertinence. Le jeune garçon imaginait les scénarios les plus fous.

Dans l'après-midi, il fut pris de vertiges. Il n'avait jamais eu la langue aussi sèche, ni les lèvres gercées à ce point. La température était devenue insupportable. La mousse protectrice lui causait d'horribles démangeaisons. Pour finir, il résolut de s'endormir. Il se remit à pleurer en murmurant : « Maman, maman ! »

Charlotte servit le café en silence. Personne ne parlait. Elle déposa la bouteille de cognac à côté de Van In et prit place.

« Si nous faisions des photos des tableaux ? proposa Deleu. Il est peut-être même possible de les imprimer sur des toiles. Avec les cadres originaux, personne ne verra la différence...

– Il n'en est pas question, coupa Charlotte en fusillant Deleu du regard, puis Van In, comme si elle s'attendait à ce qu'il soutienne cette proposition.

– Les ravisseurs ont certainement envisagé cette possibilité, dit Van In. C'est pour cela que M. Delahaye doit gratter une bande de peinture sur chaque toile. »

Quel imbécile, ce Deleu ! Pourtant, à dire vrai, Van In avait lui aussi caressé cette idée un instant...

« Si nous avions disposé de plus de temps, nous aurions pu faire faire des copies », ajouta-t-il.

Delahaye gratta nerveusement sa barbe naissante. Van In avait raison. Les ravisseurs ne leur laissaient pas d'échappatoire. Il avait réfléchi suffisamment longtemps au cours de la nuit pour savoir que la situation était sans issue.

« Je pense qu'il serait préférable de commencer par accorder nos violons pour demain, reprit Van In. Il y a encore une chose que je voudrais voir avec vous. Que faisons-nous si nous attrapons Legrand avant la destruction des tableaux ?

– Que voulez-vous dire, commissaire ? demanda Delahaye.

– Dans ce cas, on continue ou on attend ?

– Il n'en est pas question ! dit Charlotte, furieuse.

– Du calme, mon trésor, dit gentiment Delahaye. Le commissaire est persuadé qu'il n'arrivera rien à Bertrand, même si nous ne nous défaisons pas des toiles. »

Il était au-dessus de ses forces de prononcer les mots « brûler » ou « détruire ».

« Excusez-moi, monsieur Delahaye, mais ce n'est pas exactement ce que j'ai voulu dire. Je pense qu'il y a de fortes chances qu'ils ne mettent pas leur menace à exécution. C'est également l'avis du professeur Beheyt. Mais nous ne pouvons naturellement pas en être sûrs à cent pour cent. Il y a toujours le risque qu'ils paniquent.

– Assez ! Je ne tolérerai pas que mon petit-fils coure le moindre risque ! » dit Degroof violemment.

À voir les étincelles qui brillaient dans ses yeux, Hannelore eut la réponse à la question qu'elle se posait : oui, Degroof voulait revoir son petit-fils vivant. Pour être honnête, elle ne comprenait pas bien Delahaye. *C'est son fils, bordel !*

« Ok, dit Van In en frappant la table du plat de la main. Quoi qu'il arrive, les toiles seront brûlées, sauf si l'enfant est en sécurité. Tout le monde est d'accord ?

– Bien sûr que tout le monde est d'accord, dit Charlotte.

– Bien. Alors, voici comment nous allons procéder. Demain matin, à sept heures, quatre de mes hommes viendront ici pour emporter les toiles dans une voiture blindée. M. Delahaye les accompagnera. Il y aura sans doute une foule immense sur le Zand. Nous ne pouvons pas courir le risque qu'il n'arrive pas à se frayer un chemin sur place. »

Après s'être versé un fond de cognac, Van In alluma une cigarette. La première depuis la veille au soir.

« Je suppose que les tableaux sont prêts.

– Ils sont tous dans la chambre d'amis. J'ai fait

ça ce matin. Il ne faut quand même pas que je les emballe ? » demanda Charlotte d'un ton presque comique.

Pour elle, une seule chose importait : retrouver son fils.

Pendant qu'ils réglaient les derniers détails, Van In fuma trois ou quatre autres cigarettes. Hannelore ne perdait pas un de ses gestes. Ce ne fut que lorsque Degroof annonça en se levant qu'il rentrait chez lui pour régler deux ou trois petites choses que Van In entra en action.

« Il reste peut-être une possibilité de libérer Bertrand avant demain », dit-il brusquement.

Delahaye ouvrit la bouche, Charlotte faillit renverser sa tasse et Deleu, qui était sur le point de se rendre aux toilettes, resta pétrifié sur sa chaise.

« J'espère pour vous que ce n'est pas une mauvaise blague, dit Degroof, glacial.

– Absolument pas, monsieur Degroof. La réussite de mon plan dépend uniquement de votre collaboration. »

Les ailes du nez de Degroof devinrent livides, et Van In comprit qu'il ne pouvait désormais plus reculer.

« Ne dites pas de bêtises, reprit Degroof. Bien sûr que vous pouvez compter sur mon entière collaboration, mais je ne vois pas en quoi je pourrais vous être utile. Demandez ce que voulez, et considérez-le comme accordé. »

Van In vida son verre d'un trait.

« Dans ce cas, monsieur Degroof, j'aimerais vous parler seul à seul. »

Charlotte était sur le point d'éclater en sanglots. Une lueur d'espoir luisait dans les yeux de Delahaye.

« Eh bien, c'est entendu. Je demande à mon chauffeur de venir nous chercher. Chez moi, nous serons tout à notre aise pour parler. »

16

Le conditionnement d'air de la limousine fonctionnait à merveille. Avec l'aide d'un policier à moto, le chauffeur de Degroof guida adroitement la Mercedes entre les voitures garées dans la rue. Malgré la fraîcheur, Degroof se tamponnait le front à l'aide d'un mouchoir en papier.

Van In savait qu'il avait mis dans le mille. Après avoir allumé une cigarette, il regarda par la vitre. Degroof comprit que le commissaire ne voulait pas parler devant le chauffeur. Durant le bref trajet, il utilisa la moitié d'un paquet de kleenex qu'il chiffonnait et jetait au sol après quelques secondes.

Degroof habitait un immeuble néo-Renaissance de mauvais goût à la façade décrépie, quai Spinola.

« Madame est là ? » demanda Van In, alors qu'ils arrivaient devant la porte.

Degroof introduisit la clé dans la serrure et la tourna d'un geste hargneux.

« Mon épouse n'a rien à voir avec cette histoire. Elle est gravement handicapée. Je vous serais particulièrement reconnaissant de ne pas l'importuner.

– C'est pour elle que vous rentrez ? »

Dans d'autres circonstances, Van In n'aurait jamais osé poser cette question.

Degroof marmonna quelque chose entre ses dents qui ressemblait à une confirmation, sans se formaliser de la curiosité de Van In.

« Entrez, commissaire ! » se borna-t-il à dire.

Il faisait encore plus frais dans la vaste entrée carrelée en damier que dans la Mercedes climatisée. Il y flottait une odeur de vêtements moisis, de savon noir et de soupe âcre. Des portraits d'aristocrates et de dames poudrées étaient accrochés sous les lambris en chêne. Un escalier monumental garni d'une rampe en fer forgé Art déco menait au premier étage. Les deux vitraux qui donnaient sur l'avenue laissaient filtrer très peu de lumière. L'ensemble était complété par une pendule de Liège.

Van In franchit une double porte haute de trois mètres à la suite de Degroof. Encore plus sombre que l'entrée, le couloir était percé de deux fois trois portes réparties symétriquement sur toute sa longueur et parcouru d'un tapis élimé.

C'est donc dans cette sinistre maison que le drame s'est joué, pensa Van In.

Degroof ouvrit la deuxième porte de droite et s'effaça pour laisser passer son hôte.

« Installez-vous, commissaire, je reviens tout de suite. »

Les pas de Degroof résonnaient dans le couloir. *Il ne marche pas sur le tapis*, pensa Van In malgré lui.

Le salon ne devait pas être très différent des autres

pièces. Il était garni de meubles vieillots, et l'odeur y était encore plus forte que dans le hall. Le plafond, très haut, était chargé des stucs habituels, mais ils étaient rongés çà et là par l'humidité et les moisissures.

Van In marcha instinctivement jusqu'à la cheminée, un monstre aux faïences kitsch orné de bas-reliefs usés et flanqué de têtes de lion en bronze. Les dizaines de photos posées dans leurs cadres ouvragés sur le marbre intéressèrent davantage Van In. Il reconnut Ghislain en costume marin, Charlotte perchée sur des skis devant un imposant chalet de montagne, et une Bénédicte couchée par terre, les bras en croix, lors de ses vœux.

Parmi toutes les photos d'enfants, Van In découvrit la photo de mariage de Degroof. Bien que jaunie, elle était encore très nette. La jeune baronne de Puyenbroucke portait une robe toute simple, un chapeau à turban des plus cocasses et une voilette. Ils se tenaient très raides l'un à côté de l'autre. En habit et haut-de-forme, Degroof était parfaitement reconnaissable. Ses cheveux s'étaient clairsemés, ses joues tombaient maintenant en demi-lunes plus bas que les commissures de ses lèvres, mais le temps ne l'avait pas trop malmené. Il avait conservé son dos droit, ses mâchoires carrées et son œil vif. Il regardait droit vers l'objectif. La baronne tournait la tête, comme si elle cherchait une échappatoire.

Van In essaya de l'imaginer sans son chapeau démodé et dans la jupe que portait Hannelore le jour où elle était venue chez lui la première fois. Elisa de

Puyenbroucke avait été une très belle femme, cela ne faisait aucun doute.

« Excusez-moi de vous avoir fait attendre si longtemps, commissaire. Ma femme est très malade. Je suis allé voir comment elle allait.

– Et comment va-t-elle ? »

Degroof s'approcha de Van In. Dans son environnement familier, il paraissait étrangement démuni.

« Son état est stationnaire depuis quelques jours. Elle ne sait évidemment rien de l'enlèvement.

– Oui, je comprends », répondit Van In.

Degroof souleva la photo de Bénédicte et secoua lentement la tête.

« Vous le voyez, je n'ai pas eu beaucoup de chance avec mes enfants. »

Van In fut étonné de cette franchise soudaine.

« Pas de chance ? demanda-t-il en écho.

– Non, commissaire, même si ce n'est peut-être pas évident à première vue. Dans la voiture, j'ai subitement compris pourquoi vous souhaitiez me parler en tête à tête. Je suppose que vous avez découvert un certain nombre de choses à mon propos qui, disons, supportent difficilement la lumière du jour. »

Degroof admettait apparemment sans gêne aucune son comportement odieux.

« On peut en effet dire cela comme ça, dit Van In, glacial.

– Mais avant d'aller plus loin, je voudrais d'abord vous remercier pour votre discrétion. Vous auriez pu en parler devant tout le monde, vous ne l'avez pas fait. »

Van In hocha la tête. Il n'avait nullement l'intention de dire qu'Hannelore en savait aussi long que lui.

« Venez. »

Avec un geste d'une politesse surannée, Degroof indiquait le canapé Chesterfield. Il ouvrit un bar moderne avec éclairage intérieur et en sortit deux verres ballons ainsi qu'une bouteille de Rémy Martin à demi pleine.

« J'ai remarqué que vous étiez un connaisseur », dit Degroof en souriant.

Les deux hommes s'assirent face à face. Degroof remplit les verres royalement.

« Vous avez probablement parlé à la plus jeune de mes filles, dit-il pensivement.

– Oui, mentit Van In.

– Bon. »

Le vieil homme remua son cognac dans son verre.

« Et vous croyez les rumeurs qu'elle colporte ?

– Je suis aussi allé voir votre fille aînée, dit Van In.

– Aurélie..., dit Degroof en soupirant. Et vous pensez sans doute que je l'ai fait enfermer parce qu'elle ne voulait pas se débarrasser de l'enfant.

– C'est ce qu'on prétend, répondit Van In avant de boire une gorgée de cognac.

– Savez-vous qu'ils sont même allés à l'abbaye pour raconter ces foutaises à Bénédicte ? Elle a tenté de se suicider il y a deux jours. Une sœur qui s'inquiétait de ne pas la voir à la chapelle pour l'eucharistie l'a trouvée juste à temps. Elle baignait dans son sang. »

Il ne restait plus grand-chose de la voix autoritaire du patriarche. Degroof avait la gorge nouée.

« Elle vit à l'abbaye des Petites Sœurs de Bethléem,

à Marche-les-Dames, l'ordre conventuel le plus strict au monde. Lorsqu'une femme y entre, elle rompt totalement avec sa famille. Les moniales restent là jusqu'à la mort. »

Le vieux bonhomme avait du mal à poursuivre. Sa voix flanchait.

« Même quand l'une d'elles est mourante, la supérieure ne prévient pas la famille. Mais elle a enfreint son vœu de silence quand elle a trouvé les lettres dans la chambre de Bénédicte. Mon chauffeur est allé les chercher pour moi. »

Degroof fouilla la poche de sa veste et tendit les lettres de Daniel Verhaeghe à Van In.

« Un prêtre résidait à l'abbaye cette semaine. Un grand échalas avec des lunettes aux verres épais, précisa-t-il. Bénédicte est une jeune femme extrêmement sensible, un peu mélancolique, comme sa mère. Ces salauds en ont profité. »

Après avoir parcouru les lettres, Van In fut tenté de donner raison à Degroof. C'était minable, en effet.

« Mais pourquoi a-t-elle tenté de se suicider ? demanda-t-il en feignant de croire que les lettres étaient un tissu de mensonges.

– À l'époque, Aurélie lui a pollué l'esprit avec des histoires absurdes. Vous devez savoir qu'elles étaient inséparables. Aurélie vivait dans un monde imaginaire où elle entraînait sa sœur. Elle s'est enfuie de la maison, comme Nathalie. Aurélie était frustrée sexuellement. Elle avait besoin de voir des garçons, et je trouvais qu'elle était trop jeune pour cela.

– Vous étiez un père autoritaire ?

– Je pense, répondit Degroof en réfléchissant. Mais

c'était comme ça, à l'époque. J'ai élevé Charlotte de la même manière, et est-ce qu'elle s'en plaint ? »

Il ne dit pas un mot de Ghislain. Il était sans doute trop difficile pour lui d'admettre que son fils était homo. Peut-être ne l'avait-il jamais avalé.

« Aurélie s'est mariée avec le premier venu à vingt et un ans, uniquement pour me faire du mal.

– Et vous ne pouviez pas vous opposer à ce mariage puisqu'elle était majeure.

– En effet, dit Degroof, soulagé d'être compris. Je l'ai déshéritée. Je ne l'ai jamais regretté.

– Pourtant, elle est revenue frapper à la porte de ses parents un peu plus tard ?

– Vous êtes bien informé, commissaire. *Tant mieux*. Elisa, mon épouse, m'a supplié de la reprendre et j'ai accepté, à certaines conditions. Comme je l'avais prédit, son mariage a capoté dès que son mari a compris qu'elle n'avait pas un sou vaillant. Elle était couverte de bleus lorsque nous l'avons recueillie. Pendant six mois, tout s'est relativement bien passé. Et puis, elle a recommencé comme avant. Elle s'est mise à courir les bars, à se donner à tous les hommes qui voulaient d'elle et, finalement, elle est tombée enceinte. J'ai piqué une grosse colère et j'ai exigé qu'elle se défasse de l'enfant. Aurélie est devenue complètement hystérique. Elle a couru à la cuisine, elle a empoigné un couteau à pain et elle s'en est prise à moi. »

Degroof déboutonna sa chemise. Son torse ridé était parsemé de cicatrices blanches.

« C'est un ami médecin qui m'a recousu. Nous avons dit aux gens que j'avais eu l'appendicite. J'ai refusé catégoriquement de porter plainte contre ma propre fille. »

Plus le vieux Degroof parlait, plus Van In sentait son hypothèse s'effondrer comme un château de sable sous les assauts de la marée.

« Aurélie a dit à ses sœurs que j'avais abusé d'elle à partir de ses onze ans jusqu'à ses dix-sept ans et qu'elle s'était enfin vengée. Une histoire inventée de toutes pièces. » Il but une grande gorgée de Rémy Martin.

« Elle a monté Bénédicte et Charlotte contre moi. Elle a prétendu qu'elle n'avait jamais rien dit jusque-là pour les protéger. Elle affirmait que si ses sœurs avaient deviné quelque chose ou que si elle s'était soi-disant refusée à moi, elles auraient subi le même sort. »

Degroof regardait Van In droit dans les yeux, comme pour le persuader qu'il disait la vérité.

« J'ai pris la décision de la placer, et les psychiatres qui la soignaient m'ont donné raison. Ils m'ont même dit que j'avais attendu trop longtemps. Mon épouse a été très affectée par ce drame. Depuis ce jour, elle n'a plus jamais été la même. Elle s'est consumée de chagrin et elle a commencé à négliger l'éducation de la plus jeune de nos filles. J'ai souffert de voir Nathalie s'engager sur la mauvaise pente. À cette époque, j'étais souvent à l'étranger, je ne pouvais pas m'occuper d'elle comme je l'aurais voulu. À quinze ans, elle était devenue toxicomane. Deux ans plus tard, elle quittait la maison, non sans m'avoir traité de vieux cochon et sans avoir hurlé que je ne mettrais jamais mes sales pattes sur son corps. Je me suis demandé qui avait bien pu lui donner des idées aussi saugrenues. »

Van In poussa un profond soupir. Le récit du vieux Degroof avait au moins le mérite de simplifier l'affaire. Il s'était attendu à tout autre chose. Il ne savait plus que penser de l'homme distingué et inflexible qu'il avait en face de lui.

« Je suppose qu'on vous a raconté une histoire bien différente, reprit Degroof en regardant toujours Van In droit dans les yeux.

– Je n'ai pas l'intention de vous faire part de mes opinions à ce sujet, dit Van In en évitant une nouvelle fois de répondre à la question. Même si je pense qu'il y a un lien entre votre passé et le drame qui se déroule aujourd'hui. »

Degroof feignit l'étonnement d'une façon presque crédible.

« Poursuivez, commissaire. »

Van In se racla la gorge.

« Lorsque votre fils a été victime de ce cambriolage absurde, j'ai immédiatement pensé à un acte de vengeance. J'ai très vite compris que les malfrats avaient forcément bénéficié de l'aide d'un membre de la famille. »

Degroof demeurait impassible. S'il savait quelque chose, il le cachait bien.

« Ils connaissaient le code de l'alarme, mais ils ont dû faire sauter le coffre.

– Oui, dit Degroof, dans l'expectative.

– D'après votre fils, la combinaison du coffre est la même depuis vingt ans. Vous la connaissez tous les deux par cœur. Par contre, l'alarme a été installée il y a six ou sept ans. Vous aviez à l'époque septante-trois ans. »

Degroof hocha la tête.

« Ghislain sait que je n'ai plus la mémoire des chiffres, dit-il. Plus on vieillit, plus vite on oublie les choses les plus simples. Ghislain a donc proposé de choisir un code facile, un chiffre que je n'oublierais pas.

– Votre date de naissance, c'est ça ?

– Exact, commissaire : un neuf zéro cinq. Je suis né le dix-neuf mai mille neuf cent quatorze.

– Votre fils prétend que, hormis vous, personne ne connaît la combinaison du coffre. En va-t-il de même pour le code de l'alarme, monsieur Degroof ? »

Degroof fut surpris.

« Ghislain a proposé d'utiliser ma date de naissance un soir de Noël, chez lui. Nous avions un peu bu et...

– Toute la famille était à table, compléta Van In.

– En effet, admit Degroof. Tout le monde a pu l'entendre, même s'il y avait un certain brouhaha.

– Nathalie est-elle encore en contact avec la famille ?

– Commissaire, vous n'allez tout de même pas prétendre qu'un de mes enfants est à l'origine de cette mascarade ? !

– Votre épouse lui envoie bien de l'argent... »

Degroof baissa la tête.

« Je sais. Mais Charlotte aussi, et j'ai cru comprendre qu'elle sortait parfois avec Anne-Marie, ma belle-fille.

– Elle pourrait donc avoir eu connaissance du code par l'une de ces personnes ?

– J'ai du mal à le croire. Pourquoi Nathalie aurait-elle fait une chose pareille ? Cela ne lui aurait rien rapporté, et la seule chose qui l'intéresse, c'est l'argent. »

Degroof croisa les bras et resta plusieurs secondes dans cette position d'écolier puni.

« Il se peut très bien qu'elle ait vendu cette information à des malfrats, dit Van In doucement. D'ailleurs, j'aurais aussi quelques questions à vous poser à ce propos. »

Van In se lançait. S'il se trompait, il allait se ridiculiser lamentablement.

« Des indices sérieux me portent à croire que vous connaissez les ravisseurs. Je ne comprends pas pourquoi vous les couvrez. »

Degroof ne se mit ni à hurler, ni à tempêter. Il se pétrifia.

« Je ne me suis donc pas trompé sur votre compte, commissaire. »

Van In plissa les yeux. Il ne s'était pas attendu à cette réaction.

« Puis-je vous demander comment vous êtes parvenu à cette conclusion ? »

Van In n'oublierait sans doute jamais le sentiment de triomphe qui l'envahit. C'était comme s'il avait sniffé une ligne de coke pure. Un intouchable admettait enfin que lui, Pieter Van In, avait vu clair.

« Le carré des Templiers, dit-il posément. J'ai d'abord pensé que c'était un message crypté qui donnerait une indication sur le mobile. Mais ce n'est pas ça. C'est une signature qui vous est destinée. »

Degroof se leva pour remplir les verres.

« Santé, commissaire ! »

Ils trinquèrent comme deux complices.

« Je connais cet homme, en effet. Nous avons étudié ensemble à Louvain. C'était mon meilleur ami. Nous étions tous les deux fascinés par tout ce qui touchait à l'alchimie et à l'ésotérisme. Nous avons passé des nuits entières à discuter des écrits de Blavatsky, Papus, De Guiata, Steiner, Crowley, des mystiques égyptiens, des néoplatoniciens, des Templiers... Le carré parfait, c'était notre secret ! Nous avons fait le serment de ne jamais en parler à quiconque. Aussi, lorsque j'ai reçu une lettre de menaces portant le carré des Templiers, il y a quelques semaines, j'ai immédiatement su qu'elle venait d'Aquilin Verheye.

– Il vous a donc prévenu, dit Van In. Et vous n'y avez pas prêté attention. »

Degroof se mit à rire.

« Au contraire, commissaire ! J'ai pris cette lettre très au sérieux, croyez-moi ! Vous devez savoir qu'Aquilin et moi, nous étions amoureux de la même jeune fille. Elle était beaucoup plus éprise de lui que de moi, mais la famille Puyenbroucke a choisi le camp de la fortune. Cette famille avait un nom, et mon père avait de l'argent, beaucoup d'argent. Elisa n'avait pas vraiment le choix. Elle est devenue Mme Degroof. Aquilin en fut désespéré. Il m'a maudit. Et il a juré de se venger.

– Mais c'était il y a plus de cinquante ans ! dit Van In en secouant la tête, incrédule. Cet Aquilin doit avoir plus ou le moins le même âge que vous !

– Il est né deux jours avant moi, répondit Degroof. Mais même centenaire, je ne le sous-estimerais pas.

C'est justement parce que je le connais bien que j'ai pris sa lettre de menaces au sérieux. Aquilin Verheye était un fanatique. À l'époque, tous les étudiants savaient qu'il ne revenait jamais sur sa parole. Il n'a jamais lancé une seule menace en l'air. Je pourrais vous donner quelques exemples édifiants, commissaire. »

Degroof s'était levé et arpentait la pièce à grands pas, en tenant fermement son verre de cognac.

« J'aurais évidemment pu avertir la police et le faire surveiller.

– Mais vous ne l'avez pas fait.

– Non, je ne l'ai pas fait, commissaire. Nous préférons laver notre linge sale en famille, chez les Degroof. De plus, je ne disposais d'aucune preuve.

– Vous êtes restés en contact ?

– Non, après mon mariage, je l'ai perdu de vue. J'ignorais complètement ce qu'il était devenu. J'ai fait appel à un détective privé pour retrouver sa trace.

– C'est pour cela que vous ne vouliez pas que la police s'occupe de cette affaire, dit Van In, qui comprenait sa disgrâce initiale.

– En effet. Quand Ghislain m'a appelé pour m'expliquer ce qui s'était passé, j'ai immédiatement pensé qu'Aquilin était derrière cette histoire. Dissoudre de l'or, c'était tout à fait son genre. Cela ressemblait tellement à un jeu que j'ai voulu le retrouver moi-même. Je me disais qu'il était peut-être devenu fou et que je pourrais l'aider.

– Et vous avez réussi, monsieur Degroof ?

– J'ai réussi, en effet, répondit Degroof lentement. Le détective privé m'a apporté son rapport mercredi.

Aquilin Verheye est mort il y a deux ans. Il est enterré dans une petite ville de Wallonie. »

Degroof marcha jusqu'à une commode, près de la fenêtre, et sortit un dossier en carton d'un tiroir.

« Le détective a poussé le professionnalisme jusqu'à prendre quelques photos de la tombe. »

Van In saisit le dossier. Il contenait trois grandes photos. La première était prise à une certaine distance et montrait une tombe parmi d'autres. Suivaient deux gros plans pris au téléobjectif. Le texte était on ne peut plus lisible : *Aquilin Verheye*. Les dates de sa naissance et de sa mort étaient écrites en caractères plus petits, mais Van In déchiffra les années sans difficulté : 1914 et 1992. C'était une tombe toute simple en pierre de taille, sans doute le modèle le moins cher.

« Maintenant, vous comprenez pourquoi j'ai fait appel à vous samedi ? »

Van In ne savait pas très bien s'il devait se sentir honoré ou s'il devait ranimer la méfiance qui couvait en lui.

« Lorsque j'ai appris que mon petit-fils avait été enlevé, j'étais certain qu'Aquilin ne pouvait pas être dans le coup. Il fallait que je fasse appel à quelqu'un en qui j'avais confiance. Je savais que vous aviez mis à profit vos vacances forcées pour fouiller dans le passé de la famille Degroof, et je vois maintenant que votre enquête n'a pas été infructueuse.

– Je ne saisis pas en quoi mon intervention permettrait d'éviter un scandale », dit Van In prudemment.

Il ne comprenait pas exactement où le vieux Degroof voulait en venir.

« Votre discrétion, commissaire. Votre discrétion

me plaît. C'est une qualité très rare que je tiens en haute estime et que je sais récompenser à sa juste valeur. Vous me suivez ? Soyons honnêtes, commissaire. Le luxe, les sorties et les belles maisons... tout le monde aime ça. Mais ce n'est pas à la portée de n'importe qui... »

Le vieux renard ! songea Van In. Sa proposition était alléchante. Dommage qu'Hannelore soit au courant de tout. Accepterait-elle de tenir sa langue ?

« Au fil des ans, j'ai rencontré toutes sortes d'hommes, croyez-moi, et beaucoup m'envient ma connaissance de la nature humaine...

– Je veux bien vous croire, monsieur Degroof. Mais je crains que ma discrétion ne vous soit d'aucun secours. L'identité de l'auteur des lettres était ma seule piste. Je ne vois pas comment je pourrais résoudre cette enquête avant demain. Notre seul espoir, c'est que le jeune homme s'expose d'une manière ou d'une autre, mais même cela ne pourra pas empêcher la destruction des toiles. Et nous risquons de mettre la vie de l'enfant en danger si nous arrêtons trop tôt le jeune complice.

– C'est vrai, commissaire. Et s'il est repéré ?

– Dans ce cas, nous le prendrons discrètement en filature.

– Au nom du ciel, espérons que Bertrand nous soit rendu sain et sauf ! s'exclama Degroof. Quoi qu'il arrive, je ne veux pas que la vie de mon petit-fils soit mise en danger. Je compte sur vous, commissaire. Si vous réussissez, je vous en serai éternellement reconnaissant.

– Nous ferons de notre mieux, dit Van In.

– Encore un petit cognac, commissaire ? »

Van In consulta sa montre.

« Oh ! Pourquoi pas ?! »

Lorsqu'on frappa à la porte de sa chambre d'hôtel, Daniel Verhaeghe quitta précipitamment son lit et se laissa tomber dans son fauteuil roulant.

« Entrez ! »

Un serveur à la tenue impeccable ouvrit la porte en poussant devant lui une desserte.

« Monsieur souhaite-t-il manger près de la fenêtre ? demanda-t-il poliment.

– Si c'est possible, répondit Daniel.

– Bien sûr, monsieur. »

Le serveur installa la table près de la fenêtre de façon à ce que Daniel puisse manœuvrer son fauteuil roulant.

« Comme cela, monsieur ? »

Daniel fit oui de la tête.

Le serveur couvrit la table d'une nappe de lin fin et déposa les couverts en argent de part et d'autre de l'assiette. Il disposa les plats à portée de la main afin que Daniel puisse se servir sans difficulté.

« Je vous souhaite un excellent appétit, monsieur. N'hésitez pas à sonner si vous avez besoin de quoi que ce soit.

– D'accord. Un grand merci. »

Daniel donna un billet de cent francs au serveur et, dès qu'il fut sorti, remplaça son fauteuil roulant par une chaise normale. De sa fenêtre du troisième étage, il avait une vue magnifique sur le Zand. Il dégusta son saumon fumé en surveillant les innombrables voitures de police qui pénétraient dans la rue des Siliques. Les recherches allaient bon train. La veille, il avait quitté l'avenue de l'Évêque en scooter et s'était arrêté rue de la Bouverie, siège du *Park Hotel* où Laurent lui avait réservé une chambre. Le timing était parfait. Les journalistes avaient trouvé son message au bon moment et il serait dans sa planque juste à temps pour savourer le dernier journal. Après avoir rangé son vélomoteur devant le couvent des capucins, il avait marché jusqu'au Ford Transit bleu foncé qui était stationné à quelques mètres de là. Grâce à une plaque d'aggloméré posée en oblique contre le pare-chocs arrière du véhicule, il avait fait descendre le fauteuil roulant à commande électrique.

Laurent avait annoncé à la réception que l'occupant de la chambre 306 se déplaçait en fauteuil roulant et qu'il arriverait tard dans la soirée. Les deux hommes avaient abaissé l'assise du fauteuil de huit centimètres pour que personne ne remarque la taille peu commune de Daniel – il mesurait deux mètres quatre. Ils avaient également décidé qu'à son arrivée à l'hôtel, il ne porterait pas ses lunettes.

Une patrouille était entrée dans l'hôtel dans le courant de la matinée du dimanche. Daniel était assis dans le salon quand les policiers avaient fait leur apparition. Retenant sa respiration, il avait entendu le réceptionniste affirmer aux policiers que l'hôtel n'accueillait aucune personne répondant au signalement du suspect.

Daniel sentait une euphorie indescriptible le gagner lorsqu'il repensait à ce moment. Il se versa un verre de muscadet et fit honneur à ses huîtres.

Jusque-là, tout s'était déroulé comme prévu. Laurent avait tenu parole, Daniel assisterait de près à chaque nouvelle phase du plan.

« La police ne te trouvera jamais ! lui avait assuré Laurent. Sauf s'ils ont lu *La Lettre volée* d'Edgar Allan Poe. Et même ! Jamais ils ne feraient le lien entre la fiction et la réalité ! »

Laurent de Bock possédait un doctorat en mathématiques appliquées. Dans sa thèse, *La complexité de la méthodologie comme cause de l'inefficacité*, il avait exposé la structure mathématique de l'intrigue de Poe et l'avait analysée scientifiquement. Il était parvenu à démontrer que les procédures établies sont rarement efficaces lorsqu'elles sont affectées à la résolution d'un problème neuf.

La hardiesse apparente avec laquelle Daniel et Laurent avaient œuvré n'était que de la poudre aux yeux. La police pataugeait complètement en ce qui concernait le mobile, de sorte que les actes perpétrés à l'encontre de la famille Degroof semblaient inexplicables. Le seul indice dont disposait la police était une vague description des suspects. L'enquête se focalisait sur un jeune homme à lunettes exceptionnellement grand, et Laurent avait tout manigancé pour rendre cet aspect-là encore plus palpitant pour Daniel.

Une fois qu'il eut terminé son excellent repas, le jeune homme s'octroya une cigarette avant de composer le numéro du chalet namurois.

Bertrand entendit la sonnerie du téléphone. Il était dix-neuf heures trente. Son cœur se mit à battre la chamade. Lorsqu'il voulut crier, sa bouche n'émit qu'un mince filet de voix. Il tira sur la chaîne avec une telle violence qu'il se blessa au poignet malgré la mousse. La vue du sang lui donna la nausée.

Impossible de savoir combien de temps il avait dormi. C'était le téléphone qui l'avait réveillé. Sa langue pendait sur ses lèvres gercées. S'il n'était pas rapidement délivré, il mourrait de soif. Il paniquait. La température extrêmement élevée de la pièce le faisait transpirer d'abondance. Dans le désert, il est impossible de tenir le coup plus de vingt-quatre heures sans boire, il l'avait lu quelque part. Il était dans une situation comparable. Il n'avait rien à boire et son corps en sueur perdait des litres d'eau.

Daniel laissa sonner pendant cinq minutes. Laurent était peut-être aux toilettes, à moins qu'il ne se soit aventuré dehors. Il fuma deux cigarettes avant d'essayer à nouveau.

À vingt heures, Daniel commença à se faire réellement du souci. Laurent était malade du cœur, les derniers efforts fournis lui avaient peut-être été fatals, mais il était beaucoup trop risqué d'aller jusqu'à Namur. De toute façon, Laurent le lui avait strictement interdit.

« Tout est parfaitement réglé, fiston. Il ne peut rien nous arriver. Nous avons à boire et à manger en suffisance au chalet, lui avait-il dit. Quoi qu'il se passe, reste à l'hôtel jusqu'à ce que je vienne te chercher. »

Il y a peut-être un problème sur la ligne, se dit

Daniel avec un optimisme simpliste. *Si tel est le cas, ce sera peut-être réparé lundi matin.*

« Eh bien, je recommencerai demain matin », conclut-il à mi-voix.

Hannelore était partie depuis une demi-heure lorsque le chauffeur de Degroof déposa Van In devant la villa. L'avenue était un peu plus calme. La plupart des équipes de télévisions étrangères avaient émigré dans leur hôtel du centre. Elles avaient déjà installé le gros de leur matériel sur le Zand pour le spectacle du lendemain.

Charlotte remarqua l'air exténué de Van In et lui proposa immédiatement un café. La surveillance policière était réduite à deux hommes et, lorsque le café fut prêt, elle en proposa aussi aux deux agents en faction à l'extérieur.

Van In s'installa au jardin. Charlotte vint s'asseoir près de lui.

« Patrick dort, dit-elle doucement. Je lui ai donné un somnifère. Sans cela, il ne tiendra jamais le coup demain.

– Et vous, comment allez-vous ?

– Je compte les heures, dit-elle bravement. La seule chose qui m'inquiète, c'est l'idée que les ravisseurs soient des détraqués. J'ai peur qu'ils jouent à un drôle de jeu et qu'ils ne libèrent pas Bertrand. »

Elle ferma les yeux. Elle n'avait pas besoin de pleurer pour rendre son chagrin perceptible.

Quelques heures auparavant, Van In l'avait assurée qu'elle ne devait pas douter de la libération de son fils, mais il en était désormais beaucoup moins certain. Il but une gorgée de café. Leurs yeux se croisèrent. Elle n'eut pas besoin de poser de question. Van In comprit qu'il lui devait une explication.

« Je crains que nous ne soyons guère plus avancés. Je pensais qu'il y avait encore une issue », dit-il lentement.

Elle ne demanda pas tout de suite ce qu'il avait tenté, mais Van In lut la question dans ses yeux. Une larme roula sur sa joue. Elle pleurait.

Van In fit alors quelque chose qu'il n'aurait jamais imaginé : il lui prit la main. Elle ne sembla pas se formaliser. Il lui raconta la deuxième partie de sa conversation avec le vieux Degroof. Charlotte l'écouta sans l'interrompre.

« J'avais espéré pouvoir le persuader de me révéler l'identité de l'homme qui est le cerveau de l'opération, mais votre père avait déjà fait sa petite enquête. Celui qu'il soupçonnait est mort voici deux ans. J'ai les photos de sa tombe sur moi. »

Van In les lui montra.

« Votre père a-t-il abusé de vous ? » demanda-t-il à brûle-pourpoint.

La question ne parut pas étonner Charlotte. Elle releva la tête et sécha ses larmes.

« Non, dit-elle d'une voix ferme.

– Et de vos sœurs ? »

Elle ne répondit pas tout de suite.

« Je ne crois pas. Bien sûr, tout le monde sait que mon père est un coureur de jupons. Soit dit en passant, il entretient une liaison avec ma belle-sœur. C'est lui qui l'a mariée à Ghislain. Pour l'avoir sous la main.

Mais, honnêtement, pour Aurélie, je ne sais pas. Elle ne m'a rien dit, en tout cas. Il faut dire que j'ai été en pension dès l'âge de douze ans.

– Vous saviez que Bénédicte avait fait une tentative de suicide ? »

Pour le coup, elle fut très surprise.

« C'est mon père qui vous a dit ça ? »

Van In hocha la tête.

« Un des ravisseurs, le jeune, a réussi à pénétrer dans l'abbaye et à l'approcher. Elle savait peut-être quelque chose, elle ? »

Charlotte se taisait. Van In était de nouveau saisi d'un trouble oppressant.

« Il semble que tout le drame tourne autour d'Aurélie. Votre père prétend qu'elle est devenue folle lorsqu'il l'a forcée à avorter.

– Mais Aurélie n'a pas avorté ! Après l'incident, mon père l'a confinée dans notre maison de campagne, à Loppem. Elle a accouché là-bas. L'enfant a été placé dans une famille d'accueil par l'entremise du curé. Elle en a terriblement souffert. Elle devenait de plus en plus agressive. Pour finir, mon père l'a fait interner.

– Vraiment ? ! s'étonna Van In.

– Mais oui, bien sûr ! »

Elle parlait subitement sur le ton du médecin qui ne souffre aucune contradiction lorsqu'il expose un diagnostic.

« Mais quel rapport avec l'enlèvement de Bertrand ? »

Il arrive que la solution d'une énigme jaillisse subitement avant de s'estomper presque aussi vite, sans qu'on ait pu en capter l'essence. Van In avait fait cette expérience frustrante plusieurs fois. Il devait agir vite.

« Ne m'en veuillez pas, madame, mais je crois que nous disposons enfin d'une vraie piste.

– Vous le pensez réellement, commissaire ? »

Ce fut tout ce que Charlotte put dire. Elle resta pétrifiée sur son siège, tandis que Van In se précipitait dans la maison.

Il téléphona successivement à Hannelore, au procureur Lootens et à De Kee.

En moins d'une demi-heure, l'avis de recherche était lancé.

17

Lorsqu'il fit entrer le brigadier Versavel à l'intérieur du palais épiscopal, le vieux domestique eut l'air abasourdi.

L'évêque en personne attendait le policier. Il le conduisit aux archives qui, depuis un an, étaient conservées dans les écuries rénovées de l'honorable maison patricienne.

« L'archiviste arrive, expliqua l'évêque nerveusement. Je regrette de ne pas pouvoir vous aider personnellement, mais je ne connais malheureusement rien aux archives.

– Ce n'est rien, monseigneur. J'attendrai. »

L'archiviste, un chanoine décharné, arriva quelques minutes plus tard. Il était hors d'haleine, car il avait couru tout le long du chemin.

« Mille neuf cent soixante-quatre, dit-il en haletant. Paroisse de Loppem... Je n'ai pas besoin de consulter les archives. Fernand Debrabandere a été curé là de soixante-trois à septante-deux.

– Il vit toujours ? demanda Versavel, plein d'espoir.

– Attendez... »

Le chanoine plissa le front et posa une main sur ses

yeux. Manifestement, il ne se souvenait pas de tout, car, après quelques secondes, il se dirigea vers une armoire métallique et en ouvrit le dernier tiroir.

« Debrabandere Georges... Debrabandere Adolf... Ah ! Debrabandere Fernand ! »

Il sortit le fichier et l'ouvrit.

« Prêtre émérite depuis 1982. Il vit chez les Sœurs de l'Amour, à Ruiselede », dit-il d'une voix triomphante.

L'évêque eut un sourire Pepsodent, celui qu'il n'accordait aux croyants que les jours de fête, et regarda Versavel d'un air pieux. Si cette affaire d'enlèvement était rapidement résolue, il espérait que les médias ne manqueraient pas d'évoquer la collaboration spontanée de l'évêché.

Versavel appela le commissariat par radio et transmit l'information.

« Monseigneur pourrait-il avoir l'amabilité de prendre personnellement contact avec le couvent ? dit Versavel avec une onctuosité qui l'étonna lui-même. Le commissaire Van In souhaite entendre le père Debrabandere dès ce soir. Il se met à l'instant en route pour Ruiselede en compagnie du substitut du procureur du roi Martens.

– Mais naturellement, inspecteur.

– Brigadier, monseigneur, brigadier. »

Lorsque la sonnerie retentit, Hannelore se rua sur le téléphone. Il était dix-neuf heures trente.

Elle n'avait pas cessé de pester contre le mauvais tour que lui avait joué Van In. Il était impensable que sa conversation avec Degroof ait duré si longtemps. S'il avait découvert quelque chose, pourquoi ne l'appelait-il pas ?

Van In fit les cent pas jusqu'à l'arrivée d'Hannelore à la villa. Son corps était parcouru de bouffées d'adrénaline. Jamais au cours de sa carrière il n'avait réussi un tel coup de maître. Par souci d'honnêteté, il se devait d'admettre que jamais non plus il n'avait été en présence d'une affaire de cette ampleur.

Il revenait à la vie. En une fraction de seconde, il s'était senti libéré de la pression exercée par près de vingt années de routine. S'il réussissait à boucler correctement cette enquête, il pourrait enfin se regarder à nouveau dans un miroir.

« Salut, Hannelore ! » dit-il, soulagé, à l'arrivée du substitut le plus sexy de toute la Flandre-Occidentale. Elle était divine dans son jean moulant et son T-shirt légèrement trop court.

« Tu as besoin de moi comme chauffeur, ou j'ai le droit d'assister à l'interrogatoire, pour une fois ? » demanda-t-elle avec hargne.

Charlotte fut surprise du ton qu'ils employaient l'un avec l'autre, mais elle ne le montra pas. Van In était si euphorique qu'il ne se laissa pas démonter.

« Match nul ! décréta-t-il. N'oublie pas que tu as aussi fait cavalier seul vendredi pour les besoins de l'enquête ! »

Hannelore capta le regard de Charlotte et se mordit la lèvre. Ils se comportaient comme un vieux couple.

« Mais je vous ai fait un rapport circonstancié, commissaire, dit-elle sur un ton plus professionnel.

– Je compte bien en faire autant, madame le substitut. »

Charlotte les accompagna jusqu'à la porte d'entrée. Tout allait si vite, tout à coup ! Elle avait l'impression qu'il se passait enfin quelque chose.

« Ne réveillez surtout pas votre mari. Nous reviendrons peut-être avec de bonnes nouvelles avant l'aube. »

Charlotte saisit Van In par le bras et lui colla un baiser sur la joue.

« Bonne chance, Pieter ! Vous n'imaginez pas à quel point nous vous serons reconnaissants si vous retrouvez notre fils sain et sauf ! »

Van In rougit, sans voir le regard perfide que lui lança Hannelore.

« Et maintenant, au commissariat ! Sur les chapeaux de roues ! » dit-il lorsque Hannelore fit démarrer la Twingo.

Versavel les attendait dans la cour. Il revenait tout juste de l'évêché. Il avait téléphoné à Charlotte, qui lui avait annoncé leur arrivée imminente.

Sur ordre de la mère supérieure, sœur Marie-Thérèse était de faction à la porte d'entrée du couvent.

« Ne les faites pas attendre, avait dit l'évêque. La vie d'un enfant innocent est peut-être entre vos mains ! »

Tandis qu'elle poussait la petite Twingo à une allure hallucinante sur la route de Ruiselede, Hannelore écoutait attentivement le compte rendu que lui faisait Van In. Il n'omit rien, sauf la proposition pas très catholique de Degroof.

Pendant ce temps, la mère supérieure pilotait au pas de charge le père Debrabandere, directeur spirituel du couvent, à travers les couloirs. Le pauvre homme à moitié sénile était au lit depuis une heure et elle avait dû déployer des trésors d'imagination pour le persuader que la visite imminente de la police était d'une importance capitale.

« L'évêque m'a téléphoné personnellement ! » avait-elle dit alors que le prêtre regimbait.

Elle le fit asseoir sur une chaise dans un parloir et courut rejoindre sœur Marie-Thérèse. Deux *Ave* et trois *Pater* plus tard, Hannelore déboulait dans la rue du couvent. Le portail s'ouvrit avant même qu'elle n'ait eu le temps de sortir de la Twingo.

« Suivez-moi, dit la mère supérieure à la poitrine imposante d'une voix à mi-chemin entre l'ordre et la requête. Le révérend n'est pas encore tout à fait réveillé. Étant donné les circonstances, je préfère assister à l'entretien. Si vous êtes d'accord, bien entendu », ajouta-t-elle d'un air dévot.

Debrabandere était un vieux curé fantasque. Il avait consacré sa vie à l'Église et, en tant que prêtre, il avait inspiré le respect aux croyants. Les simples avaient reçu sa parole, les notables lui avaient conféré le prestige indispensable.

À présent âgé de quatre-vingt-deux ans, il avait vu l'Église descendre de son piédestal et perdre la quasi-totalité de son crédit.

Le père Debrabandere avait toujours cultivé le célibat. Le vent de renouveau qui avait soufflé sur l'Église l'avait incité à se tourner vers la dive bouteille. Lorsque l'évêque avait jugé que la boisson avait eu raison de lui, il l'avait relégué dans ce couvent.

« Je me souviens très bien de cette histoire ! dit le curé en clignant des yeux, lorsque Van In s'enquit prudemment du sort qui avait été réservé au bébé d'Aurélie Degroof. Monsieur Ludovic m'avait personnellement consulté à ce propos.

– L'enfant a sans doute été placé dans une famille d'accueil peu après sa naissance, une famille de Loppem, je suppose ? dit Van In en haussant la voix, car, d'après la mère supérieure, le curé était dur d'oreille.

– Certainement, mon fils, dit Debrabandere. C'est moi qui m'en suis occupé.

– Et comment s'appelaient ces gens, mon père ? »

Le vieux curé ferma les yeux. Son front parcheminé se creusa de profonds sillons.

« Leur nom, mon père ! » demanda Van In dans le silence qui s'installait.

Le menton charnu de Debrabandere tomba sur sa poitrine.

« Mon père, ne vous endormez pas ! La police est venue tout spécialement de Bruges ! Un enfant a été enlevé ! » dit la mère supérieure en secouant le père par l'épaule.

Debrabandere leva une paupière.

« Ne m'en veuillez pas, ma sœur. Ma mémoire me joue parfois des tours. Je sais d'expérience que seul un bon verre de bourgogne peut l'aider. »

Van In et Hannelore regardèrent la mère supérieure sans comprendre. La robuste femme était perplexe.

« Mais mon père ! » protesta-t-elle.

En l'absence de la police, elle lui aurait fait la morale. Elle lui aurait rappelé que les ordres de l'évêque étaient formels : jamais de vin, pas même les jours de fête.

« Si un verre de vin peut l'aider, ma sœur..., dit Hannelore qui s'impatientait.

– Nous avons besoin de cette information de toute urgence », dit Van In encore un peu plus haut.

La sœur était prise entre deux feux. Elle ne voulait pas contrevenir aux ordres de l'évêque, mais ne lui avait-il pas aussi demandé de tout faire pour aider la police ?

« Eh bien, soit, dit-elle en soupirant. J'espère que monseigneur ne m'en voudra pas trop. »

Dès qu'elle eut quitté la pièce, le curé fit signe à Van In et à Hannelore d'approcher.

« Ce sont les Verhaeghe, Jan et Bea Verhaeghe. Ils habitaient dans la rue de la Station à Loppem. Jan était instituteur à l'école du village et Bea était membre du cercle paroissial. Ils n'avaient malheureusement pas d'enfant. Mon Dieu, comme ils ont été heureux avec ce bébé ! marmonna le vieux curé.

– Vous êtes certain, mon père ? demanda Van In.

– Mais oui ! Ils ont quitté Loppem en 1966. Le garçon avait un problème de santé. La famille s'est installée à la mer. À La Panne, si je me souviens bien.

– À La Panne ? »

Debrabandere se redressa sur sa chaise et leva un doigt docte.

« Je sais ce que je dis, mon fils. Ma mémoire fonctionne encore parfaitement ! »

Et les oreilles aussi, apparemment, pensa Hannelore.

« Les Verhaeghe habitent à La Panne », répéta le curé d'une voix claire avant de s'affaisser à nouveau.

La respiration lui manquait. Van In craignit que l'effort ait épuisé le vieux. En réalité, Debrabandere se demandait s'il avait bien fait de collaborer si facilement avec la police et s'il ne devait pas faire une croix sur son verre de vin.

« Accordez-moi une faveur, demanda-t-il avec une expression touchante. Ne repartez pas tant qu'elle ne m'a pas apporté mon verre de vin ! »

Van In le laissa en vider deux, ce qu'il fit en un temps record sous l'œil courroucé de la mère supérieure.

Lorsqu'ils eurent pris congé du père Debrabandere, la mère supérieure reconduisit Van In et Hannelore jusqu'au portail.

« Je suis certain que monseigneur aurait à cœur que le père Debrabandere soit adéquatement récompensé pour sa collaboration, n'est-ce pas, madame le substitut ?

– Tout à fait, commissaire, répondit-elle avec un clin d'œil. Je pense qu'il a bien mérité la bouteille de vin. Mon grand-père dit toujours que le bourgogne stimule la mémoire. Si j'étais vous, je le laisserais boire deux ou trois verres par jour.

– Vraiment, madame ?

– Évidemment. Cette bouteille de bourgogne vient peut-être de sauver la vie d'un enfant. »

Dans la voiture, ils éclatèrent de rire.

« À La Panne ? demanda-t-elle pour la forme.

– J'ai vu une cabine téléphonique près de l'église. Appelle Bruges et demande-leur de prendre contact avec la police locale.

– On ne peut pas trouver l'adresse nous-mêmes dans l'annuaire ?

– Verhaeghe est un nom courant. Imagine qu'il y en ait plusieurs à La Panne ! À ce stade de l'enquête, il est préférable de ne prendre aucun risque. Et nous ferions mieux de passer au commissariat. Ce sera plus facile avec une voiture de police.

– À condition que je puisse continuer à conduire ! dit Hannelore. Et allumer le gyrophare ! »

Personne ne pourrait reprocher à la police de La Panne sa lenteur ni son manque d'efficacité.

« Les Verhaeghe sont en voyage ! dit Versavel en accueillant Van In et Hannelore dans la cour du commissariat. Un des agents en service connaît la famille. Ils sont partis pour trois semaines dans le midi de la France.

– Nom de Dieu ! jura Van In. Pourquoi faut-il que tout tombe à l'eau ? ! »

Hannelore avait l'air penaud.

« Et les enfants ? Savent-ils où ils habitent ?

– Mais ils n'ont pas d'enfants ! Sinon, pourquoi auraient-ils adopté le bébé d'Aurélie ?

– C'est ce que je veux dire, reprit Van In, piqué au vif. Est-ce qu'on a son adresse ?

– On cherche, dit Versavel.

– Dans ce cas, allons d'abord boire un café. Désolé pour le petit tour en voiture, chérie. Mais je te promets que la prochaine fois, tu pourras faire marcher le gyrophare et la sirène !

– C'est vrai, Pieter ? »

Versavel fit comme s'il n'avait rien entendu. Ces deux-là se comportaient comme des ados.

Van In empoigna un téléphone.

« S'ils trouvent l'adresse du fils, qu'ils lancent immédiatement une perquisition. Explique-leur que nous sommes juridiquement couverts, dit-il à Hannelore. Allô, Van In à l'appareil ! »

L'inspecteur Simpelaere de la police de La Panne salua chaleureusement son collègue brugeois. C'était un honneur pour son corps de police de participer à l'enquête sur l'affaire Degroof. Pendant qu'il parlait, un de ses hommes lui glissa dans la main un billet où était écrite l'adresse de Daniel Verhaeghe.

« J'envoie immédiatement des hommes sur place », dit Simpelaere avec enthousiasme.

Van In haussa les épaules. Les chances de trouver le suspect chez lui étaient quasi nulles.

« Oui, d'accord. Et tant que vous y êtes, pourriez-vous... »

« Mais Nathalie habite aussi La Panne ! murmura Hannelore, tandis que Van In donnait ses instructions. Comment ai-je pu oublier cette info capitale ? ! »

Elle tapota l'épaule de Van In et griffonna à la hâte « Nathalie habite aussi La Panne ! » en marge d'un journal chiffonné. Van In se retourna brusquement et faillit faire tomber le téléphone.

« *Benson im Himmel !* jura-t-il.

– Pardon ? dit Simpelaere.

– Envoyez vos hommes immédiatement chez Nathalie Degroof ! Arrêtez-la et mettez-la au frais ! Nous arrivons ! »

L'inspecteur Simpelaere tirait une drôle de tête. Van In avait raccroché sans autre forme de procès. Par-dessus le marché, le commissaire venait d'entrer, suivi du bourgmestre. « Les coqs viennent parader », murmura-t-il entre ses dents.

« Venez ! dit Van In à Hannelore et à Versavel. On file à La Panne !

– On prend la GTI ? suggéra Versavel.

– M'en fiche, du moment qu'on fonce ! »

Le brigadier prit les clés et les précéda.

« Désolé, Guido. J'ai promis à Hannelore qu'elle pourrait conduire.

– Avec le gyrophare et la sirène », continua Versavel, légèrement moqueur.

Il revit son jugement lorsque Hannelore poussa la GTI à cent nonante à l'heure sur l'autoroute. Il dut admettre que le substitut était un as du volant. Il subit stoïquement les trente-six minutes de cet infernal trajet. Le vrombissement du moteur et le hululement de la sirène rendaient toute conversation presque impossible. Il garda donc pour lui son inquiétude : personne n'avait envisagé l'hypothèse que Nathalie soit absente de chez elle.

Mais, pour une fois, ils furent vernis.

Lorsqu'ils pénétrèrent en trombe dans le bureau de police de La Panne, Nathalie Degroof était déjà dans la salle d'interrogatoire, les yeux rougis, gardée par deux agents balèzes.

« Je n'irai pas par quatre chemins, attaqua Van In. Nous savons que Daniel Verhaeghe est un des ravisseurs de Bertrand Delahaye. Et nous savons que tu es sa complice. »

Nathalie avait les yeux gonflés. Lorsqu'on l'avait arrêtée, elle s'était mise à pleurer de colère et de frustration car elle allait rater un rendez-vous avec son dealer. Elle fusilla Hannelore du regard.

« Je n'ai rien à voir là-dedans ! Je ne connais aucun Verhaeghe.

– C'est une affaire d'enlèvement, dit Van In doucement. Les peines pour complicité sont lourdes.

– Si vous m'accusez de quelque chose, dites-le ! J'appellerai mon avocat. »

Malgré sa déchéance, Nathalie restait comme tous les gens de son milieu : fière et arrogante.

« Si tu continues à nier, il va falloir te passer de came un certain temps... »

Hannelore se redressa de toute sa hauteur et se posta devant Nathalie, les jambes écartées.

« Tu connais la loi du 14 mai 1994 ? »

Nathalie se tassa sur son siège.

« En cas de faits criminels graves, meurtre ou enlèvement, le ministère public est en droit de maintenir un suspect en détention provisoire pour une durée indéterminée. »

Hannelore laissa à Nathalie le temps de comprendre ce qu'elle venait de lui dire.

« Les junkies dans ton genre n'y survivent pas. Si tu ne veux pas devenir folle, tu vas nous supplier pour pouvoir passer aux aveux, ajouta-t-elle cruellement.

– Salope ! »

Nathalie tremblait déjà à la seule idée de rester enfermée plus de vingt-quatre heures. Van In lui-même s'agita sur son siège. Il n'avait jamais entendu parler de cette loi du 14 mai 1994. Il n'était pas le seul.

« Allons, allons, madame le substitut ! Cela n'ira pas jusque-là. Si Mlle Degroof nous dit où se trouve Daniel Verhaeghe, elle sera chez elle dans une demi-heure. »

C'était un truc tout simple qui faisait encore recette : le méchant enquêteur et le gentil. Mais Nathalie avait manifestement regardé trop de feuilletons télévisés.

« Faut pas croire que je vais tomber dans le panneau ! Cette audition est illégale ! Le substitut ne peut pas y assister. C'est n'importe quoi, cette histoire, magistrat de mes deux ! »

Hannelore avala sa salive. Nathalie avait tout à fait raison. Ce n'était pas dans les habitudes qu'un magistrat assiste à une audition de police. C'était peut-être même interdit par la loi, comme le prétendait la jeune fille.

Ils continuèrent à l'interroger à tour de rôle jusqu'à quatre heures du matin. La salle était bleue de fumée de cigarette. Nathalie les avait menés en bateau, elle les avait fait enrager, elle les avait engueulés. Elle avait piqué une grosse colère et tenté par deux fois de s'échapper, mais elle continuait à prétendre qu'elle n'avait rien à voir avec l'enlèvement de son neveu.

« Tu crois qu'elle ment ? demanda Hannelore lorsque Nathalie fut en cellule.

– Aucune idée, répondit Van In. Mais cela n'a plus

aucun sens de l'auditionner. Cette enfoirée sait pertinemment que nous n'avons pas de temps à perdre.

– Qu'est-ce que tu proposes, Pieter ? »

Van In quémanda une cigarette au brigadier de service et chercha nerveusement son briquet.

« On rentre, dit-il en soupirant. Nous serons juste à temps pour le spectacle. Même si quelques heures de sommeil ne seraient pas de trop. »

Les équipes de télévision allumèrent leur matériel dès avant l'aube. Les techniciens avaient travaillé fiévreusement toute la nuit. Ils avaient édifié des tours et déroulé des kilomètres de câbles. Tout était prêt pour le compte rendu de l'enlèvement le plus tordu de l'histoire, à l'adresse des spectateurs du monde entier. Les curieux qui ne voulaient rien rater du spectacle affluaient dans le centre de la ville à l'affût du meilleur poste d'observation.

Le retour vers Bruges avait été un peu plus calme que l'aller. Tout le monde était abattu.

« La piste est froide et les chasseurs abandonnent, dit Versavel avec philosophie.

– Qui peut bien se venger d'un vieillard de quatre-vingts ans ? dit Hannelore. Cette histoire est abracadabrante. »

Assis sur la banquette arrière, Van In était plongé dans ses pensées. Il entendait à peine les propos qu'échangeaient Hannelore et Versavel. Il y avait quelque chose qui le turlupinait depuis l'après-midi de la veille. C'était comme d'avoir un petit bouton sur le nez : à peine visible dans le miroir, mais impossible à chasser de ses pensées.

La mémoire est un labyrinthe, un embrouillamini de ruelles intriquées où les souvenirs errent sans répit. Mais que l'un d'eux rencontre subitement un élément neuf, et une idée originale peut soudain jaillir.

« Je pense qu'Aquilin Verheye n'est pas mort », dit-il subitement.

Hannelore se retourna, convaincue qu'il disait n'importe quoi.

« J'en suis même sûr. »

Van In fouilla l'intérieur de sa poche et en ressortit la photo de la tombe de Verheye.

« Range-toi sur le côté, Guido. Et passe-moi la lampe torche. »

Sans poser de question, Versavel gara la voiture sur la bande d'arrêt d'urgence.

« Regarde, dit Van In en mettant la photo dans les mains d'Hannelore. Lis la date.

– 15.10.1914, dit-elle spontanément.

– Et toi, Guido ? »

À contrecœur, Guido mit ses lunettes et étudia la photo attentivement. Après un certain temps, il dit lui aussi : « 15.10.1914.

– *Benson im Himmel !* Et c'est maintenant que je m'en rends compte ! J'aurais dû y penser beaucoup plus tôt !

– Tu as besoin de lunettes ? Il ne faut pas être si coquet, dit Hannelore, moqueuse.

– Non, bordel ! Les dates ne correspondent pas !

Degroof m'a dit que Verheye était né deux jours avant lui. Or il est né le 19 mai 1914 !

– Tu m'en diras tant, répondit Versavel, qui ne savait absolument pas de quoi Van In parlait.

– Mais si Verheye n'est pas mort, qui a été enterré à sa place ? demanda Hannelore.

– Personne, ou quelqu'un d'autre ! Nous l'apprendrons très rapidement. »

Tandis que Van In appelait le dispatching de Bruges, Hannelore prenait la place de Versavel.

« S'il y a de nouveau du suspens, j'ai le droit de conduire ! » dit-elle, les yeux pétillants de malice.

Elle démarra en trombe, toutes sirènes hurlantes.

Fleurus est une petite commune à l'ouest de Namur. À cinq heures et quart, soit trente-cinq minutes après l'appel de Van In, le cimetière de cette petite localité tranquille était complètement isolé du monde extérieur.

Le visage tendu, trente gendarmes mobilisés à la hâte attendaient les instructions.

Le procureur Lootens, qui n'avait jamais pris de décision aussi rapide, avait téléphoné à son collègue de Namur, et celui-ci avait aussitôt donné l'ordre de déterrer le corps du présumé Verheye.

Six gendarmes armés de pelles et de pioches se mirent au travail, sans trop se préoccuper des tombes adjacentes.

À six heures précises, Van In fut informé que le cercueil contenait bel et bien un cadavre. Le médecin légiste qui venait d'arriver sur les lieux affirmait qu'il s'agissait d'un homme âgé, mais ne se risquait pas à donner d'autres détails.

« Bordel ! »

Van In tapa du poing sur le bureau. Il était lessivé, et sa capacité à encaisser les coups durs avait du plomb dans l'aile. Le temps leur faisait cruellement défaut et chaque début de piste les menait à une impasse. L'affaire Degroof se résumait à une accumulation de faits mal compris et de conclusions qui tombaient juste à côté. Au moment même où il recommençait à croire en son métier, cette illusion s'envolait comme la fumée de la cigarette qu'il tenait entre ses doigts tremblants.

« Ils doivent savoir quelque chose à l'état civil ! »

Hannelore avait exprimé ce qui devait logiquement être l'étape suivante une fraction de seconde avant que Van In n'y pense lui-même.

« Tu es adorable ! »

Van In prit la jeune femme par le bras et l'attira à lui dans un geste qui manquait pour le moins d'élégance. Le baiser qui claqua sur la joue d'Hannelore résonna dans la pièce nue et quatre personnes, parmi lesquelles se trouvait De Kee, furent frappées de stupeur en voyant la familiarité que se permettait le commissaire adjoint sur la personne du substitut.

« Nous y allons nous-mêmes ! dit Van In à un De Kee abasourdi. Si le corps n'est pas celui de Verheye, Verheye a pris l'identité du mort. Je ne serais pas étonné qu'il vive dans les environs. Si nous mettons la main sur lui, nous trouverons le gosse du même coup. Hannelore, prends un mobilophone, cela nous permettra de rester en contact avec tout le monde ! »

Van In et Hannelore descendaient l'escalier quatre à quatre lorsqu'ils se heurtèrent à D'Hondt, qui avait quitté le Zand en quatrième vitesse. Il avait appris par radio les derniers événements.

« Désolée, mais il n'y a plus de place dans la voiture ! » dit précipitamment Hannelore en faisant signe au capitaine de gendarmerie pour le moins déconcerté et en courant à la suite de Van In.

Dans la GTI, Hannelore avait attaché sa ceinture de sécurité et faisait déjà rugir le moteur avant que Van In ait eu le temps de s'installer. De Kee, Versavel et D'Hondt les observaient par la fenêtre du bureau du commissaire.

« Ces deux-là se croient au Far West, dit De Kee sèchement.

– Rien ne les arrête », lança D'Hondt haineusement.

Versavel faillit dire le fond de sa pensée, mais il se retint juste à temps. D'Hondt était capitaine de gendarmerie. Une insulte à officier pouvait lui coûter sa carrière.

Au volant de la GTI, Hannelore roulait comme un gangster dans un film américain, multipliant les crissements de pneus et les dérapages contrôlés. Van In essayait d'établir le contact avec Fleurus. La voiture passait devant l'église de Sint-Michiels lorsqu'il y parvint enfin.

La ligne était mauvaise, mais l'officier de gendarmerie qui dirigeait l'enquête à Fleurus se montra de très bonne composition. Il envoya illico presto deux de ses hommes au domicile du bourgmestre, avec mission de réquisitionner séance tenante le fonctionnaire de l'état civil.

« Tu penses donc réellement que le corps n'est pas celui de Verheye ? dit Hannelore d'une voix calme qui contrastait avec le hurlement de la sirène.

Ils s'engageaient maintenant sur l'autoroute.

« J'en suis pratiquement sûr.

– Mais comment a-t-il bien pu faire ?

– Tu as lu *Chacal* ? »

Pendant une fraction de seconde, Hannelore fixa Van In sans comprendre.

« Dommage, reprit-il. Je te recommande vivement ce bouquin ! Je pense que notre ami a utilisé la méthode qui y est décrite. Le Chacal est un tueur à gages qui n'a pas son pareil pour changer d'identité. Verheye a dû suivre son exemple, à la belge.

– Je t'en prie, Pieter, ne te moque pas de moi. N'essaie pas de me faire croire que des gens vont jusqu'à s'inspirer de ce qu'ils lisent dans les polars lorsqu'ils préparent un crime.

– Crois-moi, je ne voudrais pas être responsable de tous les crimes basés sur des scénarios de livres ou de films ! Et Forsyth, l'auteur de *Chacal*, est un type extrêmement bien documenté. Ce qu'il écrit est parfaitement réalisable, à condition d'y mettre le temps et de disposer de moyens suffisants. »

Le téléphone de la voiture sonna.

« Ici le commandant Évrard. »

Le gendarme wallon parlait un très bon néerlandais, bien meilleur en tout cas que celui de certains franquillons.

« Ici Van In. Bonjour, commandant Évrard. Nous

nous trouvons à hauteur d'Aalter. Arrivée prévue vers sept heures trente. Le fonctionnaire de l'état civil est-il sur les lieux ?

– Affirmatif.

– A-t-il la dernière adresse et la situation de famille d'Aquilin Verheye ? »

Le gendarme répondit à nouveau positivement, mais on sentait qu'il ne comprenait pas du tout pourquoi ces informations étaient si importantes.

« Vivait-il seul ? »

La réponse ne vint que trente secondes plus tard.

« Il était célibataire. Il vivait là depuis 1990.

– Bordel ! » jura Van In, qui voyait une nouvelle piste lui échapper.

Hannelore, qui avait décidé de battre un record de vitesse et de couvrir la distance séparant Aalter de Namur en moins d'une heure, poussa la Golf à cent nonante, laissant sur place les navetteurs qui se rendaient sagement à leur bureau à un petit cent vingt.

« Où habitait-il, avant cela ? » demanda Van In après une grosse minute de silence.

Heureusement, le commandant Évrard était du genre patient.

« Un moment, commissaire. »

Van In aurait donné n'importe quoi pour une Duvel bien fraîche.

« Schaerbeek », entendit-il après un moment.

Van In n'avait plus qu'une seule carte à abattre. S'il échouait, il enverrait une lettre de réclamation à Frederick Forsyth.

« Pouvez-vous vérifier si Aquilin Verheye s'est fait faire une nouvelle carte d'identité avant sa mort ? »

Le commandant Évrard avala sa salive.

« Commencez les recherches trois mois avant son arrivée à Fleurus et, si cela ne donne rien, je crains qu'il ne faille remonter plus loin dans le temps, dit Van In d'une voix sourde.

– Vous vous rendez compte de ce que vous demandez, commissaire ? »

Van In savait très bien ce qu'il exigeait de ses collègues wallons. Lorsqu'il précisa qu'il souhaitait obtenir la réponse à sa question dans l'heure, Évrard laissa poindre son mécontentement.

« Si nécessaire, demandez l'aide de l'Intérieur ou du Registre national ! s'exclama Van In.

– C'est bon, commissaire, répondit-on à Fleurus. Mais j'espère que vous ne nous faites pas faire tout ça pour rien. »

Évrard coupa la communication et mit ses hommes au travail.

« Honnêtement, je ne suis pas bien votre raisonnement, Sherlock Holmes », dit Hannelore.

Van In s'aperçut que la jeune femme avait les articulations des doigts blanches et que la transpiration collait ses cheveux sur son ravissant front. Il étendit les jambes du mieux qu'il put et poussa un profond soupir.

« J'ai l'impression que Verheye prépare son plan depuis très longtemps. Son idée de se venger de Degroof doit dater de l'époque de ses études. Il sait qu'il a besoin de prendre une autre identité afin que Degroof ne puisse pas le repérer. Ce qu'il veut, c'est que Degroof sache qui se cache derrière les actes de vengeance, mais qu'il reste totalement impuissant jusqu'au dénouement final. Souviens-toi, seul le Semeur connaît les peines et les vicissitudes de la vie. Et si le Semeur est le cerveau du plan, le carré magique est subitement limpide. Les explications de Billen, le concierge, m'ont induit trop longtemps en erreur.

– Tu crois vraiment que des gens peuvent se donner tout ce mal pour se venger ? »

Quelle enfant ! se dit Van In. *Comme elle est candide !*

« Pour certaines personnes, répondit-il, la vengeance s'apparente à une mission sacrée. Ils s'endurcissent, comme les intégristes religieux, ils apprennent à faire taire toutes leurs émotions pour atteindre leur objectif.

– À t'entendre, ce Verheye est fou, et pas qu'un peu ! dit-elle, incrédule. Mais désolée, je t'ai interrompu. Continue.

– Voici la question qu'il s'est posée : quelle est la meilleure manière de se procurer une nouvelle identité par les moyens légaux ?

– Oui, et qu'en dit Forsyth ? dit Hannelore en souriant.

– Je viens de te dire que cet homme confronte minutieusement ses élucubrations à la réalité. Avec une certaine créativité, on finit par trouver une solution à tout. Et nous ne pouvons pas nier que Verheye est doté d'une belle créativité.

– D'accord, dit-elle, je te crois. »

Van In alluma une nouvelle cigarette. La tension des dernières heures anéantissait ses bonnes résolutions.

« J'espère bien, dit-il.

– La suite ! Je suis tout ouïe. »

Van In se sentit un peu ridicule. Il y avait beaucoup de chance qu'une fois de plus, ce soit un coup d'épée dans l'eau.

« Ne pense pas que je me moque de toi ! dit Hannelore, à moitié sérieuse. Pour moi, tu es l'enquêteur le plus intelligent de toute la police de Bruges !

– Bon, je continue. Supposons qu'à Schaerbeek, Verheye fasse la connaissance d'un homme célibataire, malade et proche de la mort, qui a environ le même âge que lui. Il apprend que le type est sans famille. Dans les grandes villes, des gars comme ça, ça se trouve à la pelle. Il ne lui faut que quelques mois pour devenir son unique soutien, sa planche de salut. Il fait ses courses, il lui prépare à manger, il lui tient compagnie. Il devient une personne de confiance. Il prévient la police que le vieil homme a perdu sa carte d'identité. Normalement, celui-ci doit faire toutes les démarches personnellement, mais tout le monde sait qu'on est moins pointilleux avec les personnes âgées. La police délivre une attestation à Verheye, qui la présente au service de l'état civil. Mais au lieu de donner la photo du vieil homme, c'est la sienne qu'il apporte. Après quelques semaines, Verheye est en possession d'une carte d'identité authentique au nom du vieil homme, mais avec sa propre photo. Un peu plus tard, il répète l'opération, mais en sens inverse. Les deux hommes ont échangé leurs identités. Le vrai Verheye convainc alors sa victime d'aller habiter chez lui, en Wallonie. Qui sait quel subterfuge il utilise ? Il le menace peut-être de le laisser tomber. Le vieil homme sait qu'il n'en a plus pour longtemps à vivre, alors il accepte. Ils vont s'installer à Fleurus. À partir de ce moment, Verheye n'a plus qu'à attendre la mort de sa victime. Je ne serais pas étonné qu'il ait rédigé un testament en faveur du vieil homme avant le changement d'identité, de sorte qu'à la mort de celui-ci, il hérite... de lui-même.

– Et tu crois qu'une histoire pareille est possible en Belgique ? objecta Hannelore, pour le moins sceptique.

– Tout est possible en Belgique, répondit Van In avec assurance.

– Il y a quelque chose qui ne colle pas, objecta-t-elle en hésitant.

– Quoi ? »

Hannelore se mordit la lèvre inférieure. Elle regrettait vraiment de devoir le décevoir.

« Même si Verheye avait acquis une nouvelle identité en procédant comme tu l'as expliqué, et même s'il avait permuté les photos, il était dans l'impossibilité de modifier les données de l'état civil.

– Excuse-moi, mais je ne te suis pas », dit-il, inquiet.

Elle prit une profonde inspiration et posa une main sur la cuisse de Van In.

« Si Aquilin Verheye est en possession de la carte d'identité d'un inconnu, ce sont les données d'état civil de cet inconnu qui figurent sur sa carte, et vice versa, dit-elle avec un sourire désolé. La date de naissance qui est gravée sur la tombe devrait donc correspondre à celle du vrai Aquilin Verheye, c'est-à-dire le 17.05.1914.

– Et pourtant, c'est le 15.10.1914 qui est gravé sur la tombe, dit Van In, têtu.

– Oui, à moins que... »

Hannelore saisit le volant à deux mains. Elle rayonnait.

« Imaginons qu'Aquilin Verheye ait commis une erreur ! dit-elle, triomphante. Les criminels commettent toujours une bévue tôt ou tard...

– Hannelore, ne mets pas ma patience à l'épreuve, dit-il.

– Eh bien, répondit-elle pensivement. Partons du principe que ta théorie tient la route. »

Van In hocha la tête, impatient.

« Le vieux avec qui Verheye a changé d'identité meurt. Il n'a pas de famille. Qui s'occupe de l'enterrement ?

– Verheye, bien sûr.

– Et de une ! Et qui s'occupe de la pierre tombale ?

– Verheye, bien sûr... *Benson im Himmel !* Il s'est trompé ! Il a indiqué la date de naissance de sa victime !

– Exactement ! dit-elle en riant.

– Donc, j'ai quand même raison ! dit Van In sans trop y croire lui-même.

– Espérons-le », dit-elle doucement.

18

Depuis une heure et demie, Daniel Verhaeghe regardait comme hypnotisé la masse de curieux qui s'agglutinait sur le Zand.

L'afflux de badauds dépassait tous les pronostics. Par hélicoptère, leur nombre avait été évalué à plus de cinquante mille. Bruges ressemblait à une ville assiégée.

Daniel assistait à l'événement un verre de champagne à la main. Il savourait pleinement cet ultime triomphe.

Il augmenta le son du téléviseur. Toutes les chaînes européennes s'apprêtaient à diffuser l'autodafé en direct. Des dizaines de caméras zoomaient sur les toiles de maître exposées sur un long tréteau improvisé. Des experts de Sotheby's discutaient de leur valeur et contestaient les estimations des uns et des autres. L'ensemble était évalué entre soixante et cent millions de francs.

Quatre cents gendarmes et agents de police avaient été réquisitionnés pour assurer l'ordre public. Cette mesure semblait superflue, car le public se montrait étonnamment calme. Le sentiment qui prédominait sur le Zand était une joie bon enfant. Des dizaines d'échoppes avaient fleuri le long du périphérique fermé à la circulation pour l'occasion et proposaient des hot-dogs, des frites et du *shoarma*. Les commerçants locaux vendaient de la bière et de la limonade sur les trottoirs. La curiosité donnait soif et plus neuf heures approchaient, plus les esprits s'échauffaient.

Hébété, Patrick Delahaye attendait dans une voiture blindée de la gendarmerie. Charlotte était restée à la villa. Assise devant son téléviseur, elle comptait les heures. Toutes ses pensées étaient dirigées vers son fils. Elle avait récité gauchement un *Notre Père* et demandait maintenant à Dieu d'entendre ses prières.

À neuf heures moins dix, Van In prit contact avec le capitaine D'Hondt.

Cinq minutes plus tôt, il avait reçu un message du commandant Évrard. À la police de Schaerbeek, des agents continuaient à consulter fiévreusement des piles de formulaires relatifs à des pertes et des vols de cartes d'identité. C'était la seule manière de procéder, car l'ordinateur où toutes ces données étaient encodées était en panne.

Les recherches pouvaient encore durer un certain temps. Tout dépendait de la déclaration faite par Verheye, et ils devaient encore vérifier toutes les adresses.

« Allô, ici Van In. J'ai une communication urgente pour le capitaine D'Hondt.

– Le capitaine D'Hondt est malheureusement injoignable », répondit le maréchal des logis à l'autre bout de la ligne.

D'Hondt avait été formel sur ce point. Il donnait une interview à un journaliste de la BBC, et ce grand anglophile avait rosi de plaisir lorsqu'on l'avait sollicité pour cet entretien. Il allait être filmé par une caméra de la télévision anglaise ! C'était le plus grand honneur qui pourrait jamais lui échoir ! Il connaissait des officiers d'état-major qui seraient verts de jalousie lorsqu'ils apprendraient ça ! Le moment était enfin venu pour lui de démontrer son impeccable maîtrise de la langue de Shakespeare.

Van In blêmit lorsque le sous-officier refusa avec arrogance de lui passer D'Hondt. La main qui tenait le combiné du téléphone se mit à trembler. Hannelore comprit que Van In était sur le point d'exploser.

« Je vais reformuler ma demande. Le ministre Tobback est à côté de moi. Vous vous débrouillerez avec lui si je n'ai pas D'Hondt au bout du fil dans moins d'une minute. »

Il y eut un silence mortel, et Van In pensa un instant que le gendarme avait coupé la communication. Hannelore étouffait ses rires dans un mouchoir. Elle en pleurait

« Allô, ici D'Hondt. »

Le cœur du gendarme battait à tout rompre. Il était à bout de souffle d'avoir couru.

« Je veux que vous reportiez le spectacle d'une heure », dit Van In.

Si D'Hondt enregistra les paroles de Van In, il fut incapable d'en comprendre le sens.

« Que dites-vous ? demanda-t-il d'une voix rauque.

– Je veux que vous reportiez d'une heure la mise à feu des toiles. Inventez des salades pour la presse, mais donnez-moi une heure.

– Il n'en est pas question ! Inventer des salades ! Que voulez-vous que je raconte ? !

– Passe-lui Tobback, murmura Hannelore en riant.

– Un instant, D'Hondt ! »

Van In chercha fébrilement une solution. Les ravisseurs étaient certainement devant leur téléviseur, et Legrand était peut-être même posté sur le Zand. Van In supposait que les kidnappeurs ne tueraient pas Bertrand si la police ne respectait pas scrupuleusement le plan, mais il n'avait aucune certitude.

« Demandez à Delahaye de tomber dans les pommes au moment où il s'apprête à racler la première toile. Évacuez-le sur une civière et assurez-vous que les caméras n'en perdent pas une miette.

– J'espère que vous savez ce que vous faites, Van In, dit D'Hondt, de nouveau parfaitement maître de lui.

– Vous faites pas de souci. Ah ! Encore une chose ! Que Delahaye se mette ça bien dans la tête : il est de la plus haute importance que sa comédie soit réaliste ! »

Dès neuf heures, le commissariat de Schaerbeek se mit en connexion avec le Registre national. Là, l'ordinateur n'était heureusement pas en panne. Quinze minutes plus tard, il sortait un nom : Laurent De Bock, et une adresse : Les Heids, Vezin.

Pendant que ces informations remontaient toute la filière, Van In fumait cigarette sur cigarette, appuyé sur un monument funéraire néogothique dans le cimetière de Fleurus. Toutes les trente secondes, il consultait sa montre fébrilement.

Un peu plus loin, Hannelore bavardait avec le commandant Évrard. Ce brave père de famille avait presque oublié qu'il était sur une affaire d'enlèvement. Comme beaucoup d'autres, il se disait que le substitut était une bien trop jolie femme pour cette fonction, d'autant plus qu'elle parlait français avec une grâce sans pareille. Il fallait qu'elle monte à Paris, sa carrière était toute tracée là-bas, il en était persuadé.

Bertrand Delahaye fut tiré de sa torpeur par des bruits de portières et le crissement d'une course sur le gravier.

Il rêvait qu'il se tenait tout en haut d'une montagne. Il était en randonnée avec les scouts... Il avait perdu ses copains de vue, avait continué à grimper et s'était retrouvé au sommet. Comme ses amis demeuraient invisibles, il avait décidé d'entamer seul la descente vers la vallée. Mais le chemin par lequel il était arrivé paraissait subitement beaucoup trop raide et il se trouvait maintenant au bord d'un précipice. Il avait peur, il vacillait sur ses jambes. Personne ne le trouverait jamais ! Il commença à avancer centimètre par centimètre. Une pierre roula sous son pied. Il tenta de conserver son équilibre dans l'air raréfié, mais il tomba. C'est seulement lorsqu'il fut tout en bas qu'il se rendit compte que le gravier continuait à crisser et que ce n'était pas normal.

C'était un bruit qui venait de l'extérieur...

Des gens couraient autour de la maison !

Une cinquantaine de gendarmes armés ceinturaient le chalet d'Aquilin Verheye, alias Laurent De Bock. Sur la façade, un écriteau indiquait le nom de la maison : *de Molay*.

Cette fois, il n'y a plus de doute possible, se dit Van In.

Il se souvenait parfaitement de l'exposé du concierge Billen : Jacques de Molay avait été le dernier grand maître des Templiers. C'est lui qui avait maudit Philippe le Bel, le pape Clément V et Nogaret avant de mourir sur le bûcher.

De Bock était bel et bien l'homme qu'ils recherchaient.

Évrard attendit que ses hommes aient pris position avant de faire signe à Van In et à Hannelore. Le silence qui régnait dans la sapinière reprit tous ses droits. Chacun retenait son souffle.

« Au secours ! Au secours ! »

La voix était très faible, mais elle venait indubitablement du chalet.

Van In et Évrard se consultèrent du regard une fraction de seconde avant de sprinter tous les deux jusqu'à la porte d'entrée. D'un coup de pied bien envoyé, Van In fracassa la porte. Évrard déboula dans l'entrée en brandissant son pistolet devant lui, balaya la pièce du regard et bondit à plat ventre derrière un porte-parapluies en cuivre pour se couvrir.

La scène avait quelque chose de ridicule.

L'enfant continuait à appeler au secours, mais le reste du chalet restait plongé dans le silence.

Il était dix heures moins dix lorsque Van In pénétra à l'intérieur. Contrairement à Évrard, il resta debout.

Il poussa une porte intérieure et jeta un rapide coup d'œil dans le couloir qui s'ouvrait devant lui. La porte qui menait à la cuisine était entrouverte. Lorsqu'il entra, Van In découvrit un vieil homme gisant sur le lino. Au bout de son bras tendu, sa main était crispée sur une clé.

Évrard se releva lorsque Van In lui fit signe qu'il n'y avait aucun danger.

Van In restait penché sur le corps d'Aquilin Verheye. Il dut lui briser deux doigts pour récupérer la clé.

« Du calme, du calme, dit-il d'une voix apaisante, quand Bertrand se précipita dans ses bras quelques secondes plus tard. Le cauchemar est fini, mon garçon. Je te ramène chez toi. »

Daniel Verhaeghe était stupéfait. Le journaliste expliquait d'une voix soulagée que l'affaire de l'enlèvement était résolue.

La police avait libéré l'enfant et un des ravisseurs avait trouvé la mort.

De Kee se tenait aux côtés du journaliste, tout sourire. Ses cheveux parfaitement peignés en arrière luisaient sous l'effet du gel.

« Nos hommes contrôlaient la situation depuis vingt-quatre heures, dit-il fièrement. J'ai coordonné toute l'opération depuis le début. Nous disposions d'informations de la plus haute importance qui ont finalement fait tomber les ravisseurs. »

Versavel enregistrait l'émission pour donner la cassette à Van In. D'Hondt cherchait vainement la camionnette de la BBC, tandis que ses hommes tentaient de disperser la foule au moyen de mégaphones.

Lorsque Patrick Delahaye avait appris la nouvelle, il avait perdu connaissance pour de bon.

Dans sa villa, Charlotte se servit un triple cognac en sanglotant. Ses mains qui avaient effectué tant d'opérations délicates des yeux tremblaient comme les ailes d'un papillon sortant de sa chrysalide.

Le réceptionniste du Park Hotel vit Daniel Verhaeghe traverser la réception en courant. La veille au soir, alors qu'il bavardait avec le collègue qui était venu prendre la relève, il avait assisté à l'arrivée de ce jeune homme en fauteuil roulant. Sans perdre une seconde, il avertit la police.

Daniel était sur le point d'allumer le moteur du Ford Transit bleu lorsqu'une vingtaine d'agents encerclèrent le véhicule.

« Toutes mes félicitations, Sherlock Holmes ! dit Hannelore, alors qu'une ambulance emportait Bertrand Delahaye vers la clinique la plus proche. Je ne sais toujours pas comment tu t'y es pris, mais que plus personne ne me dise que la police de Bruges n'est bonne qu'à mettre des sabots aux voitures garées en infraction ! »

Van In froissa son paquet de cigarettes et prit le substitut par le bras. Il avait le vertige.

« Tu n'aurais pas une cigarette pour moi ? demanda-t-il doucement. La dernière, car après celle-là, j'arrête. Le tabac devient dangereux pour ma santé. »

Elle fouilla en vain son sac à main.

« Je vais t'en acheter, mais en attendant, j'ai un prix de consolation pour toi. »

Hannelore passa ses bras autour de Van In et l'embrassa goulûment sur la bouche.

Aux héros les plus belles filles ! pensa Van In. Il enfonça la langue entre les belles dents d'Hannelore et tenta d'imprimer ce moment à jamais dans sa mémoire.

Le commandant Évrard observait la scène à quelques mètres de là. *Ce sont toujours les Flamands qui ont du bol*, pensa-t-il.

Dans la matinée du mardi, le téléphone sonna sans interruption. Van In n'en pouvait plus.

« Il est quand même déjà dix heures trente, dit Hannelore dans un demi-sommeil. Nous ne pouvons pas rester au lit éternellement.

– Alors, descends ! pesta Van In.

– La prochaine fois, Pieter », grommela Hannelore, avant de se retourner et de se rendormir.

Van In descendit et décrocha rageusement. Il était nu comme un ver.

« Le vieux s'est fait péter la cervelle ! »

C'était Versavel, et il avait l'air dans tous ses états. Van In ne réagit pas tout de suite. En fait, il s'en moquait.

« Tu n'as pas lu les journaux ? ! reprit Versavel. Quelqu'un a tout lâché à la presse. »

Van In s'assit et chercha une cigarette. Heureusement, il n'en trouva pas. *Ce ne sera pas facile d'arrê-*

ter de fumer, pensa-t-il tout en écoutant le récit de Versavel d'une oreille distraite.

Les aveux complets de Daniel Verhaeghe s'étalaient noir sur blanc dans deux journaux. D'autres la jouaient plus discrète, mais donnaient néanmoins les grandes lignes de l'affaire. L'inceste et l'internement d'Aurélie faisaient l'objet de longs commentaires.

« Tu savais qu'Aurélie était la fille d'Aquilin Verheye ? ! s'exclama Versavel, lorsqu'il sentit que Van In se désintéressait de ce qu'il lui disait. Elisa de Puyenbroucke et Verheye ont toujours été amants. Degroof est passé en second et, pour se venger, il a abusé d'Aurélie pendant toutes ces années !

– Techniquement parlant, ce n'est donc pas un inceste, répliqua sèchement Van In. Le vieux savait que ce n'était pas sa fille.

– Ah, évidemment ! gémit Versavel. On peut tout relativiser, bien sûr. En tout cas, Degroof a trouvé que ces révélations étaient suffisamment graves pour se tirer une balle dans la tête. Son honneur était gravement atteint. Bah ! C'est peut-être mieux comme ça, dit-il en soupirant. Je pensais que ces infos t'intéresseraient, commissaire, ajouta-t-il, penaud.

– Mais bien sûr que ça m'intéresse, Guido ! Un grand merci d'avoir pris la peine de tout m'expliquer. Je vais raconter ça à Hannelore.

– Ah ! C'est donc ça ! dit Versavel d'un air entendu.

– Ne fais pas l'imbécile, s'il te plaît, Guido ! Si tu es jaloux, va voir le capitaine D'Hondt. Il pourra peut-être te consoler...

– Fumier !

– Porte-toi bien, mon chou. On se voit demain. Ciao ! »

Van In raccrocha avant de se diriger pensivement vers la cuisine. Il mit de l'eau à bouillir et ouvrit un paquet de café. L'odeur lui donna envie d'une cigarette.

Tu tiens bon depuis hier soir, pourquoi est-ce que ça ne marcherait pas aujourd'hui ? se dit-il pour s'encourager.

C'était donc la baronne qui avait communiqué le code de l'alarme à Verheye et qui lui avait donné la liste détaillée des tableaux...

Et dire que pendant tout ce temps, il avait soupçonné Anne-Marie !

En versant l'eau bouillante sur le filtre, il récapitula les événements qui s'étaient succédé au cours des huit derniers jours.

On connaissait maintenant le mobile.

Aquilin Verheye, l'amant d'Elisa de Puyenbroucke, avait voulu se venger de Degroof pour avoir ruiné la vie de sa fille chérie. Daniel Verhaeghe, l'enfant né de cette relation prétendument incestueuse, voulait se venger de l'enfer que Degroof avait fait vivre à sa mère. Et même si c'était Degroof qu'ils visaient *in fine*, Verheye et Verhaeghe avaient utilisé la famille pour parvenir à leurs fins.

Leur méthode était pour le moins alambiquée, mais ce n'était pas si rare. Aux États-Unis, on voyait souvent bien pire. De toute façon, cela ne servait plus à rien d'y penser. L'affaire était résolue, mais quand même...

Pourquoi avoir attendu si longtemps ? Et quelle mouche avait piqué Daniel Verhaeghe pour...

Van In continuait machinalement à verser de l'eau. Le filtre fut inondé et du café coula sur la cafetière en porcelaine que le commissaire avait sortie pour l'occasion.

Sans prendre la peine de nettoyer les dégâts, Van In courut au salon et composa le numéro des Delahaye. Ce fut heureusement Charlotte qui décrocha.

Elle fut très étonnée d'entendre sa requête, mais promit de le rappeler dès qu'elle aurait la réponse à sa question.

Van In aurait pu lui demander n'importe quoi.

Hannelore accueillit Van In avec un sourire rayonnant. Il arrivait avec un plateau chargé de café et de toasts.

« Je n'ai pas l'habitude de servir le petit déjeuner au lit, dit-il pour s'excuser lorsqu'il faillit rater la dernière marche.

– Je l'espère pour vous, Pieter Van In ! » dit-elle d'un air faussement menaçant.

Peu après midi, le téléphone sonna de nouveau, et Pieter se précipita dans l'escalier.

« Ce ne serait pas plus simple si tu installais un téléphone dans la chambre ? » cria Hannelore dans son dos.

La conversation ne dura pas plus de quelques minutes. Lorsqu'il revint près d'Hannelore, il secouait la tête d'un air compatissant.

« Des problèmes ?

– Non, pas de problème, dit-il en soupirant.

– Eh bien, explique-moi, alors ! Ne fais pas tant de mystères !

– Bois ton café. Nous allons rendre visite à la baronne. Je pense qu'il est grand temps qu'elle nous raconte toute l'histoire. Mais promets-moi une chose : ce qu'elle dira restera entre nous ! »

La porte de la maison du quai Spinola ne s'ouvrit qu'après de longues minutes d'attente.

Hannelore avait essayé de lui tirer les vers du nez pendant tout le trajet, mais Van In était resté muet comme une carpe. Elle trépignait littéralement d'impatience lorsqu'il sonna pour la troisième fois.

Elisa, baronne de Puyenbroucke, avait perdu sa jeunesse, mais elle avait conservé toute sa grâce et toute sa beauté. Elle ressemblait encore comme deux gouttes d'eau au portrait d'elle qui trônait sur le manteau de la cheminée. Elle était vêtue d'un pantalon gris et d'un pull en laine à grosses mailles qui la rajeunissaient de vingt ans. Mais ses yeux exprimaient la tristesse et ses épaules légèrement voûtées semblaient accablées par un fardeau immense. Van In ne fut pas le moins du monde étonné de constater qu'elle ne se déplaçait pas en fauteuil roulant et qu'elle semblait en parfaite santé.

« Je vous attendais, commissaire. Donnez-vous la peine d'entrer. »

Elle parlait un néerlandais très pur avec une pointe d'accent hollandais, vestige de son passage en pension.

« Nous ne vous dérangeons pas ? »

Elle secoua la tête.

« Il a eu le tact de ne pas le faire ici, dit-elle en souriant tristement. Son fusil de chasse se trouvait dans notre maison de campagne de Vlissegem. »

Cela expliquait le calme qui régnait dans la demeure. Van In s'était demandé pourquoi la rue ne grouillait pas de voitures du parquet.

La baronne guida ses hôtes jusqu'au salon où Degroof avait reçu Van In. Un énorme bouquet de lys blancs s'épanouissait sur la table basse. L'odeur de moisi avait presque disparu.

« Mme Martens est substitut du procureur du roi et m'a assisté durant l'enquête. Mais ni elle ni moi ne sommes ici dans le cadre de nos fonctions. Cette visite est informelle. »

La baronne hocha la tête et prit place près de la fenêtre, très loin du Chesterfield de son mari.

« Vous a-t-il raconté les circonstances dans lesquelles nous nous sommes mariés ? » demanda-t-elle en allant droit au but.

Van In confirma d'un léger signe de la tête et lui laissa le soin de poursuivre. Sans y être invités, Hannelore et lui prirent place dans un sofa décoré de grandes fleurs.

« J'aimais Aquilin et Aquilin m'aimait, commença-t-elle d'une voix hésitante, comme si elle se rendait subitement compte qu'elle s'apprêtait à raconter sa vie à des inconnus. Et nous avons continué à nous aimer. Mais ma famille ne l'a jamais accepté. Il était pauvre, nous aussi. Mon père n'avait que son nom à vendre. Il a arrangé ce mariage avec Degroof, qui était riche et que je connaissais bien. C'était le meilleur ami d'Aquilin. Désormais, ils sont morts tous les deux : le prince et le monstre. »

Hannelore sursauta en entendant ce mot dans la bouche de la baronne.

« Nous avons pensé fuir à l'étranger, mais je ne voulais pas faire ça à ma famille. Il y a une seule chose qu'il était en mon pouvoir de promettre à Aquilin : que je l'aimerais toujours. Nous avons convenu de nous revoir régulièrement. C'était facile, car mon mari n'était presque jamais à la maison. »

La baronne s'arrêta un instant, et Hannelore eut l'impression qu'elle revivait toutes ces années en pensée. Le substitut éprouvait de la compassion pour la vieille dame.

« Aquilin me rendait visite une fois par mois. Un jour, nous avons décidé de faire un enfant. Au début, il ne voulait pas, mais je suis parvenue à le faire changer d'avis. Je voulais un enfant de lui, pour qu'il soit toujours à mes côtés. Nous avons calculé la date la plus propice et je me suis arrangée pour passer deux semaines de vacances chez mes parents juste après, comme j'en avais pris l'habitude. J'étais certaine que mon mari ne nourrirait aucun soupçon. »

La baronne avait manifestement du mal à se remémorer ces moments. Sa voix s'enroua et ses yeux se noyèrent dans un océan de larmes amères.

« Ce fut un après-midi divin, et j'ai su que cela avait marché. »

Elle se moucha.

« Mais le soir même, je venais de boucler mes valises lorsque le monstre est entré en trombe dans ma chambre. J'ignore ce qui lui avait mis la puce à l'oreille, mais j'ai lu dans ses yeux qu'il savait. Il m'a violée comme une bête pendant trois jours. »

Van In avait la gorge serrée.

« Quand Aurélie est née, j'ai tout de suite vu qu'elle était notre enfant. Elle avait les yeux d'Aquilin, et cela balayait toutes les humiliations. Aquilin venait la voir tous les mois. Pour ne courir aucun risque, nous nous donnions chaque fois rendez-vous dans un lieu différent. J'étais si heureuse avec Aurélie que j'ai ensuite accepté de faire des enfants au monstre.

– Quand avez-vous compris qu'il violait Aurélie ? » demanda Van In le plus doucement possible.

Incapable de se contenir davantage, la baronne éclata en sanglots.

« Sa jeunesse a été un enfer ! dit-elle en pleurant. Aquilin a tout fait pour la libérer des griffes de mon mari. Il voulait le tuer, mais j'ai réussi à l'en dissuader. Si on l'avait jeté en prison, j'aurais tout perdu. Officiellement, nous étions tout à fait impuissants. J'ai tenté de porter plainte au tribunal. Le soir, lorsque mon mari est rentré, il m'a battue. Le procureur lui avait téléphoné. L'affaire a été classée sans suite. À cette époque, il a laissé Aurélie tranquille un certain temps. Il passait sa rage sur moi. Il m'a enfermée et a déclaré à qui voulait l'entendre que j'étais malade.

– Les autres enfants savaient-ils ce qui se passait ? »

Elle secoua la tête.

« Il leur faisait croire n'importe quoi.

– S'en est-il pris à Bénédicte ?

– Je pense. Il était insatiable.

– Et à Nathalie ?

– Nathalie était notre deuxième enfant, dit fièrement la baronne.

– Quoi ?! s'exclama Van In.

– C'était avant que le monstre n'engrosse Aurélie. Aquilin voulait me consoler. J'étais en pleine dépression et je crois que, sans lui, j'aurais mis fin à mes jours depuis longtemps. Il disait qu'un enfant me rendrait espoir.

– Degroof l'a su ? »

Elle fit non de la tête.

« Il ne l'a jamais aimée. Nathalie avait le caractère d'Aquilin. Elle était forte, rebelle. Elle a quitté la maison, mais elle est tombée dans un mauvais milieu et maintenant...

– Et maintenant, c'est une toxico pure et dure, dit Van In malgré lui, mais la baronne n'y prêta heureusement pas attention.

– Aquilin ne voulait pas que je lui donne de l'argent.

– Mais vous lui en donniez quand même... »

La baronne fixa Van In droit dans les yeux.

« Notre fille aînée était internée, et son fils souffre d'une maladie incurable. Au nom de quoi aurais-je refusé à Nathalie de s'offrir des substances qui lui rendaient la vie un peu plus douce ?

– Daniel souffre du syndrome de Marsan, n'est-ce pas ? »

La baronne ne s'étonna pas que Van In fût au courant.

« Nous l'avons appris il y a cinq ans, dit-elle. Sa maladie se soigne, enfin, sa maladie des yeux. Mais les médecins ont découvert qu'elle avait entraîné un rétrécissement de l'aorte qu'il est impossible d'opérer. Daniel est condamné.

– Et c'est la goutte d'eau qui a fait déborder le vase, dit Van In. Le projet de punir toute la famille est donc né il y a cinq ans. »

Elle hocha la tête.

« Aquilin a tout échafaudé, jusque dans les moindres détails. Il voulait que le monstre sache qui le punissait. Il voulait que lui et sa progéniture paient pour ce qu'il avait fait à ses filles et à son petit-fils. Le monstre devait mourir, et Ghislain, Charlotte et Bénédicte devaient souffrir pour leur silence.

– Et comme vous saviez qu'aucun tribunal ne vous suivrait, Aquilin s'est arrangé pour susciter un tel intérêt des médias que personne ne pourrait plus nier les faits s'ils étaient révélés au moment opportun.

– Nathalie a tout dit à la presse lundi soir », répondit-elle.

J'avais tout de même raison, pensa Hannelore. *Nathalie était bel et bien impliquée dans le complot ! D'où sa fureur quand j'ai menacé de la faire coffrer.*

« Aquilin n'avait pas peur des conséquences. Même si son plan échouait et que la police arrêtait Daniel, il n'avait rien à craindre. Dans son état, n'importe quel jury l'aurait libéré. Quant à mon cher Aquilin lui-même, il savait qu'il n'en avait plus pour longtemps à vivre. Sa seule ambition était de donner à son petit-fils la chance d'assister à une place privilégiée au spectacle de sa vengeance, conclut la baronne avec flamme. Et je n'ai aucun regret non plus. Les enfants du monstre ont choisi de l'écouter plutôt que de faire confiance à leur mère. Ma vie avec lui a été une longue vallée de larmes. »

Un long silence s'installa. Hannelore jouait gauchement avec ses bagues. Van In regardait à travers les vitraux verts.

Sator rotas opera tenet.

Lui et Charlotte étaient les seuls à connaître la vérité. Car lorsque les médecins avaient diagnostiqué le syndrome de Marsan chez Daniel, ils n'avaient pas dit qu'il s'agissait d'une maladie héréditaire qui ne survenait qu'en cas d'inceste.

C'était une histoire qui aurait plu à Sophocle.

Elisa et Aquilin n'avaient jamais eu qu'un seul enfant : Nathalie.

Aurélie était la fille du monstre.

Van In observa tour à tour Hannelore et la vieille baronne.

Il était bien résolu à tenir sa langue.

Pieter Aspe
dans Le Livre de Poche

Chaos sur Bruges n° 31803

Un touriste allemand meurt à Bruges. Le trio de choc va déjouer une série d'affaires qui sème la panique dans la ville. Une fois encore, Van In jette le trouble en haut lieu, où l'on semble peu pressé de le voir résoudre son enquête…

Les Masques de la nuit n° 31998

Dans un jardin de la banlieue huppée de Bruges, dans une maison qui, autrefois, abritait un bordel de luxe, le Love, fréquenté par les notables de la région, un cadavre est découvert. Ballets roses, réseaux de prostitution, corruption, collusion avec les plus hautes sphères du pouvoir… et voilà le peu diplomate commissaire Van In de retour.

Du même auteur
chez Albin Michel :

CHAOS SUR BRUGES, 2008.

LES MASQUES DE LA NUIT, 2009.

LA QUATRIÈME FORME DE SATAN, 2009.

LE COLLECTIONNEUR D'ARMES, 2009.

DE SANG ROYAL, 2010.

Composition réalisée par NORD COMPO

Achevé d'imprimer en novembre 2010, en France sur Presse Offset par
Maury-Imprimeur - 45330 Malesherbes
N° d'imprimeur : 158656
Dépôt légal 1re publication : octobre 2009
Édition 03 - novembre 2010
LIBRAIRIE GÉNÉRALE FRANÇAISE - 31, rue de Fleurus - 75278 Paris Cedex 06

31/2703/2